KB187387

Natsume Sōseki

나쓰메 소세키

///////////////////////////////

마음

김성기 옮김

잇북
it BOOK

차 례

《마음》복간판 장정

《마음》일본 초판본 표지

《마음》자필 원고

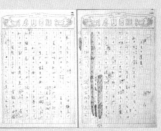

大正三年四月二十日

先生の遺書（一）

石漱

タイトルカットや日付は
100年前の連載当時のも
のを再現しています

私はその人を常に先生と呼んでいた。だから此所で
もただ先生と書くだけで本名は打ち明けない。これは
世間を憚かる遠慮というよりも、その方が私に取って
自然だからである。私はその人の記憶を呼び起すごと
に、すぐ「先生」といいたくなる。筆を執っても心持
は同じ事である。よそよそしい頭文字などはとても使
う気にならない。

私が先生と知り合いになったのは鎌倉である。その時
私はまだ若々しい書生であった。暑中休暇を利用して
海水浴に行った友達から是非来いという端書を受取っ
たので、私は多少の金を工面して、出掛ける事にした。
私は金の工面に二、三日を費やした。ところが私が鎌
倉に着いて三日と経たないうちに、私を呼び寄せた友
達は、急に国元から帰れという電報を受け取った。電
報には母が病気だからと断ってあったけれども友達は
それを信じなかった。友達はかねてから国元にいる親

《마음》100년 전 아사히신문 연재 당시의 모습 재현

일본 화폐 1000엔권에 실린 나쓰메 소세키의 초상

7

선생님과 나

1

나는 그분을 늘 선생님이라고 불렀다. 그러므로 여기서도 그냥 선생님이라고 쓰고 본명은 밝히지 않겠다. 이것은 세간의 이목을 의식해서라기보다 나에게는 그 편이 더 자연스럽기 때문이다. 나는 그분에 대한 기억을 떠올릴 때마다 바로 '선생님'이라고 부르고 싶어진다. 펜을 들어도 그 마음은 마찬가지다. 서먹서먹한 머리글자 따위는 도무지 사용하고 싶지 않다.

내가 선생님과 알게 된 것은 가마쿠라에서였다. 당시 나는 아직 새파란 학생이었다. 여름방학을 맞이해 해수욕을 하러 간 친구로부터 꼭 놀러 오라는 엽서를 받고 약간의 여비를 마련해 집을 나섰다. 그 돈을 마련하는 데 이삼일을 허비했다. 그런데 내가 가마쿠라에 도착한 지 사흘도 되기 전에 나를 부른 그 친구는 갑작스레 고향으로 돌아오라는 전보를 받았다. 전보에는 어머니가 편찮으시다고 씌어 있었지만 친구는 그 말을 믿지 않았다. 고향의 부모님은 오래전부터 그에게 내키지 않는 결혼을 강요하고 있었다. 그는 흔한 말로 결혼하기에는 나이가 너무 어렸다. 게다가 무엇보다도 결혼 상대를 마음에 들어 하지 않았다. 그래서 여름방학에 당연히 내려가야 할 고향에 가지 않고 도쿄 근처에서 놀고 있었던 것이다. 그는 내게 전보를 보여주며 어떻게 해야 할지 의논했다. 나는 어떻게 말해야 좋을지 몰랐다. 하지만 어머니가 정말 편찮으시다면 그가 돌아가는 것은 당연한 일이었다. 그는 결국 고향으로 돌아갔고 모처럼 놀러 온 나는 혼자 남게 되었다.

학기가 시작되려면 아직 여러 날이 남았기에 가마쿠라에 머물러도 되고, 돌아가도 되는 상황이었던 나는 당분간 머물고 있는 여관에 묵기로 했다. 친구는 주고쿠 지방(돗토리 현, 시마네 현, 오카야마 현, 히로시마 현, 야마구치 현의 5개 현)의 한 자산가의 아들로 경제적으로는 불편함이 없었지만, 아직은 학생 신분이었기에 생활수준은 나와 별반 다르지 않았다. 따라서 혼자 남겨진 나는 굳이 저렴한 여관을 따로 찾을 필요는 없었다.

여관은 가마쿠라에서도 외진 곳에 자리하고 있었다. 당구나 아이스크림과 같은 서양 문물을 접하려면 긴 논두렁길 하나를 지나가야 했다. 인력거를 타면 20전은 지불해야 한다. 하지만 여기저기 개인

별장이 여러 채 들어서 있었다. 게다가 바다와 인접해 있어 해수욕을 즐기기에는 상당히 편리했다.

나는 매일 바다에 들어가려고 여관을 나섰다. 거뭇하게 그을린 낡은 초가지붕 사이를 빠져나가 해변으로 내려가면 이 부근에 도시 사람들이 이렇게 많이 살고 있는가 싶을 정도로 수많은 남녀 피서객들로 모래사장이 술렁이고 있었다. 어떤 때는 바다가 목욕탕처럼 검은 머리들로 어지러이 북적이기도 했다. 그 많은 인파 중에 아는 사람은 한 명도 없었지만, 그처럼 사람들로 북적이는 풍경에 둘러싸여 모래 위에 엎드려 있거나 무릎까지 바닷물에 담그고 이리저리 뛰어다니는 것은 유쾌한 일이었다.

나는 그 혼잡함 속에서 선생님을 만났다. 당시 해변에는 찻집이 두 군데 있었다. 나는 우연히 그중 한 집에 자주 드나들게 되었다. 하세 해변에 커다란 별장을 갖고 있는 사람들과는 달리 개인 전용 탈의실이 없는 일반 피서객에게는 반드시 공동 탈의실로 사용할 공간이 필요했다. 사람들은 그곳에서 차를 마시거나 휴식을 취하는 것 외에도 수영복을 빨거나 짠물에 젖은 몸을 닦기도 하고, 모자나 양산을 맡기기도 했다. 나도 수영복은 없지만 소지품을 도난당할 우려가 있어서 바다에 들어갈 때마다 그 찻집에 옷을 벗어놓았다.

2

내가 그 찻집에서 선생님을 본 것은 선생님이 막 옷을 벗고 바다로 들어가려던 참이었다. 나는 그와 반대로 젖은 몸으로 바람을 맞으며 물 밖으로 나오고 있었다. 우리 두 사람 사이에는 수많은 검은 머리들이 시야를 가로막으며 움직이고 있었다. 평범한 상황이었다면 나는 자칫 선생님을 그냥 지나쳤을지도 모른다. 그 정도로 바닷가가 혼잡하고 그 정도로 머릿속이 산만했음에도 불구하고 선생님이 내 눈에 띈 것은 한 서양인과 함께 있었기 때문이다.

서양인의 피부는 유난히 하얘서 찻집에 처음 들어섰을 때부터 내 시선을 끌었다. 일본인처럼 유카타(목욕 후나 여름에 입는 무명 홑옷)를 입은 그는 옷을 벗어 걸상 위에 휙 내던진 채 팔짱을 끼고 바다 쪽을 향해 서 있었다. 그는 우리가 입는 잠방이 하나 외에는 아무것도 걸치지 않았다. 내게는 그것이 가장 신기했다. 나는 이틀 전 유이가 해변에서 모래사장 위에 쭈그리고 앉아 서양인들이 바다에 들어가는 모습을 바라보았다. 내가 엉덩이를 붙인 자리는 약간 언덕진 곳으로, 바로 옆이 호텔 후문이었기 때문에 내가 가만히 바라보는 동안에 상당히 많은 남자들이 바닷물을 뒤집어쓰러 나왔다. 하지만 몸통과 팔과 허벅지를 드러낸 서양인은 아무도 없었다. 특히 여자의 경우에는 속살을 거의 드러내지 않았다. 대개는 머리에 고무로 된 수영모를 쓰고 있어서 적갈색이나 감색, 남색 수영모가 물결 사이에 둥둥 떠 있었다. 불과 얼마 전에 그런 광경을 목격한 내 눈에는 잠방이 하나만 걸치고 사람들 앞에 서 있는 그 서양인이 자못 신기해 보였다.

이윽고 그는 자기 옆에 웅크리고 있는 일본인을 돌아보며 뭐라고 말을 건넸다. 그 일본인은 모래 위에 떨어진 수건을 막 집어 들고 있었는데, 그것을 줍자마자 곧바로 머리에 두르고 바다 쪽으로 걸어갔다. 그 사람이 바로 선생님이었다.

나는 단순한 호기심에서 나란히 해변으로 내려가는 두 사람의 뒷모습을 지켜보았다. 그들은 곧장 파도 속으로 걸어 들어갔다. 그리고 해변 근처의 얕은 바다에 와글와글 몰려 있는 사람들 사이를 빠져나가 어느 정도 탁 트인 지점에 이르자 두 사람이 동시에 헤엄치기 시작했다. 그들은 머리가 작게 보일 때까지 먼 바다를 향해 나아갔다. 그런 다음 방향을 틀어서 다시 해변을 향해 일직선으로 헤엄쳐 왔다. 찻집으로 돌아온 두 사람은 우물물로 씻지도 않고 수건으로 대충 물기만 닦아냈다. 그리고 곧바로 옷을 입은 뒤 어디론가 가 버렸다.

그들이 떠난 뒤에도 나는 계속 걸상에 앉아 담배를 피우고 있었다. 그때 나는 멍하니 앉아 선생님에 대해 생각했다. 아무래도 꼭 어디선가 본 적이 있는 얼굴 같았다. 하지만 아무리 생각해도 언제 어디에서 만난 사람인지 기억이 나지 않았다.

그 무렵에는 걱정거리가 없어서 편하다기보다 오히려 따분한 일상에 힘들어하고 있었다. 그래서 나는 다음 날 선생님을 만났던 시간에 맞춰 일부러 간이 찻집에 찾아갔다. 그런데 서양인은 오지 않고 선생님 혼자 밀짚모자를 쓰고 나타났다. 선생님은 안경을 벗어 걸상에 놓고 곧바로 수건을 머리에 두른 뒤 해변으로 총총히 내려갔다. 선생님이 어제와 마찬가지로 인파 속을 빠져나가 혼자 헤엄치기 시작했을 때 문득 뒤쫓아가고 싶은 생각이 들었다. 나는 얕은 바닷물을 머리 위까지 튀기며 상당히 깊은 곳까지 나아간 뒤 선생님을 목표로 두 팔을 번갈아 움직이며 부지런히 헤엄치기 시작했다. 그러자 선생님은 어제와는 달리 반달 모양의 원을 그리며 예기치 못한 방향에서 해변 쪽으로 돌아가기 시작했다. 그 때문에 나는 끝내 선생님을 따라잡지 못했다. 내가 물 밖으로 나와 물방울이 뚝뚝 떨어지는 손을 털면서 찻집으로 들어가자 벌써 말쑥하게 옷을 갈아입은 선생님이 내 옆을 지나 밖으로 나갔다.

3

나는 다음 날도 같은 시각에 해변에 나가 선생님을 지켜보았다.

그 다음 날도 마찬가지였다. 하지만 우리 사이에는 말을 걸 기회도 인사를 나눌 기회도 없었다. 게다가 선생님은 약간 비사교적인 편이었다. 일정한 시각에 홀연히 나타났다가 홀연히 사라졌다. 주변이 아무리 북적거려도 전혀 개의치 않는 듯했다. 처음에 함께 왔던 서양인은 그 뒤로 모습을 볼 수 없었다. 선생님은 늘 혼자였다.

어느 날 선생님이 여느 때처럼 바다에서 곧장 걸어 나와 늘 같은 자리에 벗어두던 유카타를 입으려는데, 웬일인지 그 옷에 모래가 잔뜩 묻어 있었다. 선생님은 모래를 떨어내려고 뒤로 돌아 유카타를 두어 번 흔들었다. 그러자 옷 밑에 놔두었던 안경이 걸상의 널빤지 틈새를 통해 바닥에 떨어졌다. 선생님은 줄무늬가 새겨진 흰색 유카타에 오비(기모노를 입을 때 허리 부분에서 옷을 여며주는 띠)를 두른 뒤에야 안경이 없어진 것을 알아차린 듯, 갑자기 주변을 살피기 시작했다. 나는 곧바로 걸상 밑으로 머리와 손을 집어넣고 안경을 집어 들었다. 선생님은 고맙다며 안경을 받았다.

다음 날, 나는 선생님과 함께 바다에 뛰어들었다. 그리고 선생님과 같은 방향으로 헤엄쳐 나갔다. 2정丁(1정은 약 109미터)쯤 앞으로 나아가자 선생님은 뒤를 돌아보며 내게 말을 건넸다. 그 부근에서 넓고 푸른 바다 위에 떠 있는 것이라곤 우리 둘뿐이었다. 강한 햇빛이 주변의 모든 산과 바다를 비추고 있었다. 나는 바다 속에서 자유와 환희에 가득 찬 근육을 움직이며 미친 듯이 춤췄다. 선생님은 손발의 움직임을 딱 멈추고 하늘을 향한 채 물결 위에 몸을 맡겼다. 나도 선생님의 자세를 흉내 냈다. 파란 하늘이 내 얼굴 위로 눈을 찌르는 듯한 강렬한 빛을 내던졌다. 나는 "기분 좋습니다!"라고 큰 소리로 외쳤다.

이윽고 바다 속에서 몸을 일으키듯 자세를 바꾼 선생님은 "그만 돌아갈까?"라며 나를 재촉했다. 비교적 체력이 강했던 나는 물속에서 좀 더 놀고 싶었지만 선생님의 말에 아무 망설임 없이 "네, 그러시죠."라고 흔쾌히 대답했다. 그리고 둘이서 헤엄쳐왔던 길을 따라 다시 해변으로 돌아갔다.

나는 그 뒤로 선생님과 친해졌다. 하지만 선생님이 어디에 묵고 있는지는 아직 몰랐다.

그로부터 사흘째 되는 날 오후였지 싶다. 사흘 만에 찻집에서 다시 만났을 때 선생님이 내게 불쑥 물었다.

"자네는 이곳에 얼마나 머물 생각인가?"

그때까지 아무 생각이 없던 나는 그 질문에 답이 떠오르지 않아 "아직은 잘 모르겠습니다."라고 대답했다. 하지만 빙그레 웃고 있는 선생님의 얼굴을 보니 갑자기 멋쩍은 기분이 들어 "선생님은요?"라고 되묻지 않을 수 없었다. 그때 처음으로 내 입에서 선생님이라는 말이 튀어나왔다.

나는 그날 밤 선생님이 묵고 있는 여관에 찾아갔다. 여관이라고는 해도 여느 여관과는 다른, 널찍한 절의 경내에 있는 별장 같은 건물이었다. 그곳에 살고 있는 사람들이 선생님의 가족이 아니라는 것도 알았다. 내가 선생님이라고 부를 때마다 선생님은 쓴웃음을 지었고, 나는 그것이 연장자에 대한 내 입버릇이라고 해명했다. 나는 일전에 봤던 서양인에 대해 물어보았다. 선생님은 그가 특이하다는 둥 이제 가마쿠라에 없다는 둥 이런저런 얘기를 들려주었다. 그리고 일본인과도 그다지 교제가 없는 자신이 그런 외국인과 가깝게 지낸다는 게 신기하다는 말도 덧붙였다. 나는 마지막에 어디선가 선생님을 뵌 적이 있는 것 같은데 도무지 생각나지 않는다고 했다. 아직 어린 나는 그때 은근히 선생님도 나와 비슷한 느낌을 갖고 있지 않을까 생각했고, 마음속으로 그런 대답을 기대했다. 그런데 선생님이 잠시 생각에 잠긴 뒤 "아무래도 처음 보는 얼굴인 것 같은데, 다른 사람하고 착각한 거 아닌가?"라고 말하는 바람에 약간 실망감을 느꼈다.

4

나는 월말에 도쿄로 돌아왔다. 선생님이 피서지를 떠난 것은 그보다 훨씬 전이었다. 나는 선생님과 헤어질 때 "앞으로 가끔 댁으로 찾아봬도 괜찮겠습니까?"라고 물었다. 선생님은 그저 짧게 "응, 찾아오게.”라고 대답할 뿐이었다. 그 무렵 나는 선생님과 상당히 친해졌다고 생각했기에 좀 더 자상한 말을 기대하고 있었다. 선생님의 짧은 대답은 그런 나의 자신감을 위축시켰다.

나는 그런 일로 자주 선생님에게 실망했다. 선생님은 그 점에 대해서 알고 있는 것 같기도 하고, 전혀 알아채지 못하는 것 같기도 했다. 나는 여러 번 가벼운 실망감을 느꼈지만 그런 이유로 선생님과 멀어질 생각은 추호도 없었다. 오히려 그와는 반대로 마음이 불안해질 때마다 더욱 가까이 다가가고 싶었다. 좀 더 가까이 다가가면 내가 기대하는 바가 언젠가 온전히 눈앞에 나타나리라 생각했다. 나는 젊었다. 하지만 모든 사람에 대해 이렇게 순순히 젊은 피가 끓어오르리라고는 생각지 않았다.

나는 어째서 선생님에게만 그런 기분이 드는지 알지 못했다. 그 이유를 선생님이 돌아가신 지금에서야 비로소 알게 되었다. 선생님은 처음부터 나를 싫어했던 게 아니었다. 선생님이 때때로 내게 건넨 쌀쌀맞은 말이나 무관심한 듯한 행동은 나를 멀리하려는 불쾌한 표현이 아니었다. 가엾은 선생님은 자신에게 다가오는 사람에게 자신은 가까이 할 가치가 없는 사람이니 그만두라고 경고했던 것이다. 타인과 친숙해지기를 거부하는 선생님은 타인을 경멸하기 전에 먼저 자신을 경멸했던 것 같다.

나는 도쿄로 돌아가면 곧바로 선생님을 찾아뵈려고 했다. 개강하려면 아직 2주일이나 남아 있었으므로 그사이에 한번 들를 생각이었다. 그런데 돌아와서 이삼일쯤 지나는 동안 가마쿠라에서 느꼈던 기분이 점차 시들해졌다. 게다가 화려하게 채색된 대도시의 공기가 기억의 부활에 따른 강렬한 자극과 함께 내 마음을 짙게 물들였다. 나는 길에서 학생들의 얼굴을 볼 때마다 새 학기에 대한 희망과 긴장감을 느꼈다. 나는 한동안 선생님을 잊고 지냈다.

새 학기가 시작되고 한 달쯤 지나자 마음이 느슨해지기 시작했다. 나는 뭔가가 허전하다는 얼굴을 하고 거리를 돌아다녔다. 뭔가를 찾으려는 듯 방 안을 둘러보기도 했다. 그러다가 내 머릿속에 선생님의 얼굴이 떠올랐다. 나는 다시 선생님을 만나고 싶었다.

처음 선생님 댁을 방문했을 때 선생님은 외출하고 없었다. 두 번째로 찾아간 것은 그다음 일요일이었던 것으로 기억한다. 맑은 하늘빛이 온몸에 스며들 것 같은 화창한 날이었다. 그날도 선생님은 집에 없었다. 선생님은 가마쿠라에서 내게 대부분의 시간을 집에서 보낸다고 했다. 선생님은 외출을 꺼린다는 말도 했다. 두 번이나 찾아가서 두 번이나 다 만나지 못한 나는 그 말이 떠오르자 괜스레 화가 났다. 나는 선뜻 돌아서지 못하고 하녀의 얼굴을 보며 현관 앞에서 머뭇거렸다. 일전에 내게 명함을 받은 적이 있는 하녀는 나를 밖에 세워둔 채 다시 안으로 들어갔다. 이윽고 사모님으로 보이는 여성이 밖으로 나왔다. 아름다운 부인이었다.

그 부인은 내게 정중하게 선생님이 출타한 장소를 일러주었다. 선생님은 매달 그날이 되면 꽃을 들고 조시가야의 공동묘지에 있는 어느 묘소를 찾아간다고 했다.

"방금 전에 막 외출하셨어요. 나간 지 십 분쯤 됐을 거예요."

부인이 안타깝다는 듯이 말했다. 나는 가볍게 고개를 숙이고 밖으로 나왔다. 번화가 쪽으로 1정쯤 걷다 보니, 산책도 할 겸 조시가야에 가보고 싶은 생각이 들었다. 선생님을 만날 수 있을까 없을까 하는 호기심도 발동했다. 나는 곧바로 발길을 돌렸다.

5

나는 묘지 앞에 펼쳐진 모종밭의 좌측으로 들어가 양쪽으로 단풍나무가 늘어선 넓은 길을 따라 안쪽으로 걸어갔다. 그러자 길 끄트머리에 있는 찻집 안에서 선생님으로 보이는 사람이 쓰윽 나왔다. 나는 그 사람의 안경테가 햇빛에 반짝이는 것이 보일 정도로 가까이 다가갔다. 그리고 대뜸 "선생님!" 하고 큰 소리로 불렀다. 선생님은 걸음을 우뚝 멈추고 내 얼굴을 쳐다보았다.

"아니, 어떻게…… 어떻게……."

선생님은 같은 말을 두 번 되풀이했다. 그 말은 사방이 고요한 한

낮에 색다른 느낌으로 다가왔다. 나는 갑자기 말문이 막혔다.

"내 뒤를 따라온 건가? 무슨 일로……."

선생님의 태도는 오히려 차분했다. 목소리도 가라앉아 있었다. 하지만 표정에는 어딘가 모를 그늘이 드리워져 있었다.

나는 이곳에 어떻게 오게 됐는지 얘기했다.

"누구의 묘에 갔는지, 아내가 그 이름까지 이야기하던가?"

"아니요, 그런 말씀은 없었습니다."

"그래? 그렇겠지. 처음 본 자네한테 그런 말을 할 리 없지. 불필요한 얘기니까."

선생님은 그제야 긴장을 푸는 듯했다. 하지만 나는 그 의미를 전혀 알 수 없었다.

선생님과 나는 큰길로 나오기 위해 묘 사이를 빠져나왔다. 이사벨라 아무개의 묘라느니 신의 종 로긴의 묘라고 적힌 묘비 옆에는 '일체중생 실유불성一切衆生 悉有佛性'이라는 비문이 적힌 판자가 세워져 있었다. 전권공사全權公使(전권대사 다음가는 지위의 외교관) 아무개라고 적힌 묘도 있었다. 나는 안득열安得烈이라고 새겨진 작은 묘비 앞에서 "이건 어떻게 읽어야 합니까?"라고 물었다.

선생님은 "안드레라고 읽으라는 거겠지."라고 말하며 쓴웃음을 지었다.

선생님은 제각기 다양한 양식으로 표시된 묘비에 대해 나처럼 우스꽝스럽다거나 아이러니하다고 생각하지는 않는 듯했다. 내가 손으로 가리키며 이것은 둥근 석물이라느니, 저것은 화강암으로 만든 길쭉한 비석이라느니, 하고 신나게 떠들어대자 처음에는 잠자코 듣고 있던 선생님이 급기야 한마디 던졌다.

"자네는 죽음이라는 현실에 대해 아직 진지하게 생각해본 적이 없는 모양이군."

나는 입을 다물고 말았다. 선생님도 더는 아무 말도 하지 않았다.

묘지의 구역이 나뉘는 지점에 커다란 은행나무 한 그루가 하늘을 가리듯이 서 있었다. 그 아래에 다다랐을 때 선생님은 높은 우듬지를 올려다보며 말했다.

"조금 더 지나면 예쁠 거네. 이 나무가 완전히 노랗게 단풍이 들면 이 일대는 금빛 낙엽으로 뒤덮이게 되지."

선생님은 매달 한 번씩은 꼭 이 나무 밑을 지나갔던 것이다. 저편에서 울퉁불퉁한 바닥을 고르며 새 묘지를 만들고 있는 사내가 괭이질하던 일손을 멈추고 우리를 쳐다보았다. 우리는 그곳에서 왼쪽으로 발길을 돌려 곧장 큰길로 나왔다.

이제부터 어디로 가야 할지 막막해진 나는 무작정 선생님과 같은 방향으로 걸음을 옮겼다. 선생님은 여느 때보다 더 말이 없었다. 그래도 나는 그다지 지루한 줄 모르고 선생님과 함께 터벅터벅 걸어갔다.

"곧장 댁으로 가실 건가요?"

"그래야겠지. 딱히 들를 곳도 없으니까."

우리는 말없이 남쪽을 향해 비탈길을 내려갔다. 내가 다시 말을 꺼냈다.

"선생님 집안의 묘지가 이곳에 있습니까?"

"아니."

"그럼 어떤 분의 묘가 있는 겁니까? 친척의 묘인가요?"

"아니."

선생님은 그 말 외에는 아무 대답도 하지 않았다. 나도 더는 말을 꺼내지 못했다. 그런데 1정쯤 걸은 뒤에 선생님이 불쑥 말문을 열었다.

"거긴 내 친구의 묘가 있네."

"친구 분의 묘에 매달 찾아가시는 겁니까?"

"으응."

그날 선생님은 그 이외의 말은 하지 않았다.

6

나는 그날 이후 가끔 선생님 댁을 찾아갔다. 갈 때마다 선생님은 집에 있었다. 선생님과 만나는 횟수가 늘어날수록 더 자주 그 집에 드나들었다.

하지만 나를 대하는 선생님의 태도는 처음 인사하던 때나 친해졌을 때나 별반 다를 게 없었다. 선생님은 언제나 말이 없었다. 어떤 때는 너무 조용해서 쓸쓸한 느낌마저 들었다. 나는 처음 만났을 때부터 선생님에게 다가가기 힘든 묘한 분위기를 느꼈다. 그럴수록 나는 어떻게든 가까워져야겠다는 생각이 들었다. 어쩌면 수많은 사람들 중에 나 혼자만이 선생님에게 그런 느낌을 가졌는지도 모른다. 그런데 그런 추측이 훗날 사실로 입증되었으니 세상 사람들에게 아직 어리다거나 바보 같다는 말을 듣더라도 어쨌든 그것을 예측한 나의 직감에 대해서는 믿음직스럽고 기쁘게 생각한다. 누군가를 사랑할 수 있는 사람, 사랑하지 않고서는 견딜 수 없는 사람, 그러면서 자신의 품속으로 들어오는 것을 두 팔 벌려 껴안을 수 없는 사람. 선생님은 그런 사람이었다.

지금 말한 것처럼 선생님은 언제나 말이 없는 차분한 분이었다. 하지만 이따금 얼굴에 야릇한 그림자를 드리우기도 했다. 창문에 살짝 비친 작은 새의 검은 그림자처럼 이내 사라지곤 했지만. 내가 선생님의 미간에서 처음 그 그림자를 확인했던 것은 조시가야의 묘지에서 불쑥 선생님, 하고 불렀을 때였다. 그때 나는 규칙적으로 뛰고 있던 심장의 고동이 멈추는 느낌이었다. 하지만 그것은 일시적인 현상일 뿐이었다. 나의 심장은 5분도 채 지나지 않아 평소와 같은 탄력을 회복했다. 나는 금방 그 어두운 그림자를 잊어버렸다. 우연히 그것을 다시 떠올린 것은 소춘小春(음력 10월의 다른 이름)이 끝나가는 어느 날 밤이었다.

선생님과 이야기를 나누던 중 문득 전에 선생님이 내게 말한 커다란 은행나무가 떠올랐다. 가만히 따져보니 선생님이 다달이 성묘하러 가는 날이 앞으로 정확히 사흘 뒤였다. 그날은 수업이 오전에 끝나는 마음 편한 날이었다. 나는 선생님에게 물었다.

"선생님, 조시가야에 있는 은행나무는 벌써 잎이 다 떨어졌을까요?"

"아직 다 지지는 않았겠지."

선생님은 그렇게 말하면서 내 얼굴을 쳐다보았다. 그러고는 한동안 눈을 떼지 않았다. 나는 곧바로 말을 이었다.

"이번에 성묘 가실 때 제가 따라가도 될까요? 선생님과 함께 그 근처를 산책하고 싶어서요."

"나는 성묘하러 가는 거지 산책하러 가는 게 아닐세."

"그래도 가는 김에 산책도 하면 더 좋지 않겠어요?"

선생님은 아무 대꾸도 하지 않았다. 얼마 후 선생님은 애써 성묘와 산책을 구분하려는 듯 "내가 거기 가는 목적은 성묘 때문일 뿐이네."라고 말했다. 나와 동행하고 싶지 않다는 뜻이었는지 뭔지는 모르겠지만, 그때는 선생님이 꼭 어린애 같다는 생각이 들었다. 나는 더욱 적극적으로 다가가고 싶었다.

"그럼 성묘라도 좋으니 저도 데리고 가주세요. 저도 성묘할 테니까요."

사실 내게는 성묘와 산책을 구분한다는 게 거의 무의미한 일이었다. 선생님은 내 말을 듣고 살짝 눈살을 찌푸렸다. 눈에서는 묘한 빛이 흘러나왔다. 그것은 귀찮다거나 싫다거나 두려워하는 눈빛이 아닌, 약간 불안해하는 눈빛이었다. 나는 불현듯 조시가야에서 "선생님!" 하고 불렀던 순간의 기억이 선명히 떠올랐다. 그때와 표정이 완전히 똑같았다.

선생님이 말을 꺼냈다.

"나는 자네한테 말할 수 없는 어떤 이유가 있어서 다른 사람과 함께 그곳에 성묘하러 가고 싶지 않은 것일세. 내 아내조차 데려가지 않았어."

7

나는 이상한 생각이 들었다. 하지만 선생님에 대해 연구할 생각으로 그 집에 드나들었던 것은 아니므로 더 이상 깊이 생각하지 않고 대충 넘어갔다. 지금 돌이켜보면 그때의 내 태도는 오히려 높이 평가할 만한 것이 아니었을까 싶다. 나는 정말이지 그런 태도 덕분에 선생님과 인간다운 따뜻한 교류를 나눌 수 있었다고 생각한다. 만약 내 호기심이 조금이라도 선생님의 마음을 연구하려는 쪽으로 작용했다면 우리 사이를 잇는 동정의 끈은 그때 여지없이 뚝 끊어지고 말았을 것이다. 아직 젊었던 나는 나의 태도를 전혀 자각하지 못하고 있었다. 그렇기 때문에 높이 평가하는 것인지는 모르겠지만, 만약 내가 그때 잘못 판단해서 엉뚱하게 행동했다면 우리 사이는 과연 어떻게 되었을까. 상상만으로도 온몸이 오싹해진다. 그렇지 않아도 선생님은 차가운 눈빛으로 자신을 살피는 남의 시선을 늘 두려워하고 있었다.

나는 한 달에 두세 번씩 선생님 댁을 방문했다.

내 발길이 점점 잦아지던 어느 날, 선생님이 갑자기 내게 물었다.

"자네는 왜 이렇게 자주 나 같은 사람을 찾아오는 건가?"

"이렇다 할 특별한 이유는 없습니다. 그런데 혹시 폐가 됐습니까?"

"그런 건 아닐세."

실제로 나를 귀찮아하는 기색은 전혀 찾아볼 수 없었다. 나는 선생님의 교제 범위가 지극히 한정되어 있다는 것을 알고 있었다. 그들은 선생님이 졸업한 학교의 동창생들로, 그 무렵에 도쿄에 살고 있는 사람은 두세 명밖에 없다는 것도 알고 있었다. 간혹 동향인 학생들과 자리를 같이 하는 경우도 있었지만, 나만큼 선생님에게 친밀감을 느끼고 있는 사람은 없는 것 같았다.

"나는 외로운 사람일세."

선생님이 말을 이었다.

"당연히 자네의 방문을 기쁘게 생각하고 있지. 그래서 왜 그렇게 자주 찾아오는 거냐고 물어본 거야."

"그건 또 무슨 말씀입니까?"

내가 다시 묻자 선생님은 아무 대답도 하지 않았다. 단지 내 얼굴을 쳐다보며 "올해 몇 살인가?" 하고 물었을 뿐이다.

도무지 종잡을 수 없는 문답이었지만, 더 이상 캐묻지 않고 집으로 돌아왔다. 그리고 나흘도 되지 않아 다시 선생님 댁을 찾았다. 선생님은 거실로 나오자마자 웃으면서 말했다.

"또 왔군."

나도 웃으며 말했다.

"네, 또 왔습니다."

만약 다른 사람에게 그런 말을 들었다면 틀림없이 화가 났을 테지만, 선생님에게 그 말을 들었을 때는 전혀 그렇지 않았다. 화가 나기는커녕 오히려 기분이 좋았다.

그날 밤 선생님은 "나는 외로운 사람일세."라며 일전에 했던 말을 되풀이했다.

"나도 외롭지만 자네도 외로운 사람인 것 같군. 나야 나이가 있으니 외로워도 흔들리지 않고 견딜 수 있지만, 아직 젊은 자네는 그러기 어려울 게야. 흔들릴 만큼 흔들리고 싶겠지. 그러다가 뭔가에 부딪쳐보고 싶을 거고."

"저는 전혀 외롭지 않습니다."

"젊다는 것만큼 외로운 것도 없네. 그게 아니라면 왜 이렇게 자주 나를 찾아오는 건가?"

여기서도 선생님은 일전에 했던 얘기를 다시 되풀이했다.

"자네는 나를 만나도 아마 여전히 외롭다고 생각할 걸세. 내게는 자네의 외로움을 뿌리째 뽑아줄 만한 힘이 없으니까 자네는 머잖아 바깥을 향해 팔을 벌려야 할 게야. 그러면 더는 내 집 쪽으로 발길을 향하지 않을 걸세."

그러고는 쓸쓸한 웃음을 보였다.

8

다행히 선생님의 예언은 실현되지 않았다. 당시 사회 경험이 부족했던 나는 그 예언이 내포하고 있는 명백한 의미조차 알아채지 못했다. 나는 여전히 선생님을 만나러 갔다. 그러다 언제부터인가 그 댁의 식탁에서 함께 식사를 하게 되었다. 자연히 사모님과도 이야기를 주고받게 되었다.

평범한 젊은이였던 나는 여자에게 딱히 냉담한 편은 아니었다. 하지만 내가 지금까지 지내온 과정을 가만히 돌이켜보면 나는 여자와 제대로 교제를 해본 적이 없었다. 그 때문인지는 모르겠지만, 나는 길에서 우연히 오다가다 마주친 낯선 여자에게만 흥미를 느끼고 있었다. 처음에 현관에서 사모님을 만났을 때 아름답다는 인상을 받았다. 그 이후로도 만날 때마다 항상 같은 인상을 받았다. 하지만 그 외에 특별히 이렇다 할 만한 느낌은 없었던 것 같다.

사모님이 별다른 특색이 없어서라기보다는 특색을 드러낼 기회가 없었다고 하는 편이 옳을지도 모른다. 하지만 나는 언제나 선생님의 일부분을 대하는 마음으로 사모님을 대했다. 사모님도 남편을 찾아오는 학생을 대하는 마음으로 내게 호의를 베푸는 것 같았다. 결국 중간에 있는 선생님이 빠져버리면 사모님과 나 사이에는 아무런 연결고리도 없었다. 그 때문에 사모님에 대해서는 처음 만났을 때 느꼈던 아름답다는 인상 외에 다른 감정이 전혀 없었다.

어느 날 나는 선생님 댁에서 술을 마셨다. 그때 사모님이 옆에 앉아서 술시중을 들었다. 선생님은 평소보다 기분이 좋아 보였다. "당신도 한잔하지."라며 자신이 비운 잔을 건넸다. 사모님은 "아녜요, 저는……." 하고 사양한 뒤에 곤혹스러운 듯이 잔을 받았다. 사모님은 가지런한 눈썹을 살짝 찡그리며 내가 절반쯤 따른 술잔을 입술로 가져갔다. 이윽고 사모님과 선생님 사이에 대화가 오가기 시작했다.

"웬일이세요? 좀처럼 저한테는 술을 권하지 않으시는 분이."

"당신이 싫어하잖소. 그래도 가끔씩은 마셔도 돼요. 기분이 좋아지니까."

"전혀 그런 것 같지가 않네요. 속만 쓰리고. 하지만 당신은 약주를 드시면 기분이 꽤 좋아 보여요."

"간혹 기분이 좋아질 때가 있지. 하지만 항상 그런 건 아니오."

"오늘 밤은 어떠세요?"

"오늘은 기분이 좋군."

"앞으로 밤마다 조금씩 드시면 되겠네요."

"그럼 안 되지."

"조금씩만 드세요. 그러는 편이 외롭지 않고 좋으니까요."

선생님 댁에는 두 분 내외와 하녀뿐이었다. 내가 찾아갈 때마다 대개는 아주 조용했다. 큰 웃음소리 같은 것은 들을 수가 없었다. 어떤 때는 집 안에 선생님과 나밖에 없는 것 같은 생각이 들 정도였다.

"아이라도 있으면 좋을 텐데요."

사모님이 내 쪽을 돌아보며 말했다.

나는 "그러게요."라고 대답했다. 하지만 마음속에서 동정심이 일지는 않았다. 아직 아이를 가져본 적이 없는 나는 아이를 그저 성가신 존재로만 생각하고 있었다.

"하나 입양할까?"

선생님이 말했다.

"입양하는 건 아무래도 좀 그렇잖아요."

사모님이 또 내 쪽을 돌아보았다.

"아이는 앞으로도 영원히 생기지 않을 거요."

선생님이 말했다.

사모님은 아무 대꾸도 하지 않았다. 내가 사모님을 대신해서 "왜죠?"라고 묻자 선생님은 "우리에게 내린 천벌이니까."라고 말하며 크게 웃었다.

9

내가 알고 있기로 선생님과 사모님은 금실 좋은 부부였다. 물론 나는 한 가족이 아니므로 깊은 속사정이야 알 수 없었지만, 거실에서 나하고 마주 앉아 있을 때 선생님은 무슨 일이 있으면 하녀를 부르지 않고 사모님을 불렀다. (사모님의 이름은 시즈였다). 선생님은 언제나 "이보게, 시즈."라며 장지문 쪽을 돌아보았다. 그렇게 부르는 목소리가 내게는 다정하게 들렸다. 대답하며 나오는 사모님의 태도도 무척 고분고분했다. 이따금 식사 대접을 받는 자리에 사모님이

34

함께할 때면 두 분 사이의 이런 관계는 더욱 확연히 드러났다.

선생님은 가끔 사모님과 함께 음악회나 연극 구경을 갔다. 그리고 내 기억으로는 부부 동반으로 일주일 이내의 여행을 다녀온 적도 두세 번 있었다. 나는 두 분이 하코네에서 보내준 그림엽서를 아직도 갖고 있다. 닛코에 갔을 때는 단풍잎을 한 잎 동봉해 편지를 보내주었다.

당시 내 눈에 비친 두 분의 사이는 대충 이러했다. 그중 단 한 번 예외가 있었다. 어느 날 내가 평소처럼 하녀의 안내를 받으며 선생님 댁의 현관으로 들어서는데 거실 쪽에서 누군가의 말소리가 들렸다. 자세히 들어보니 그것은 일상의 대화가 아닌 다투는 소리 같았다. 선생님 댁은 현관 바로 다음이 거실이라 격자문 앞에 서 있던 내 귀에 두 분의 다투는 소리가 확실하게 들려왔다. 나는 이따금 언성이 높아지는 남자의 목소리를 통해 그중 한 사람이 선생님이라는 것을 알았다. 다른 한 사람은 선생님보다 목소리가 낮아 누군지 확실하지 않았지만, 아무래도 사모님 같았다. 울고 있는 것 같기도 했다. 나는 무슨 말인가 싶어 현관 앞에서 잠깐 머뭇거리다가 이내 마음을 바꿔 하숙집으로 돌아왔다.

묘한 불안감이 나를 엄습했다. 책을 읽어도 글자가 머릿속에 들어오지 않았다. 한 시간쯤 지났을까. 선생님이 내 방 창문 아래에서 나를 불렀다. 나는 깜짝 놀라 창문을 열었다. 선생님은 산책이나 하자고 했다. 허리춤에 찬 시계를 꺼내 보니 이미 여덟 시가 넘었다. 아직 하카마(치마처럼 폭이 넓거나 가랑이가 갈라져 있는 바지 형태로 겉에 입는 아래옷) 차림이었던 나는 즉시 밖으로 뛰쳐나갔다.

그날 밤 우리는 함께 맥주를 마셨다. 선생님은 원래 술이 약했다. 어느 정도 마시고, 그래도 취하지 않으면 취할 때까지 마시는 식의 모험은 불가능한 사람이었다.

"오늘은 안 되겠군."

선생님이 쓴웃음을 지었다.

"기분이 풀리지 않으세요?"

나는 안타까운 듯 물었다.

조금 전에 선생님 댁에서 있었던 일이 줄곧 머릿속에서 맴돌았다. 목에 생선 가시가 걸린 것처럼 마음이 편치 않았다. 솔직하게 물어봐야 하나 말아야 하나 하고 마음속 동요가 나를 안절부절못하게 만들었다.

"자네, 오늘 밤에는 평소와 좀 다른 것 같군."

선생님이 먼저 말을 꺼냈다.

"실은 나도 기분이 좀 안 좋다네. 자네도 대충 눈치 챘겠지?"

나는 아무 대답도 할 수 없었다. 선생님이 말을 이었다.

"사실 아까 아내와 좀 다투었네. 괜한 일로 흥분하고 말았지."

"무슨 일로……."

나는 '다투었느냐'는 말을 차마 입 밖에 내지 못했다.

"아내가 나를 오해하고 있어. 내가 오해라고 해도 곧이듣지 않더군. 그래서 그만 화를 내고 말았네."

"무슨 일로 선생님을 오해하신 건가요?"

선생님은 그 질문에 대한 대답은 회피했다.

"내가 아내가 생각하는 그런 사람이라면 이렇게 괴롭지는 않을 거야."

선생님이 얼마나 괴로워하고 있는지 나로서는 도저히 상상할 수 없었다.

10

술집에서 나와 1, 2정쯤 걷는 동안 우리 사이에는 줄곧 침묵이 이어졌다. 그러다가 선생님이 불쑥 말을 꺼냈다.

"내가 나빴어. 화내고 나왔으니 아내가 많이 걱정할 거야. 생각해 보면 여자들은 참 가엾은 존재야. 내 아내만 해도 나 외에는 달리 의지할 데가 없으니까 말이야."

선생님은 여기서 잠시 말을 끊었다. 하지만 특별히 내 대답을 기대하지는 않은 듯 곧바로 말을 이었다.

"그러고 보니 내가 꽤 든든한 남편이라도 되는 것처럼 말했군. 자네 눈에는 내가 어떻게 보이나? 강한 사람으로 보이나, 약한 사람으로 보이나?"

나는 "중간 정도로 보여요."라고 대답했다.

선생님에게는 내 대답이 약간 의외였던 모양이다. 선생님은 다시 입을 다물고 말없이 걷기 시작했다.

선생님 댁으로 가려면 내가 묵고 있는 하숙집을 지나가야 했다. 나는 하숙집 근처 모퉁이에 다다르자 왠지 선생님만 혼자 보내기가 죄송스러웠다.

"걷는 김에 선생님 집 앞까지 함께 가시죠."

그러자 선생님은 황급히 손으로 나를 가로막았다.

"늦었으니 얼른 들어가게. 나도 곧장 집으로 들어갈 걸세. 마나님을 위해서 말이야."

선생님이 마지막에 덧붙인 '마나님을 위해서'라는 말이 왠지 가슴에 따뜻하게 와 닿았다.

나는 그 말 때문에 방으로 들어가 안심하고 잠자리에 들 수 있었다. 그 뒤로도 오랫동안 '마나님을 위해서'라는 말을 잊을 수가 없었다.

그것으로 선생님과 사모님 사이에서 일어난 다툼이 사소한 것임을 알 수 있었다. 나는 그 뒤로 문지방이 닳도록 그 집을 드나들면서 그런 다툼이 흔치 않은 일이라는 것을 짐작할 수 있었다. 게다가 선생님은 어느 날인가 내게 이런 속내까지 비쳤다.

"내가 이 세상에서 아는 여자라고는 단 한 사람밖에 없네. 아내 외에는 거의 여자로 보이지 않더군. 아내도 나를 하늘 아래 단 한 명뿐인 남자로 생각하고 있지. 그런 의미에서 보면 가장 행복하게 맺어졌어야 할 한 쌍이었네."

그 전후의 이야기는 기억나지 않으므로 선생님이 무엇 때문에 내게 그런 심경을 들려주었는지 분명치는 않다. 하지만 선생님의 태도가 진지하고 말투가 차분했다는 것은 지금도 기억하고 있다. 단, 그때 내 귀에 이상하게 들린 것은 '행복하게 맺어졌어야 할 한 쌍이었네'라는 마지막 한 구절이었다. 어째서 선생님은 '행복하게 맺어진 한 쌍'이라고 하지 않고 '행복하게 맺어졌어야 할 한 쌍'이라고 했을까? 나로서는 그 점이 의문이었다. 특히 그 부분을 힘주어 말한 선생님의 어투가 마음에 걸렸다. 선생님은 정말 행복한 걸까? 나는 그런 의문을 품지 않을 수 없었다. 하지만 그 의문은 이내 어딘가에 묻혀버리고 말았다.

얼마 후 선생님 댁에 찾아간 나는 마침 선생님이 외출 중이어서 사모님과 단둘이 대화를 나누게 되었다. 그날 선생님은 요코하마에서 출항하는 배를 타고 외국으로 나가는 친구를 신바시까지 배웅하러 나가고 없었다. 당시 요코하마에서 배를 타는 사람은 대개 신바시에서 아침 여덟 시 반에 출발하는 기차를 탔다. 나는 어떤 책에 대해 여쭤볼 게 있어서 선생님과 미리 약속한 대로 아홉 시에 방문했다. 선생님이 신바시까지 나간 것은 전날 일부러 작별인사를 하러 집까지 찾아온 친구에 대한 예의로, 그날 갑자기 생긴 일이었다. 선생님은 곧 돌아올 테니 기다리고 있으라는 말을 남기고 나갔다. 그래서 나는 거실에 앉아 선생님을 기다리는 동안 사모님과 이야기를 나누게 되었다.

11

그 당시 나는 이미 대학생이었다. 처음 선생님 댁을 찾아갔던 때에 비하면 훨씬 어른스러워진 느낌이었다. 그때는 사모님과도 꽤 친해진 뒤였다. 사모님에 대해 어떤 거북함도 없던 나는 편하게 마주 앉아 이런저런 이야기를 나누었다. 하지만 특별할 게 없는 평범한 대화였기에 그 내용은 거의 기억나지 않는다. 그 가운데 유일하게 귀담아 들은 이야기가 있다. 그런데 그 이야기를 하기 전에 미리 밝혀둘 것이 있다.

선생님이 대학을 졸업했다는 것은 처음부터 알고 있었다. 하지만 선생님이 아무것도 하지 않고 세월만 보내고 있다는 것은 도쿄로 돌아오고 얼마 지나지 않아 알게 되었다. 나는 그때 선생님이 어째서 놀고 계시는지 의아하게 생각했다.

선생님은 세상에 전혀 이름을 드러내지 않는 분이었다. 그러므로 선생님과 친밀하게 지내고 있는 나 외에는 선생님의 학문이나 사상에 경의를 표하는 사람이 아무도 없었다. 나는 항상 그 점이 안타깝다고 했다. 그럴 때마다 선생님은 "나 같은 사람이 세상에 나아가 떠들어대는 건 죄일세."라고만 할 뿐 더는 대꾸하지 않았다. 내게는 그 말이 겸손을 넘어 오히려 세상사에 냉담한 것처럼 들렸다. 실제로 선생님은 가끔 저명인사가 된 옛날 동창생들의 이름을 대며 신랄하게 비난할 때가 있었다. 그래서 나는 그 모순된 행동에 대해 노골적으로 거론해보았다.

그것은 반항의 의미라기보다 세상 사람들이 선생님의 가치를 모른 채 태연히 지내는 게 안타까웠기 때문이다. 그때 선생님은 차분한 어조로 "나는 세상에 나아가 활동할 만한 자격이 없는 사람이니 어쩔 수 없네."라고 했다. 선생님의 얼굴에는 깊은 주름이 선명하게 새겨졌다. 나는 그 표정의 의미가 절망인지 불만인지 비애인지 알 수 없었지만, 어쨌든 뭐라 대꾸할 수 없을 정도로 강렬한 것이었기에 더는 말을 꺼낼 엄두도 내지 못했다.

사모님과 이야기를 나누다 보니 우리의 화제는 자연히 선생님에 관한 일로 옮겨졌다.

"선생님은 왜 그렇게 집에서 사색하거나 책만 보시고, 세상에 나아가 일하지 않는 거죠?"

"그분은 힘들어요. 그런 걸 싫어하니까요."

"그러니까 하찮은 일로 생각하고 계신다는 말씀인가요?"

"그렇다기보다는…… 여자인 제가 뭘 알겠습니까만, 아마 그런 건 아닐 거예요. 뭔가 하고 싶어 할 거예요. 그런데 할 수 없는 거죠. 그래서 저도 안타까워요."

"하지만 선생님은 특별히 편찮으신 데도 없이 건강하시잖아요."

"건강하고말고요. 아무런 지병도 없어요."

"그런데 왜 활동을 못하시는 거죠?"

"저도 그 이유를 모르겠어요. 그걸 안다면 이렇게 걱정하고 있지는 않겠죠. 그걸 모르니까 더 안타까운 거예요."

사모님의 말투에는 남편에 대한 진한 동정이 깃들어 있었다. 그런데도 입가에는 미소를 띠고 있었다. 얼굴 표정만 보면 오히려 내가 더 진지했다. 나는 심각한 얼굴로 침묵을 지키고 있었다. 그러자 사모님이 문득 생각난 듯 입을 열었다.

"젊었을 때는 그렇지 않았어요. 그때는 전혀 달랐죠. 그러던 사람이 완전히 변해버렸어요."

"젊었을 때라면 언제를 말씀하시는 건가요?"

내가 물었다.

"학생 시절이요."

"학생 때부터 선생님과 알고 지내신 거예요?"

사모님의 얼굴이 갑자기 발그스름하게 물들었다.

12

사모님은 도쿄 출신이었다. 그 점은 예전에 선생님에게도 사모님 자신에게도 들어서 알고 있었다. 사모님은 "사실 순수한 도쿄 사람은 아니에요."라고 말했다. 사모님의 모친은 도쿄가 아직 에도로 불리던 무렵에 이치가야에서 태어난 분이지만 부친이 돗토리인가 어딘가 하는 지방 출신이라서 사모님은 농담처럼 그렇게 말했던 것이다. 그런데 선생님은 그와는 동떨어진 니가타 현 사람이었다. 그러므로 사모님이 선생님의 학창 시절을 알고 있는 게 고향과 상관이 없다는 것만은 분명했다. 하지만 발그스름한 얼굴을 한 사모님이 더 이상 이야기를 하고 싶어 하지 않는 것 같아 나도 더는 캐묻지 않았다.

선생님을 처음 알게 된 뒤부터 선생님이 돌아가실 때까지 나는 여러 방면으로 선생님의 사상이나 정서에 접근해보았지만, 결혼 당시의 상황에 대해서는 거의 듣지 못했다. 한때는 그것을 선의로 해석하기도 했다. 나이든 선생님이 젊은 사람에게 달콤한 신혼 생활의 추억을 들려주기가 쑥스러워 일부러 삼가는 것이라고. 또 어떤 때는 그것을 부정적으로 받아들이기도 했다. 선생님이나 사모님 모두 나보다 한 세대 이전의 관습 속에서 자랐기 때문에 그런 애정 문제를 솔직하게 털어놓을 용기가 없는 것이라고. 물론 어느 쪽이든 나의 추측일 뿐이다. 그리고 그 추측의 밑바탕에는 두 분의 결혼 배경에 화려한 로맨스가 존재할 것이라는 가정이 깔려 있었다.

나의 가정은 역시 빗나가지 않았다. 하지만 나는 단지 사랑의 한 단면만을 상상한 것에 불과했다. 선생님의 아름다운 연애 뒤에는 엄청난 비극이 도사리고 있었다. 그리고 그 비극이 선생님에게 얼마나 참혹한 것이었는지 배우자인 사모님조차 전혀 알지 못했다. 사모님은 지금까지도 그런 사실을 모르고 있다. 선생님은 사모님에게 끝내 밝히지 않고 세상을 떠났다. 선생님은 사모님의 행복을 파괴하기 전에 먼저 자신의 생명을 파괴하고 말았다.

나는 지금 그 비극에 대해 아무 말도 하지 않겠다. 그 비극에서 비롯되었다고 할 수도 있는 두 분의 연애에 대해서는 앞서 말한 대로다. 두 분 모두 내게 아무런 이야기도 해주지 않았다. 사모님은 매사에 조심스러워서, 선생님은 그 이상의 심오한 이유 때문에.

다만 한 가지 기억에 남는 일이 있다. 꽃이 만발한 어느 날 나는 선생님과 함께 우에노 공원에 갔다. 그리고 그곳에서 아름다운 남녀 한 쌍을 보았다. 그들은 정답게 찰싹 달라붙어 꽃나무 아래를 걷고 있었다. 장소가 장소인 만큼 꽃보다도 그들에게 눈길을 보내는 사람들이 많았다.

"신혼부부인 모양이군."

선생님이 말했다.

"사이가 좋아 보이네요."

내가 대꾸했다.

선생님은 쓴웃음조차 짓지 않고 두 남녀가 보이지 않는 쪽으로 발길을 돌렸다. 그러고는 내게 이렇게 물었다.

"자네는 사랑을 해본 적이 있나?"

나는 없다고 대답했다.

"사랑을 해보고 싶지 않나?"

나는 아무 말도 하지 않았다.

"물론 해보고 싶을 테지?"

"네."

"자네는 지금 저 남녀를 보고 냉소하듯이 말했네. 자네의 말투 속에는 사랑을 원하면서도 상대를 구하지 못한 불만이 담겨 있었어."

"제 말투가 그랬습니까?"

"그렇더군. 만족할 만한 사랑을 하고 있다면 좀 더 따뜻한 목소리로 말했을 테지. 하지만…… 자네, 알고 있나? 사랑은 죄악이야."

나는 너무 놀라서 아무 대답도 하지 못했다.

13

우리는 군중 속에 있었다. 사람들은 모두 즐거워 보이는 표정이었다. 그곳을 빠져나와 꽃도 사람도 보이지 않는 숲속에 들어갈 때까지 같은 화제를 꺼낼 기회가 없었다. 숲에 들어섰을 때 내가 불쑥 물었다.

"정말로 사랑은 죄악입니까?"

"죄악이지, 분명히."

선생님의 목소리는 조금 전과 마찬가지로 흔들림이 없었다.

"왜 그렇죠?"

"왜 그런지는 조만간 알게 될 걸세. 아니, 이미 알고 있을 거야. 자네는 오래전부터 사랑에 마음이 흔들리고 있지 않았나?"

나는 일단 내 안을 들여다보았다. 역시 내 안은 텅 비어 있었다. 짐작될 만한 것은 아무것도 없었다.

"제게는 특별히 떠오르는 일이 없는데요. 그렇다고 제가 선생님께 뭔가 숨기고 있는 것도 아니고요."

"대상이 없으니까 흔들리는 걸세. 있으면 안정될 거라고 생각해서 계속 찾아다니고 있는 거지."

"지금은 별로 흔들리고 있지 않습니다."

"자네는 심적으로 뭔가 부족하니까 나를 찾아오는 게 아닌가?"

"그럴지도 모릅니다. 하지만 그건 사랑하고는 다릅니다."

"사랑을 이루는 단계지. 이성을 껴안기 위한 과정에서 먼저 동성
인 나를 찾아오는 걸세."

"제 생각에 그 두 가지는 전혀 성질이 다른 것 같습니다."

"아니, 똑같은 거야. 나는 남자라서 자네를 만족시켜줄 수 없다네.
더구나 어떤 특별한 사정까지 있어서 더더욱 자네를 만족시켜주지
못하고 있네. 나도 사실 그 점을 안타깝게 생각하고 있지. 자네가 나
아닌 다른 곳으로 마음이 움직이더라도 어쩔 수 없는 일이야. 나는
오히려 그러길 바라고 있네. 하지만……"

나는 왠지 슬퍼졌다.

"제가 부득이하게 선생님 곁을 떠날지도 모르겠지만, 아직은 그
런 생각을 해본 적이 없습니다."

선생님은 내 말에 귀를 기울이지 않았다.

"하지만 조심해야 하네. 사랑은 죄악이니까. 내 곁에 있으면 만족
할 수는 없지만 위험하지는 않지. 자네, 검고 긴 머리카락에 휘감겼
을 때 기분이 어떤지 아나?"

나는 머릿속으로는 상상할 수 있었지만, 실제로 어떤 기분인지는

알 수 없었다. 어쨌든 나는 선생님이 말하는 죄악이 무엇을 뜻하는지 제대로 이해할 수 없었다. 게다가 기분도 약간 상했다.

"선생님, 죄악이라는 게 뭘 의미하는지 좀 더 확실히 말씀해주세요. 그러지 않으실 거면 당분간 그 얘기는 거론하지 말아주세요. 제가 스스로 그 의미를 깨달을 때까지요."

"미안하네. 나는 자네에게 진실을 말해주고 싶었던 건데, 자네의 애만 태운 꼴이 됐군. 내 잘못이야."

선생님과 나는 박물관 뒤편에서 우구이스다니 쪽으로 말없이 걸음을 옮겼다. 울타리 틈새로 넓은 정원의 한쪽에 우거진 얼룩조릿대가 그윽해 보였다.

"자네는 내가 왜 다달이 조시가야에 묻힌 친구의 묘를 찾아가는지 아나?"

선생님의 질문은 너무도 뜻밖이었다. 하지만 선생님은 내가 그 질문에 대답할 수 없다는 것도 잘 알고 있었다. 나는 잠시 아무 대꾸도 하지 않았다. 그러자 선생님은 그제야 알았다는 듯 이렇게 말했다.

"내가 또 실수했네. 자네의 애를 태운 게 미안해서 설명해주려고 했는데, 그 설명이 또 자네를 애태우게 만드는군. 아무래도 안 되겠어. 그 얘기는 이쯤에서 끝내지. 아무튼 사랑은 죄악이야. 알겠나? 그리고 신성한 것이지."

나는 점점 더 선생님의 말을 이해할 수 없게 되었다. 하지만 선생님은 더 이상 사랑에 대해 언급하지 않았다.

14

한창 젊은 나는 자칫 외곬으로 빠져들기 쉬웠다. 적어도 선생님의 눈에는 그렇게 비친 모양이다. 내게는 학교 강의보다 선생님과의 대화가 더 유익했다. 교수님의 견해보다도 선생님의 사상이 더 큰 도움이 됐다. 결론적으로 말하면 교단에 서서 나를 지도해주는 저명한 사람들보다 그저 혼자서 조용히 지내는 선생님이 더 훌륭해 보였던 것이다.

"너무 과대평가하지 말게."

선생님이 말했다.

"충분히 심사숙고하고 내린 결론입니다."

나는 충분히 자신이 있었지만 선생님은 인정하지 않았다.

"자네는 열기에 들떠 있는 거야. 그 열기가 식으면 금방 싫증을 내겠지. 자네가 그토록 높이 평가해주니 내 마음이 편치 않군. 하지만 앞으로 자네에게 일어날 변화를 생각하면 더욱 마음이 괴롭다네."

"저를 그렇게 경박한 사람이라고 생각하세요? 제가 그 정도로 미덥지 못하나요?"

"나는 그저 자네가 안타까운 것이네."

"안타깝지만 신뢰할 수는 없다는 말씀인가요?"

선생님은 곤혹스러운 듯 정원 쪽으로 고개를 돌렸다. 얼마 전까지 그 정원에 강렬한 붉은빛을 점점이 수놓았던 동백꽃은 어느덧 한 송이도 보이지 않았다. 선생님은 거실에서 그 동백꽃을 자주 내다보곤 했다.

"특별히 자네만 믿지 않는 건 아닐세. 모든 인간들을 믿지 않는 거지."

그때 산울타리 너머에서 금붕어 장수의 목소리가 들렸다. 그 외에는 아무 소리도 들리지 않았다. 큰길에서 2정이나 들어와 있는 골목길은 생각보다 조용했다. 집 안은 평소와 마찬가지로 고요했다. 나는 옆방에 사모님이 있다는 것을 알고 있었다. 내 말소리가 조용히 바느질이나 다른 뭔가를 하고 있을 사모님의 귀에 들린다는 것도 알고 있었다. 하지만 나는 그런 사실을 까맣게 잊고 말았다.

"그럼 사모님도 믿지 않으시나요?"

나는 선생님에게 물었다.

선생님은 약간 불안한 표정을 보이며 직접적인 대답을 피했다.

"나는 나 자신도 믿지 않는다네. 말하자면 자신을 믿지 못하니까 남도 믿지 못하게 된 거지. 그저 나 자신이 저주스러울 뿐이네."

"그렇게 어렵게 생각하면 누구도 자신에 대해 확신할 수 없을 겁니다."

"아니, 생각만 한 게 아니라 직접 경험한 거야. 그 일로 많이 놀랐지. 그러고 나니 상당히 두려워지더군."

나는 좀 더 구체적으로 이야기를 듣고 싶었다. 그런데 장지문 뒤에서 선생님을 부르는 사모님의 목소리가 들렸다.

"여보, 여보."

선생님은 두 번째 부르는 소리에 대답했다.

"왜 그러시오?"

"잠깐만요."

사모님은 선생님을 옆방으로 불렀다.

나는 그 뒤로 두 분 사이에 무슨 대화가 오갔는지 모른다. 그것을 상상할 틈도 없이 선생님은 금방 다시 거실로 돌아왔다.

"어쨌든 나를 너무 믿지 말게. 언젠가 후회할 테니까. 그러면 자신이 기만당한 것에 대한 보복으로 끔찍한 복수를 하게 될지도 모르네."

"그건 무슨 뜻이죠?"

"예전에 그 사람 앞에 무릎을 꿇었던 기억이 이번에는 그 사람의 머리 위에 다리를 올려놓게 만든다네. 나는 훗날 모욕을 당하지 않으려고 지금의 존경을 물리치려는 것이네. 훗날 지금보다 더한 외로움을 참기보다 지금의 외로움을 참으려고 하는 거지. 자유와 독립과 자아로 가득 찬 시대에 태어난 우리는 그 대가로 모두 이런 외로움을 맛볼 수밖에 없어.”

　나는 그렇게 각오하고 있는 선생님에게 무슨 말을 해야 할지 몰랐다.

15

　그 후 나는 사모님의 얼굴을 볼 때마다 마음에 걸렸다. 선생님은 사모님에 대해서도 언제나 그런 태도로 일관하는 걸까? 만약 그렇다면 사모님은 그런 태도에 만족하고 있을까?

　사모님의 모습만으로는 만족하는지 어떤지 판단할 수 없었다. 나는 그것을 판단할 만큼 사모님과 가깝게 지낼 기회가 없었으니까. 그리고 사모님은 나를 대할 때마다 언제나 한결같은 모습이었으니까. 또한 사모님과 나는 선생님과 함께한 자리가 아니면 좀처럼 얼굴을 마주할 수 없었으니까.

　내가 궁금하게 생각한 것은 그 외에도 또 있었다. 인간에 대한 선생님의 그 확신은 어떻게 생겨난 것일까? 냉철한 눈으로 스스로를 반성하고 시대적 흐름을 관찰한 결과일까? 선생님은 자리에 앉아서 생각하는 성격이었다. 선생님처럼 명석하기만 하면 가만히 앉아서도 자연스레 그런 확신을 갖게 되는 것일까? 아무래도 그런 것만은 아닌 듯했다. 선생님의 확신은 살아 움직이는 것 같았다. 불에 탄 뒤에 차갑게 식어버린 석조 가옥과는 다른 느낌이었다. 내 눈에 비친 선생님은 틀림없는 사상가였다. 하지만 그 사상가가 쌓아올린 이념의 밑바탕에는 강렬한 체험이 자리하고 있는 듯했다. 자신과 동떨어진 타인의 경험이 아니라 자기 자신이 뼈에 사무치게 맛본 실제적인 경험, 피가 끓어오르고 맥박이 멈출 정도의 쓰라린 경험이 가슴속 깊이 자리하고 있는 듯했다.

이것은 나 혼자 멋대로 추측한 것이 아니다. 선생님 스스로 이미 그렇다고 고백했다. 단지 그 고백은 뭉게구름 같은 것이었다. 정체를 알 수 없는 두려움이 내 머리 위를 뒤덮었다. 그리고 어째서 그것을 두려워하는지 나 자신도 알지 못했다. 선생님의 고백은 안개처럼 흐릿했다. 그런데도 내 마음을 뒤흔들어놓았다.

나는 선생님의 그런 인생관의 기점에 어떤 강렬한 연애 사건이 존재한다고 가정해보았다. (물론 선생님과 사모님 사이에서 일어난 사건이다.) 일전에 선생님이 사랑은 죄악이라고 했던 말을 되짚어보니 그것이 약간의 실마리가 되기도 했다. 하지만 선생님은 실제로 사모님을 사랑한다고 했다. 그렇다면 두 분의 사랑에서 그런 염세에 가까운 생각이 나올 리는 없었다. "예전에 그 사람 앞에 무릎을 꿇었던 기억이 이번에는 그 사람의 머리 위에 다리를 올려놓게 만든다네."라는 선생님의 말은 현대를 살아가는 일반인에게 적용되는 말일 뿐,

선생님과 사모님에게 해당되는 말은 아닌 듯했다.

　조시가야에 있는, 내가 모르는 누군가의 묘…… 그 묘도 이따금 내 머릿속에 떠올랐다. 나는 그것이 선생님과 깊은 인연이 있는 묘라는 것을 알고 있었다. 선생님에게 가까이 다가가고 있으면서도 가까워질 수 없었던 나는 선생님의 머릿속에 삶의 일부분으로 존재하는 그 묘를 내 머릿속에도 받아들였다. 하지만 나에게 그 묘는 죽은 존재일 뿐이었다. 두 분 사이에 놓인 생명의 문을 여는 열쇠가 되지는 못했다. 오히려 두 분 사이에 서서 자유로운 왕래를 방해하는 요물처럼 여겨졌다. 그러던 어느 날, 또다시 사모님과 마주 앉아 이야기를 나눌 기회가 생겼다. 그날은 해가 짧아지는 조급한 가을을 모두가 아쉬워하는 제법 쌀쌀한 날이었다.

　그 무렵 선생님 댁 부근에서 사나흘 연속으로 도난 사건이 발생했다. 모두 초저녁에 일어난 일이었다. 귀중한 물건을 도난당한 집은 거의 없었지만, 도둑이 든 집들은 한결같이 뭔가를 잃어버렸다. 사모님은 무척 불안해했다. 그런 와중에 선생님이 밤에 외출해야 할 일이 생겼다. 지방 병원에서 근무하는 고향 친구가 상경해 선생님은 다른 친구들 두세 명과 함께 식사를 하기로 했던 것이다. 선생님은 내게 사정을 이야기하고 당신이 돌아올 때까지 집을 봐달라고 했다. 나는 흔쾌히 응했다.

16

내가 선생님 댁에 도착한 것은 등불을 막 켜기 시작한 해질 무렵이었는데, 마음이 급한 선생님은 벌써 나가고 집에 없었다. 사모님은 "약속 시간에 늦으면 안 된다며 방금 전에 나가셨어요."라고 말하고는 나를 선생님의 서재로 안내해주었다.

서재에는 책상과 의자 외에도 책장의 유리문 너머에 나란히 꽂힌 수많은 서적들이 전등 불빛에 고운 가죽 책등을 드러내고 있었다. 사모님은 내게 화로 앞에 놓인 방석에 앉으라고 권한 뒤 "잠시 저기 있는 책이라도 읽고 계세요."라며 양해를 구하고 밖으로 나갔다.

나는 주인이 돌아오기를 기다리는 손님 대접을 받는 것 같아서 마음이 불편했다. 나는 정좌로 앉아 담배를 피워 물었다. 다실에서 사모님이 하녀에게 뭔가 이야기하는 소리가 들렸다. 서재는 다실의 툇마루 끄트머리 모퉁이에 있었는데, 집 구조로 보면 거실보다 오히려 더 조용한 곳에 자리하고 있었다. 잠시 후 사모님의 말소리가 끊기자 다시 고요한 정적이 흘렀다. 나는 도둑을 기다리는 심정으로 가만히 앉아 주변의 인기척에 귀를 기울였다.

30분쯤 지나자 사모님이 다시 서재에 얼굴을 내밀었다. 그러고는 "어머나." 하며 약간 놀란 표정을 짓더니 손님으로 찾아온 사람처럼 짐짓 점잔을 빼며 앉아 있는 나를 의아한 듯이 쳐다보았다.

"그렇게 앉아 있으면 불편하실 텐데요."

"아니요. 불편하지 않습니다."

"그래도 지루하잖아요."

"아닙니다. 도둑이 들어올지도 모른다는 생각에 긴장이 돼서 지루한 줄도 모르겠습니다."

사모님은 홍차 찻잔을 손에 든 채 웃으면서 방문 앞에 서 있었다.

"여기는 구석진 방이라서 보초를 서기에는 좋지 않네요."

내가 말했다.

"그럼 번거롭겠지만 저 가운데로 나오시겠어요? 지루하실 것 같아서 차를 내왔는데, 괜찮으시다면 다실로 가져갈게요."

나는 사모님의 뒤를 따라 서재를 나갔다. 다실에 놓인 깔끔한 직사각형의 목제 화로에서 쇠주전자가 울음소리를 내고 있었다. 나는 거기에서 차와 과자를 대접받았다. 사모님은 잠을 못 자면 안 된다며 차를 마시지 않았다.

"선생님은 그런 모임에 자주 나가세요?"

"아니요, 거의 나가지 않으세요. 요즘에는 점점 더 사람 만나는 걸 싫어하시는 것 같아요."

이렇게 말하는 사모님의 표정에 특별히 걱정하는 기색은 보이지 않아서 내심 마음이 놓였다.

"그럼 사모님만 예외인가요?"

"아뇨. 나 역시 남편이 싫어하는 사람 중 한 명이에요."

"그렇지 않습니다."

내가 말했다.

"사모님도 그렇지 않다는 걸 알면서 그렇게 말씀하시는 거겠죠."

"그런가요?"

"제가 보기엔 사모님을 좋아하시니까 세상 사람들이 싫어지신 것 같아요."

"공부하는 분이라서 그런지 듣기 좋게 둘러대기도 잘하시네요. 그 비슷한 논리로 세상이 싫어져서 저까지 싫어졌다고 할 수도 있지 않을까요?"

"그렇게 생각할 수도 있겠지만, 이 경우에는 제 생각이 맞습니다."

"논쟁은 싫어요. 남자들은 뭐가 그렇게 재밌는지 툭하면 논쟁을 벌이더군요. 아무런 결론도 없는 얘기를 어쩜 그렇게 지치지도 않고 주고받을 수 있는지 이해를 못하겠어요."

사모님의 말은 약간 매서웠다. 하지만 어감은 여전히 부드러웠다. 사모님은 자신의 생각을 상대에게 인정받고 거기서 자부심을 느낄 만큼 현대적인 분이 아니었다. 그보다는 깊은 곳에 자리하고 있는 자신의 마음을 더 소중히 여기시는 것 같았다.

17

아직 사모님에게 묻고 싶은 말이 더 있었다. 하지만 사모님의 눈에 쓸데없이 논쟁거리나 찾아다니는 사내로 비치면 곤란할 것 같아 쉽게 말을 꺼내지 못했다. 사모님은 다 비운 홍차 찻잔을 말없이 들여다보고 있는 내 기분을 달래듯 "한 잔 더 드릴까요?"라고 물었다. 나는 곧바로 찻잔을 사모님에게 건넸다.

"몇 개요? 하나? 둘?"

각설탕을 집어 든 사모님은 내 얼굴을 보며 묘한 말투로 찻잔 속에 넣을 설탕의 개수를 물었다. 사모님의 태도는 교태를 부린다고 할 정도는 아니었지만, 조금 전의 매서운 말을 애써 떨쳐내려는 듯 애교가 넘쳤다.

나는 말없이 차를 마셨다. 잔을 비운 뒤에도 계속 침묵을 지켰다.

"말씀이 꽤 없으시네요."

사모님이 말했다.

"뭔가 얘기하면 또 논쟁하려고 든다고 꾸짖으실 것 같아서요."

내가 대답했다.

"설마요."

사모님의 그 말이 실마리가 되어 다시 대화가 오가기 시작했다. 화제는 또다시 우리의 공통 관심사인 선생님의 이야기로 이어졌다.

"사모님, 아까 그 얘기에 대해 좀 더 여쭤봐도 되겠습니까? 사모님은 그저 둘러댄 말로 들으셨는지 모르겠지만, 저는 건성으로 한 말이 아니거든요."

"그럼, 말씀하세요."

"만약 사모님이 갑자기 사라지신다면 선생님이 지금처럼 살아가실 수 있을까요?"

"그야 저도 모르죠. 그런 건 선생님한테 직접 여쭤봐야 하지 않을까요? 제가 답할 수 있는 질문이 아니네요."

"사모님, 저는 진지하게 묻는 겁니다. 그러니까 피하지 마시고 솔직하게 대답해주세요."

"사실이에요. 저도 솔직히 잘 모르겠어요."

"그럼 사모님은 선생님을 얼마나 사랑하고 계십니까? 이건 선생님보다는 사모님에게 적당한 질문이니까 여쭙는 겁니다."

"그런 건 굳이 묻지 않아도 되지 않을까요?"

"다 알고 있는 것이니 새삼스레 물을 필요가 없다는 말씀입니까?"

"네, 그래요."

"그 정도로 선생님에게 충실한 사모님이 갑자기 사라진다면 선생님은 어떻게 되실까요? 선생님의 생각을 묻는 게 아니라 사모님의 생각을 묻는 겁니다. 사모님이 보시기에 선생님은 행복해지실까요, 불행해지실까요?"

"제 생각은 이래요. 선생님은 그렇게 생각하지 않을지도 모르지만, 선생님은 저와 떨어지면 불행해지실 뿐이에요. 어쩌면 살아갈 수 없을지도 몰라요. 그게 저만의 착각인지는 모르겠지만, 저는 지금 선생님을 인간으로서 최대한 행복하게 해드리고 있다고 믿어요. 어느 누구도 저만큼 선생님을 행복하게 해드릴 수는 없다고 확신해요. 그렇기 때문에 이렇게 살고 있는 거예요."

"그런 믿음이 선생님께도 충분히 전해졌으리라 생각합니다만."

"그건 별개의 문제예요."

"역시 선생님이 사모님을 싫어한다는 말씀인가요?"

"그렇게 생각하지는 않아요. 저를 싫어하실 이유가 없는걸요. 하지만 선생님은 세상을 싫어하시잖아요. 아니, 요즘에는 세상보다도 사람을 싫어하시는 것 같아요. 저도 그 사람 중 하나인데 선생님이 좋아하실 리 없잖아요."

선생님이 자신을 싫어한다는 사모님의 말뜻을 그제야 이해할 수 있었다.

18

나는 사모님의 이해력에 감탄했다. 사모님의 태도가 구식 일본 여성들과 사뭇 다르다는 점도 내게는 신선한 느낌으로 다가왔다. 게다가 사모님은 그 무렵에 한창 유행하기 시작한 이른바 신조어 따위는 거의 쓰지 않았다.

　나는 여자와 진지하게 교제해본 경험이 없는 어수룩한 청년이었다. 남자로서의 나는 언제나 이성에 대한 본능으로 여자를 동경하고 있었다. 하지만 그것은 봄날의 구름을 그리워하는 것 같은 막연한 상상에 불과했다. 그 때문에 실제로 여자 앞에 서면 이따금 내 감정이 돌변하곤 했다. 나는 눈앞에 나타난 여자에게 마음이 끌리기보다는 오히려 묘한 반발심을 느꼈다. 그런데 사모님을 대할 때는 전혀 그런 마음이 들지 않았다. 일반적으로 남녀 사이를 가로막고 있는 생각의 차이도 전혀 느낄 수 없었다. 나는 사모님이 여자라는 사실을 잊고 있었다. 그저 선생님의 성실한 비평가이자 동조자로 사모님을 바라보았다.

　"사모님, 제가 일전에 선생님은 왜 세상에 나아가서 활동하지 않느냐고 물었을 때 사모님은 이렇게 말씀하셨죠. 원래는 그런 분이 아니었다고요."

　"네, 그랬죠. 정말 그런 분이 아니었거든요."

　"전에는 어떠셨어요?"

　"지금 학생이 바라는, 또 제가 바라는 그런 믿음직한 분이셨어요."

　"그런데 어째서 갑자기 변하신 겁니까?"

"갑자기 변한 건 아니고, 조금씩 저렇게 되신 거예요."

"사모님은 그동안 늘 선생님과 같이 계셨죠?"

"물론이죠. 부부인걸요."

"그럼 선생님이 그렇게 변하신 원인도 잘 알고 계시겠네요."

"그래서 저도 답답해요. 학생에게 그런 말을 들으니 더 가슴이 답답해지네요. 하지만 저도 도무지 이유를 모르겠어요. 지금까지 그이한테 제발 말씀 좀 해달라고 몇 번이나 부탁했는지 몰라요."

"선생님은 뭐라고 하시던가요?"

"아무 할 말이 없다, 아무것도 걱정할 거 없다, 내 성격이 변한 것뿐이다. 그렇게만 말씀하시고 더는 상대해주지 않으세요."

나는 잠자코 있었다. 사모님도 잠시 말을 멈추었다. 하녀가 있는 방에서는 부스럭거리는 소리조차 들리지 않았다. 이제 도둑 따위는 전혀 안중에 없었다.

"학생은 그 책임이 저한테 있다고 생각하세요?"

사모님이 불쑥 내게 물었다.

"아닙니다."

내가 대답했다.

"제발 숨김없이 말씀해주세요. 제가 그렇게 보이는 건 정말 괴로운 일이니까요."

그러고는 사모님이 다시 말을 이었다.

"그래도 저는 선생님을 위해 나름대로 최선을 다하고 있어요."

"그건 선생님도 알고 계시니까 걱정하지 않으셔도 됩니다. 제가 보증하겠습니다."

사모님은 화로 안의 재를 긁어 평평하게 다듬었다. 그리고 물그릇에 담긴 찬물을 쇠주전자에 따랐다. 쇠주전자가 금방 울음을 멈추었다.

"제가 더는 참을 수 없어서 그이한테 얘기한 적이 있어요. 제게 부족한 점이 있다면 기탄없이 말해달라고요. 고칠 수 있는 거라면 고치겠다고요. 그러자 그이는 제가 문제가 있는 게 아니라 자신한테 문제가 있는 거라고 하더군요. 그런 말을 들으니 마음이 아파서 견딜 수가 없었어요. 저의 부족한 부분이 뭔지 얘기해주면 좋으련만."

사모님의 눈에는 눈물이 가득 고였다.

19

처음에 나는 사모님을 이해심이 많은 여성 정도로 생각했다. 그런데 내가 그런 마음으로 대하는 동안 사모님의 태도가 조금씩 바뀌어갔다. 사모님은 내 머리에 호소하는 대신, 내 심장을 흔들기 시작했다. 자신과 남편 사이에는 아무런 응어리도 없다, 또한 없어야 한다, 그런데 역시 뭔가가 있다, 하지만 눈을 크게 뜨고 확인해보면 아무것도 보이지 않는다. 사모님이 괴로워하는 것은 바로 그 때문이었다.

사모님은 처음에 선생님이 세상을 염세적으로 바라보기 때문에 자신까지 싫어하는 것이라고 단언했다. 그렇게 단언하면서도 그것을 순순히 받아들이지는 않았다. 속내를 들어보니 오히려 그 반대로 생각하고 있었다. 선생님이 자신을 싫어하다가 결국은 세상까지 싫어하게 되었다고 추측하고 있었다. 하지만 아무리 애를 써봐도 그 추측을 확신할 수 없었다. 선생님은 언제나 좋은 남편처럼 행동했다. 친절하고 자상했다. 의혹 덩어리를 그날그날의 정분으로 감싸고 살며시 가슴속에 묻어두었던 사모님은 그날 밤 그 보따리를 내 앞에 풀어놓았다.

"학생은 어떻게 생각해요?"

사모님이 물었다.

"선생님이 저리 되신 게 저 때문인가요? 아니면 학생이 말하는 인생관인가 뭔가 하는 것 때문인가요? 솔직하게 말씀해주세요."

나는 굳이 숨길 생각은 없었다. 하지만 내가 모르는 뭔가가 존재한다면 어떻게 대답하든 사모님을 만족시킬 수 없을 것 같았다. 그리고 나는 거기에 내가 모르는 무언가가 존재하리라고 믿고 있었다.

"저는 모르겠습니다."

그 순간 사모님은 기대에 어긋났을 때 보이는 허탈한 표정을 지었다. 나는 곧바로 덧붙여 말했다.

"하지만 선생님이 사모님을 싫어하지 않는 것만은 분명합니다. 저는 지금 선생님의 말을 그대로 전해드리는 것뿐입니다. 선생님이 거짓말을 하실 분이 아니잖아요."

사모님은 아무 말도 없었다. 그러고는 잠시 후 이렇게 말했다.

"사실 좀 짚이는 데가 있긴 해요……."

"선생님이 저렇게 된 원인에 대해서 말입니까?"

"네, 만약 그게 원인이라면 제 탓은 아니니 그것만으로도 저는 훨씬 마음이 편해질 거예요."

"그게 무슨 일이죠?"

사모님은 잠시 머뭇거리며 무릎 위에 얹은 자신의 손을 바라보았다.

"학생이 판단을 내려주세요. 말씀드릴 테니까요."

"제가 판단할 수 있는 일이라면 그렇게 하겠습니다."

"전부 다 말씀드릴 수는 없어요. 그랬다간 선생님한테 야단맞을 테니까요. 야단맞지 않을 정도까지만 말씀드리죠."

나는 너무 긴장한 나머지 침을 꿀꺽 삼켰다.

"선생님이 대학에 다닐 때 무척 친하게 지내던 친구가 있었어요. 그런데 그분이 졸업하기 직전에 세상을 떠났어요. 갑작스런 죽음이었지요."

사모님은 내 귀에 속삭이듯이 낮은 목소리로 "실은 자살한 거예요."라고 말했다. 그것은 "왜요?"라고 되묻지 않을 수 없는 말투였다.

"그 정도밖에는 말씀드릴 수 없어요. 어쨌든 그 일이 있고 나서 선생님의 성격이 점점 바뀌어갔어요. 친구 분이 왜 죽었는지는 저도 모르겠어요. 선생님도 잘 모르시는 것 같아요. 하지만 그때부터 선생님이 달라진 걸 보면 꼭 그렇게 단정 지을 수만은 없어요."

"조시가야에 있는 게 그분의 묘인가요?"

"그건 말씀드릴 수 없어요. 그런데 사람이 친구 하나를 잃었다고 그렇게 변할 수 있는 건가요? 저는 그게 정말 궁금해요. 그러니까 그 점에 대해 판단해주셨으면 해요."

내 판단은 부정적인 쪽으로 기울고 있었다.

20

나는 내가 파악한 사실을 토대로 최대한 사모님을 위로하려고 애썼다. 사모님 또한 내게서 위로를 받는 것처럼 보였다. 그래서 우리는 그 문제에 대해 한동안 이야기를 나누었다. 하지만 나는 근본적인 원인을 파악하지 못하고 있었다. 사모님의 불안도 사실은 주변을 떠도는 희미한 구름과 같은 의혹에서 비롯된 것이었다. 사건의 진상에 대해서는 사모님 자신조차 모르는 게 많았다. 그나마 알고 있는 내용도 내게 전부 밝히지 못했다. 따라서 위로하는 나도 위로받는 사모님도 물결 위에서 이리저리 흔들리고 있었다. 그러면서도 사모님은 필사적으로 손을 내밀며 미덥지 않은 내 판단에 의지하려고 했다.

열 시쯤 되어 현관에서 선생님의 구둣발 소리가 들리자 사모님은 지금까지의 일을 순식간에 몽땅 잊어버린 듯 앞에 앉아 있는 내게 눈길 한 번 주지 않고 벌떡 일어나 나갔다. 그리고 현관문을 여는 선생님을 거의 마주치듯이 맞이했다. 나는 잠깐 혼자 앉아 있다가 사모님을 따라 나갔다. 하녀는 선잠이 들었는지 끝내 밖으로 나오지 않았다.

선생님은 기분이 조금 좋아 보였다. 하지만 사모님은 훨씬 더 좋아 보였다. 방금 전까지 사모님의 아름다운 눈에 고여 있던 눈물과 까만 눈썹 사이에 새겨진 내천자 주름을 기억하고 있던 나는 그 변화에 의아해하며 유심히 바라보았다. 만약 그것이 거짓된 행동이 아니라면 (실제로 그것을 거짓이라고 생각하지는 않았지만) 지금까지 사모님이 늘어놓은 하소연은 자기 감상에 빠져 나를 상대로 꾸며낸 짓궂은 유희로 생각할 수도 있었다. 사실 그때는 사모님을 그렇게 부정적으로 생각하고 싶지 않았다. 나는 갑작스레 밝아진 사모님의 표정을 보고 오히려 마음이 놓였다. 이 정도라면 그렇게 걱정할 필요도 없다고 생각했다.

선생님은 웃으면서 내게 말했다.

"정말 수고했네. 도둑은 들어오지 않던가?"

그러고는 이렇게 덧붙였다.

"도둑이 들어오지 않아서 맥이 빠지진 않았나?"

집으로 돌아갈 때 사모님은 가볍게 인사하며 말했다.

"오늘 고생 많았어요."

그 말투는 바쁜데 불러서 미안하다는 느낌보다는 애써 찾아왔는데 도둑이 들지 않아서 안타깝다는 식의 농담처럼 들렸다. 그러면서 사모님은 아까 내놓았던 양과자를 종이에 싸서 내 손에 쥐여주었다. 나는 그것을 소맷자락에 넣고 쌀쌀한 늦가을의 인적 드문 골목길을 빠져나와 번화가 쪽으로 발걸음을 재촉했다.

나는 그날 밤의 일을 기억의 안쪽에서 끄집어내어 여기에 자세히 적었다. 이것은 적어야 할 필요가 있기 때문에 적은 것이지만, 사실 사모님에게 과자를 받고 돌아설 때만 해도 그날 밤의 대화를 심각하게 생각하지는 않았다.

다음 날 점심을 먹으러 학교에서 돌아온 나는 전날 밤 책상 위에 올려놓은 과자 봉지를 보자마자 그 안에서 초콜릿을 입힌 다갈색 카

스텔라를 꺼내 볼이 미어져라 입에 넣었다. 그리고 내게 그 과자를 준 두 사람은 분명 행복한 한 쌍으로 이 세상에 존재하고 있다고 자각하면서 그 맛을 음미했다.

가을이 지나고 겨울이 올 때까지 별다른 일은 없었다. 나는 선생님 댁에 드나드는 김에 사모님에게 세탁이나 옷 수선 등을 부탁했다. 이제껏 주반(속옷으로 맨몸에 직접 입는 짧은 홑옷)도 입어본 적이 없는 내가 셔츠 위에 검은 깃이 달린 옷을 걸치게 된 것도 그때부터였다. 자식이 없는 사모님은 그런 소일거리가 오히려 무료함을 달래주어 몸에 이롭다고 말하기도 했다.

"이건 손으로 직접 짠 거네요. 이렇게 옷감이 좋은 기모노는 지금까지 바느질해본 적이 없어요. 옷감이 좋은 대신 바느질하기는 힘들어요. 바늘이 잘 들어가지 않거든요. 덕분에 바늘을 두 개나 부러 뜨렸어요."

이렇게 불평할 때조차 사모님의 얼굴에서는 귀찮아하는 기색을 찾아볼 수 없었다.

21

겨울이 되자 나는 뜻하지 않게 고향에 내려갈 일이 생겼다. 어머니의 편지에 따르면 아버지의 병세가 전보다 더 나빠진 것 같았다. 당장 어떻게 될 정도는 아니지만 연세가 연세인지라 가능하면 짬을 내서 와달라는 내용이었다.

아버지는 오래전부터 신장병을 앓고 있었다. 중년을 넘긴 사람들에게는 종종 나타나는 병으로 아버지의 경우도 만성이었다. 그런 만큼 당사자는 물론 가족들도 다들 조심하기만 하면 그다지 위험한 병은 아니라고 믿고 있었다. 실제로 아버지는 찾아온 손님들에게 건강 관리를 잘한 덕분에 지금까지 그럭저럭 버텨온 것처럼 말하곤 했다. 그런데 어머니의 편지에 의하면 그런 아버지가 정원 일을 하다가 갑자기 현기증으로 쓰러졌다고 한다. 처음에는 일가친척들도 가벼운 뇌출혈로 생각해 곧바로 그에 맞는 조치를 취했다. 나중에 의사로부터 아무래도 뇌출혈이 아니라 지병 때문인 것 같다는 말을 듣고 비로소 졸도와 신장병을 연결해 생각하게 된 것이다.

겨울방학이 되려면 조금 더 있어야 했다. 나는 학기를 끝내고 내려가도 괜찮으리라 생각하고 하루 이틀 그대로 지냈다. 그러는 동안 병상에 누워 있는 아버지의 모습과 걱정하는 어머니의 얼굴이 자꾸만 눈앞에 아른거렸다. 그때마다 마음이 괴로웠던 나는 결국 고향에 내려가기로 했다. 고향집에서 돈을 보내주는 번거로움과 시간을 절약하기 위해 나는 작별 인사도 할 겸 선생님을 찾아가 여비를 빌리기로 했다.

선생님은 약간 감기 기운이 있어서 거실로 나가기 곤란하다며 나를 서재로 불렀다. 겨울에는 자주 접하기 어려운 따스한 햇살이 서재의 유리문을 통해 책상보 위를 비추고 있었다. 선생님은 볕이 잘 드는 그 서재에 커다란 화로를 들여놓고 삼발이 위에 놓인 놋대야에서 피어오르는 수증기를 쐬며 숨을 고르고 있었다.

"하찮은 감기가 오히려 큰 병보다 더 성가신 법이야."

선생님은 쓴웃음을 지으며 내 얼굴을 쳐다보았다. 선생님은 이렇다 할 큰 병을 앓은 적이 없는 분이었다. 선생님의 말에 절로 웃음이 나왔다.

"감기 정도는 참을 수 있지만 그보다 심한 병은 딱 질색이에요. 그건 선생님도 마찬가지일걸요. 시험 삼아 한번 앓아보시면 잘 아실 텐데요."

"그런가? 나는 이왕 병에 걸릴 거라면 죽을병에 걸리고 싶은데."

나는 선생님의 말에 그다지 신경을 쓰지 않았다. 곧바로 어머니가 보낸 편지에 대해 이야기하고 염치없이 돈을 빌려달라고 부탁했다.

"걱정이 많겠군. 그 정도 돈이라면 집에 있을 테니 가져가게."

선생님은 사모님을 불러 필요한 금액을 내게 주라고 했다. 사모님은 안쪽에 있는 책장 서랍인가 어딘가에서 돈을 꺼내와 흰 종이 위에 조심스레 올려놓고는 말했다.

"걱정되시겠어요."

"여러 번 쓰러지셨나?"

선생님이 물었다.

"편지에는 자세히 씌어 있지 않았습니다만, 그렇게 자주 쓰러지는 병인가요?"

"으응."

사모님의 어머니도 아버지와 똑같은 병으로 돌아가셨다는 것을 그때 처음 알았다.

"아무래도 어렵겠네요."

내가 말했다.

"그럴지도 모르지. 내가 대신 아플 수 있다면 그러고 싶지만……구토도 하시나?"

"글쎄요, 편지에 그런 얘기는 없는 것으로 보니 그런 것 같진 않습니다."

"구토 증세가 없으면 아직은 괜찮아요."

사모님이 말했다.

나는 그날 밤 기차로 도쿄를 떠났다.

22

아버지의 병세는 생각했던 것만큼 심각하지는 않았다. 그래도 내가 집에 도착했을 때는 이부자리 위에서 책상다리를 하고 앉아 말했다.

"모두들 걱정하니까 이렇게 참고 들어앉아 있다. 이젠 무슨 일이 일어나든 상관없는데 말이야."

하지만 그 다음 날에는 어머니의 만류에도 불구하고 끝내 이부자리를 치우게 했다. 어머니는 마지못해 굵은 고치실로 짠 이불을 개면서 말했다.

"네가 돌아오니까 아버지가 갑자기 기운이 나시는 모양이다."

내가 보기에는 아버지가 허세를 부리는 것 같지는 않았다.

형은 직장 문제로 멀리 규슈에 가 있다. 특별한 경우가 아니면 좀처럼 부모님을 찾아뵙기 어려운 처지였다. 여동생은 다른 지방으로 출가했다. 여동생 역시 급한 일이 있을 때마다 언제든 부를 수 있는 형편은 아니었다. 삼남매 중에서 쉽게 집에 부를 수 있는 자식은 역시 학교에 다니고 있는 나뿐이었다. 내가 어머니의 분부대로 학교 수업을 팽개치고 방학도 하기 전에 돌아온 것에 대해 아버지는 무척 만족스러워했다.

"별 것 아닌 일로 학교까지 쉬게 해서 미안하구나. 네 어머니는 너무 과장해서 편지를 쓴다니까."

아버지는 실제로 이제까지 깔아놓았던 이부자리를 치우게 하고 여느 때와 다름없는 건강한 모습을 보여주었다.

"너무 가볍게 여기다간 언제 다시 병이 도질지도 몰라요."

아버지는 내 말에 흐뭇해하면서도 전혀 진지하게 받아들이지 않았다.

"괜찮아. 지금처럼 평소에 조심하기만 하면."

실제로 아버지는 괜찮아 보였다. 집 안을 이리저리 돌아다녔지만 숨도 가빠하지 않고 현기증도 느끼지 않았다. 그저 안색만은 보통 사람보다 안 좋았는데, 그것은 어제오늘의 일이 아니었기에 우리는 그다지 신경 쓰지 않았다.

나는 선생님에게 돈을 빌려준 데 대한 감사의 편지를 썼다. 정월에 올라가서 갚아드릴 테니 그때까지 기다려달라고 양해를 구했다. 그리고 아버지의 병세가 생각했던 것만큼 심각하지 않다느니, 이 정도라면 당분간은 안심해도 되겠다느니, 현기증이나 구토 증세는 전혀 없다느니 따위의 내용들을 장황하게 늘어놓았다. 그리고 마지막에 감기 기운은 어떠시냐고 간단히 안부 인사 한마디를 덧붙였다. 나는 솔직히 선생님이 걸린 감기는 대수롭지 않게 생각하고 있었다.

나는 선생님에게 편지를 보낼 때 답장은 전혀 기대하지 않았다. 편지를 보낸 뒤 부모님과 마주 앉아 선생님에 대한 얘기를 나누면서 아련히 선생님의 서재를 떠올렸다.

"이번에 도쿄에 올라갈 때 표고버섯이라도 갖다 드리렴."

"네. 근데 선생님이 말린 표고버섯을 드실지 모르겠네요."

"맛있는 건 아니지만, 특별히 싫어하는 사람도 없을 거야."

내게는 표고버섯과 선생님을 결부시켜 생각하는 것이 왠지 어색했다.

선생님의 답장을 받았을 때 나는 약간 놀랐다. 별다른 용건이 없는 편지임을 확인했을 때 특히 더 놀랐다. 그저 선생님이 자상한 분이라서 답장을 보내준 것이라고 생각했다. 그렇게 생각하니 그 짧막한 한 통의 편지가 내게는 커다란 기쁨이 되었다. 물론 그것은 내가 선생님에게 받은 첫 번째 편지였다.

첫 번째 편지라고 말하면 나와 선생님 사이에 서신 왕래가 빈번했던 것으로 생각할 수도 있는데, 사실은 그렇지 않다는 것을 미리 밝혀둔다. 나는 선생님 생전에 단 두 통의 편지를 받았다. 그중 한 통이 지금 말한 그 짧막한 답장이고, 다른 한 통은 선생님이 세상을 떠나기 전에 특별히 내게 보낸 장문의 편지다.

아버지는 병의 특성상 운동을 삼가야 하기 때문에 이부자리를 걷은 뒤에도 거의 밖에 나가지 않았다. 날씨가 화창한 날 오후에 한 번 정원에 나간 적이 있었는데, 그때는 만일의 경우에 대비해 내가 곁에 바싹 달라붙어 있었다. 나는 걱정이 되어 내 어깨에 손을 얹으라고 해도 아버지는 웃기만 할 뿐 듣지 않았다.

23

나는 무료한 아버지를 상대로 자주 장기를 두었다. 우리는 둘 다 게으른 성격이라서 고타쓰(일본에서 쓰이는 온열기구로, 나무로 만든 밥상에 이불이나 담요 등을 덮은 것을 말한다. 상 아래에는 화덕이나 난로가 있다) 위에 장기판을 올려놓고 말을 움직일 때마다 이불 속에 넣어둔 손을 빼곤 했다. 간혹 잡아둔 상대의 말을 잃어버리고도 다음 번 장기를 둘 때까지 서로 모르고 있는 경우도 있었다. 그것을 어머니가 화로의 잿더미에서 찾아내 부젓가락으로 끄집어내는 어이없는 일도 있었다.

"바둑판은 너무 두툼한 데다 다리까지 붙어 있어서 고타쓰에 올려놓고 두기 힘들어. 그런 면에선 장기가 낫지. 이렇게 편하게 둘 수 있으니까. 게으른 사람한테는 안성맞춤이야. 자, 한 판 더 두자."

아버지는 이기면 이겼다고, 지면 졌다고 한 판 더 두자고 했다. 요컨대 승부와 상관없이 고타쓰에서 두는 장기 자체를 즐기고 있었다. 나도 처음에는 새로운 기분에 그 한가로운 오락에 상당히 흥미를 느꼈지만, 시일이 지나자 젊은 나의 기력은 그 정도의 자극에 더 이상

만족할 수 없었다. 나는 가끔씩 장기 말을 쥔 손을 머리 위로 뻗으며 늘어지게 하품을 했다.

　나는 도쿄의 일을 생각했다. 그러자 피가 넘쳐나는 심장 안쪽에서 힘찬 고동소리가 들렸다. 신기하게도 그 고동소리는 어떤 미묘한 의식 상태에서 선생님을 생각할수록 점점 더 커지는 느낌이었다.

　나는 마음속으로 아버지와 선생님을 비교해보았다. 세상 사람들이 보기에는 두 분 모두 살았는지 죽었는지 모를 만큼 조용한 분들이었다. 세상 사람들이 인정하는 기준으로 보면 두 분 모두 빵점이었다. 게다가 장기만 두려고 하는 아버지는 단순한 놀이 상대로서도 부족했다.

　그런데 오락과는 거리가 먼 선생님은 오락을 함께하는 데서 생겨나는 친밀함 이상으로 언제부터인가 내 머릿속에 깊이 자리하고 있었다. 머릿속이라고 하면 너무 차가운 느낌이 드니 가슴속이라고 바꿔 말하고 싶다. 선생님의 기운이 내 살 속에 들어와 있었다고 해도, 선생님의 생명이 내 피 속에 흐르고 있었다고 해도, 당시의 내게는 전혀 과장된 표현이 아니었다. 새삼스레 아버지는 피를 나눈 가족이고, 선생님은 피 한 방울 섞이지 않은 타인이라는 명백한 사실을 떠올리고 나는 대단한 진리라도 발견한 듯 놀랐다.

　내가 고향에서의 생활을 따분해할 즈음 오랜만에 찾아온 자식을 반기던 부모님의 마음도 점차 시들해졌다. 여름방학 같은 때 고향에 내려간 적이 있는 사람이라면 누구나 경험하는 일이겠지만, 처음 일주일 정도는 가족들이 극진하게 대해준다. 하지만 일정한 기간이 지나면 그 열기도 서서히 수그러들어서 나중에는 있어도 그만 없어도 그만인 존재로 전락하기 십상이다. 나도 고향에 머물면서 그 기간을 넘겼다. 게다가 나는 고향에 내려갈 때마다 부모님이 알지 못하는 새로운 것을 도쿄에서 가지고 갔다. 마치 유교 집안에 기독교 냄새를 끌어들이듯이 내가 가지고 가는 것은 부모님과 제대로 조화를 이루지 못했다. 물론 나는 그것을 겉으로는 드러내지 않았다. 하지만 이미 몸에 밴 것이기에 아무리 드러내지 않으려고 해도 어느 틈에 부모님의 눈에 띄고 만다. 나는 어느덧 그런 생활에 싫증이 났다. 얼른 도쿄로 돌아가고 싶었다.

다행히 아버지의 병세는 더 이상 악화될 기미를 보이지 않았다. 혹시나 하는 마음에 일부러 멀리서 이름난 의사를 불러와 꼼꼼히 진찰을 받아봤지만 역시 내가 알고 있는 것 외에는 별다른 이상이 발견되지 않았다. 나는 겨울방학이 끝나기 전에 도쿄로 돌아가기로 했다. 그런데 내가 막상 도쿄로 가겠다고 하자, 사람의 마음이란 게 묘해서 두 분 모두 나를 만류했다.

"벌써 가려고? 방학이 끝나려면 아직도 멀었잖니?"

어머니가 말했다.

"네댓새 더 있다 가도 되잖아?"

아버지가 말했다.

나는 내가 정한 출발 날짜를 변경하지 않았다.

24

도쿄에 돌아와 보니 마쓰카자리(새해가 되면 대문에 장식하는 소나무)는 어느새 전부 치워지고 없었다. 거리에는 찬바람만 불 뿐 어디를 둘러봐도 정월다운 분위기는 찾아볼 수 없었다.

나는 곧장 선생님 댁으로 돈을 갚으러 갔다. 가는 김에 표고버섯도 함께 가지고 갔다. 그냥 내밀기가 좀 어색해서 어머니가 갖다 드리라고 했다며 조심스럽게 사모님 앞에 내려놓았다. 표고버섯은 과자 상자에 담겨 있었다. 정중하게 감사의 뜻을 전한 사모님은 그 상자를 옆방으로 가지고 가려고 들었다가 너무 가볍다고 느꼈는지 "이건 무슨 과자예요?"라고 물었다. 사모님은 친한 사람에게는 이렇게 아이처럼 순진한 모습을 보였다.

두 분 모두 아버지의 병환을 걱정하며 이것저것 물어보았다.

선생님이 말했다.

"자네 얘기를 들어보니 당장 어떻게 되실 것 같지는 않은데, 병이 병인 만큼 항상 조심해야 하네."

선생님은 신장병에 대해 나보다 훨씬 더 많이 알고 있었다.

"자신이 병에 걸렸는데도 알아채지 못하고 방심하게 되는 게 그 병의 특징이지. 내가 아는 어느 군인도 그 병에 걸려 결국 세상을 떠났는데, 정말이지 거짓말처럼 가버렸어. 곁에서 자고 있던 부인이 미처 손쓸 겨를도 없이 말이야. 한밤중에 약간 답답하다며 부인을 깨우긴 했는데, 아침에는 이미 죽어 있었어. 그런데도 부인은 남편이 그냥 자고 있는 줄 알았다더군."

지금까지 낙관하고 있던 나는 갑자기 마음이 불안해졌다.

"저희 아버지도 그렇게 될까요? 아니라고 장담할 수도 없겠네요."

"의사는 뭐라고 그러던가?"

"병을 고치기는 어렵지만 당분간은 걱정하지 않아도 된다고 했습니다."

"의사가 그렇게 말했으니 괜찮겠지. 내가 방금 얘기한 건 자신이 병에 걸린 사실을 전혀 몰랐던 경우야. 게다가 그 사람은 몸을 사리지 않는 군인이었거든."

나는 조금 안심이 됐다. 내 안색의 변화를 가만히 지켜보던 선생님이 이렇게 덧붙였다.

"하지만 인간은 건강하든 그렇지 않든 모두가 연약한 존재라네. 언제 무슨 일로 어떻게 죽을지 모르니까."

"선생님도 그런 생각을 하세요?"

"내가 아무리 건강하다고 해도 전혀 그런 생각을 안 할 순 없겠지."

선생님의 입가에 미소가 감돌았다.

"맥없이 허무하게 죽는 사람도 많지 않은가. 자연스럽게 어느 한 순간에 갑자기 죽는 사람도 있을 테고. 부자연스러운 폭력으로."

"부자연스러운 폭력이란 게 뭐죠?"

"나도 정확하게 말할 수는 없지만, 자살 같은 건 모두 부자연스러운 폭력이 아닐까?"

"그럼 살해당하는 것 역시 부자연스러운 폭력 때문이겠네요?"

"그건 생각해본 적이 없는데. 하지만 그 말도 일리가 있군."

그날은 그쯤에서 대화를 끝냈다. 하숙집으로 돌아온 뒤에도 아버지의 병에 대해서는 그다지 걱정되지 않았다. 자연스러운 죽음이니 부자연스러운 폭력에 의한 죽음이니 따위의 말도 그 자리에서만 잠깐 흥미를 느꼈을 뿐 머릿속에 오래 남아 있지는 않았다. 나는 이전부터 몇 번인가 쓰려다가 미뤄두었던 졸업 논문을 이제 본격적으로 써야겠다는 생각이 들었다.

25

그해 6월에 졸업 예정이던 나는 규정대로 졸업 논문을 4월 말까지 완성해야 했다. 2월, 3월, 4월, 하고 남은 달수를 꼽아보니 마음이 초조해졌다. 다른 학생들은 이미 오래전부터 자료를 수집하고 노트를 정리하느라 분주하게 움직이고 있는데, 나는 아직 손도 대지 못했다. 그저 해가 바뀌면 열심히 하겠다는 생각만 하고 있을 뿐이었다. 나는 그 생각을 실행에 옮기기 시작했다. 하지만 금방 벽에 부딪치고 말았다. 이제까지 막연하게 대강의 줄거리만 잡아놓고 골격이 거의 완성된 것으로 생각했던 나는 머리를 감싸고 고민하기 시작했다. 나는 고민 끝에 논문의 범위를 좁히기로 했다. 그리고 작성한 내용을 체계적으로 정리하는 데 드는 수고를 덜기 위해 그냥 책에 있는 자료들을 나열하고 거기에 맞는 결론만 약간 덧붙이기로 했다.

내가 선택한 논문 주제는 선생님의 전공과 관련된 것이었다. 일전에 그 주제 선정에 대해 내가 의견을 물었을 때 선생님은 괜찮은 것 같다고 했다. 나는 다급한 마음에 곧바로 선생님을 찾아가 내가 읽어야 할 참고서적에 대해 물어보았다. 선생님은 자신이 알고 있는 지식을 내게 기꺼이 전해주었고, 필요한 서적도 두세 권 빌려주었다. 하지만 논문 주제에 대해 직접 지도하려고는 하지 않았다.

"요즘엔 별로 책을 읽지 않아서 새로운 건 아는 것이 없네. 그런 건 학교 선생님한테 묻는 게 나을 거야."

그 말을 듣자 한때는 선생님도 대단한 독서가였는데 웬일인지 요즘에는 책에 흥미를 잃은 것 같다고 하던 사모님의 말이 문득 떠올랐다. 나는 논문에 관한 이야기는 제쳐두고 엉뚱한 곳으로 화제를 돌렸다.

"선생님은 왜 책에 흥미를 잃으신 겁니까?"

"딱히 이렇다 할 이유는 없는데, 말하자면 아무리 책을 읽어도 그만큼 훌륭해지는 건 아니라고 생각했기 때문이겠지. 그리고……."

"다른 이유가 또 있습니까?"

"뭐 별건 아닌데, 전에는 사람들과 얘기하다가 뭔가 질문을 받았을 때 제대로 대답을 못하면 왠지 부끄럽고 창피했지. 근데 요즘에는 모른다는 게 그다지 창피하게 여겨지지 않더군. 그 때문인지 억지로라도 책을 읽어야겠다는 생각이 들지 않더라고. 쉽게 말하면 이제 늙었다는 거지."

선생님의 말투는 평소보다 더 담담했다. 말투에서 세상을 등진 사람의 쓴맛이 느껴지지 않았던 만큼 그다지 가슴에 와 닿지는 않았다. 나는 선생님을 늙었다고 생각하지도 않았지만 대단하다며 감탄하지도 않았다.

그 뒤로 나는 정신병자처럼 벌건 눈으로 거의 논문에만 매달린 채 힘겨운 나날을 보냈다. 나는 한 해 먼저 졸업한 친구를 찾아가 이런저런 얘기를 듣기도 했다. 어떤 친구는 마감일에 차를 타고 학과 사무실까지 달려가 겨우 시간을 맞췄다고 하고, 또 어떤 친구는 마감 시간인 다섯 시를 1분쯤 넘기는 바람에 하마터면 제출하지 못할 뻔했는데 지도교수의 호의로 겨우 접수시켰다고 했다. 나는 불안감을 느끼며 마음을 다잡았다. 매일 책상 앞에 앉아 기력이 다할 때까지 논문을 작성했다. 그렇지 않으면 어스름한 서고에 들어가 높은 책장을 이곳저곳 돌아보았다. 나는 골동품을 캐내는 애호가처럼 눈을 번뜩이며 책등의 금박 문자를 찾아 헤맸다.

매화꽃이 피자 차가운 바람이 점차 남쪽으로 방향을 틀었다. 그리고 얼마쯤 지나자 여기저기서 벚꽃 소식이 들리기 시작했다. 그래도 나는 마차를 끄는 말처럼 앞만 보며 논문에 몰두했다. 마침내 4월 하순이 되어서야 겨우 예정대로 논문을 완성할 수 있었다. 그때까지 나는 한 번도 선생님 댁을 찾아가지 못했다.

26

내가 논문에서 해방된 것은 겹벚꽃이 떨어진 가지에서 파란 잎이 막 돋아나기 시작한 초여름이었다. 나는 새장을 빠져나온 새처럼 드넓은 세상을 한눈에 내려다보며 자유롭게 날갯짓을 했다. 나는 곧장 선생님 댁으로 향했다. 탱자나무 울타리의 거무스름한 가지 위로 새싹이 돋아나고, 석류나무의 마른줄기에 매달린 반들반들한 다갈색 잎에 햇빛이 부드럽게 내려앉은 정경이 길을 걸어가는 내 시선을 잡아끌었다. 난생처음 보는 것처럼 신기하게 느껴졌다.

선생님은 환한 내 표정을 보고 말했다.

"이제야 논문을 다 끝낸 모양이군. 수고했네."

나는 입가에 미소를 흘리며 대답했다.

"덕분에 겨우 끝냈습니다. 이젠 더 이상 할 일도 없습니다."

실제로 당시의 나는 해야 할 일을 모두 끝냈으니 앞으로 마음껏 놀 수 있다는 생각에 마음이 홀가분했다. 나는 완성한 논문에 대해 상당한 자신감과 만족감을 갖고 있었다. 나는 선생님 앞에서 논문의 내용에 대해 쉴 새 없이 떠들어댔다. 선생님은 여느 때처럼 "그렇군."이라든지 "그런가?" 하고 맞장구를 쳐주었지만, 그 이상의 평가는 하지 않았다. 나는 불만스럽다기보다는 약간 맥이 빠지는 기분이었다. 그래도 그날 내 기력은 선생님의 습관적으로 무심한 태도에 역습을 시도해볼 정도로 활기에 넘쳐 있었다. 나는 선생님과 함께 신록이 되살아나고 있는 대자연 속을 거닐고 싶었다.

"선생님, 산책하러 나가시죠. 밖에 나가면 기분도 좋아질 텐데요."

"어디로?"

나는 어디든 상관없었다. 그저 선생님과 함께 교외로 나가고 싶었을 뿐이다.

한 시간 후 선생님과 나는 시내를 벗어나 시골이라고도 도시라고도 할 수 없는 조용한 곳에서 무작정 걷고 있었다. 나는 홍가시나무

울타리에서 연한 어린잎 하나를 따 피리를 불었다. 나뭇잎 피리는 가고시마 출신인 한 친구의 흉내를 내다가 자연스럽게 배웠는데 꽤 잘 부는 편이었다. 내가 능숙하게 나뭇잎 피리를 부는 동안 선생님은 무관심한 얼굴로 시선을 외면한 채 걸음을 옮겼다.

이윽고 어린잎이 무성한 수풀 너머의 언덕에 집 한 채가 보였고, 그 아래로 오솔길 하나가 나 있었다. 문기둥에 붙은 문패에 무슨 원園이라고 씌어 있는 것을 보니 개인 저택이 아니라는 것을 금방 알 수 있었다. 선생님은 길게 이어진 언덕길 끝에 있는 대문을 바라보며 말했다.

"들어가 볼까?"

나는 즉시 대꾸했다.

"정원수를 파는 곳이네요."

나무 숲 사이의 구불구불한 길을 따라 안쪽으로 들어가니 왼쪽에 집이 있었다. 열려 있는 장지문 안쪽은 사람의 그림자 하나 보이지 않고 텅 비어 있었다. 그저 처마 끝에 놓인 커다란 항아리 안에서 금붕어만 이리저리 움직이고 있을 뿐이었다.

"조용하군. 주인 허락도 없이 들어와도 되는 건가?"

"괜찮겠죠."

우리는 안쪽으로 좀 더 들어갔다. 하지만 그곳에도 사람의 모습은 보이지 않았다. 철쭉꽃이 타오르듯 흐드러지게 피어 있었다. 선생님은 그중에서 키가 큰 주황색 나무를 가리키며 말했다.

"이건 기리시마 철쭉이네."

열 평 남짓한 공간에 작약도 빼곡히 심어져 있었지만, 아직 이른 시기라서 그런지 꽃이 핀 것은 한 그루도 없었다. 선생님은 작약밭 옆에 있는 낡은 평상에 큰대자로 드러누웠다. 나는 한쪽 끝에 걸터 앉아 담배를 피웠다. 선생님은 눈부실 만큼 파란 하늘을 바라보고 있었다. 나는 주변에 펼쳐진 어린잎의 빛깔에 마음을 빼앗겼다. 그 어린잎들을 자세히 들여다보니 색깔이 모두 제각각이었다. 같은 단 풍나무에서 뻗은 가지에 달린 나뭇잎이라도 색깔이 같은 것은 하나 도 없었다. 가느다란 삼나무 묘목의 꼭대기에 걸쳐놓은 선생님의 모 자가 바람에 날려 바닥에 떨어졌다.

27

나는 재빨리 모자를 집어 들었다. 군데군데 묻은 붉은 흙을 손톱 으로 털어내며 선생님을 불렀다.

"선생님, 모자가 떨어졌네요."

"고맙네."

몸을 반쯤 일으켜 모자를 받아 든 선생님은 엉거주춤한 자세로 내게 묘한 질문을 던졌다.

"갑작스런 말이긴 한데, 자네 집안은 재산이 넉넉한 편인가?"

"그다지 넉넉한 편은 아니에요."

"실례되는 질문이긴 하지만 대충 어느 정도나 되나?"

"글쎄요, 산하고 전답은 좀 있는 것 같은데 현금은 거의 없을 겁니다."

선생님이 우리 집의 경제 사정에 대해 구체적으로 물어본 것은 그때가 처음이었다. 나는 아직 선생님의 살림살이에 대해서 한 번도 물어본 적이 없었다. 나는 선생님과 알게 된 후 줄곧 선생님이 왜 직업을 갖지 않는지 의아하게 생각했다. 그 후에도 이 궁금증은 내 머릿속을 떠나지 않았다. 하지만 그런 민감한 문제를 함부로 끄집어내는 것은 무례한 행동 같아서 이제껏 입에 올리지 않았다. 어린 잎들을 바라보며 지친 눈을 달래던 내 마음속에 문득 그 의문이 되살아났다.

"선생님은 어떠세요? 재산이 얼마나 되세요?"

"내가 부자로 보이나?"

선생님의 옷차림은 늘 소박했다. 게다가 식구가 단출해서 집도 그다지 넓지 않았다. 하지만 그 집안 사정을 잘 모르는 내 눈에도 물질적으로는 꽤 여유로워 보였다. 요컨대 선생님의 생활은 사치스럽다고까지는 할 수 없지만 초라하거나 옹색하지도 않았다.

"그런 것 같습니다."

내가 말했다.

"그야 먹고살 정도는 되지. 하지만 결코 부자는 아니네. 부자라면 더 큰 집에서 살겠지."

이때는 선생님도 몸을 일으켜 평상에서 책상다리를 하고 앉아 있었다. 선생님은 말이 끝나자마자 대나무 지팡이 끝으로 땅에 동그라미를 그리기 시작했다. 그러고는 포크로 스테이크를 찌르듯 동그라미 안에 지팡이를 똑바로 꽂았다.

"그래도 예전엔 부자였는데."

선생님은 혼잣말처럼 중얼거렸다. 마땅히 대꾸할 말을 찾지 못한 나는 잠자코 있었다.

"자네, 내가 이래봬도 예전엔 부자였다니까."

선생님은 같은 말을 되풀이한 뒤 내 얼굴을 쳐다보며 미소 지었다. 이번에도 나는 아무런 대답도 하지 않았다. 아니, 그보다는 말주변이 없어서 대답하지 못한 것이다. 그러자 선생님은 화제를 다른 곳으로 돌렸다.

"그 뒤로 아버님의 병환은 어떠신가?"

나도 정월 이후로 아버지의 병세에 대해 전해들은 것이 아무것도 없었다. 매달 집에서 생활비와 함께 보내는 간단한 편지는 여전히 아버지의 필적으로 씌어 있었지만, 병세에 대해서는 아무 언급이 없었다. 게다가 필체도 반듯했다. 이 병을 앓는 환자에게서 볼 수 있는 손 떨림의 흔적은 어디에도 없었다.

"별다른 말씀은 없었지만, 아마 괜찮으실 겁니다."

"그럼 다행이지만, 병이 병인지라……."

"역시 힘들까요? 하지만 당분간은 괜찮으시겠죠. 별말씀 없으신 걸 보면."

"그런가."

나는 선생님이 우리 집의 재산이나 아버지의 병환에 대해 묻는 것을 평범한 대화, 그저 머리에 떠오르는 대로 편하게 이야기하는 평범한 대화 정도로 생각했다. 그런데 선생님의 질문에는 그 두 가지를 결부시키는 커다란 의미가 담겨 있었다. 물론 선생님과 같은 경험을 하지 못한 나는 그 의미를 알아챌 수 없었다.

28

"괜한 참견인지는 모르겠네만, 자네 집에 재산이 있다면 서둘러 명확히 매듭을 짓는 게 좋을 듯싶네. 부친께서 아직 건강하실 때 자네 몫을 확실히 받아두는 게 어떤가? 혹시라도 무슨 일이 생기면 가장 번거로운 게 재산 문제니까."

"네에."

나는 선생님의 말에 그다지 주의를 기울이지 않았다.

우리 집에서 그런 일을 걱정하는 사람은 아무도 없다고 믿고 있었다. 나는 물론이고 아버지든 어머니든. 게다가 선생님의 그 이야기는 이제껏 내가 알고 있던 선생님과는 다르게 너무나 현실적이라서 약간 의아하기도 했다. 하지만 연장자에 대한 평소의 존경심 때문에 그 점에 대해서는 아무 대꾸도 하지 않았다.

"아버님이 돌아가실 경우를 미리 가정하고 얘기해서 자네 기분을 상하게 했다면 사과하겠네. 하지만 인간은 누구나 죽기 마련이니까. 아무리 건강한 사람도 언제 죽을지 모르는 거니까."

선생님의 말투는 왠지 쓸쓸하게 느껴졌다.

"아뇨. 저는 정말 아무렇지 않습니다."

나는 그냥 둘러대고 말았다.

"형제는 몇이나 되나?"

선생님이 물었다. 그리고 또 가족이 몇 명인지, 친척은 있는지, 숙부와 숙모는 어떤 사람인지 따위를 묻고 나서 마지막에는 이렇게 물었다.

"다들 좋은 분들인가?"

"특별히 나쁜 사람은 없는 것 같습니다. 다들 시골 사람들이거든요."

"시골 사람들은 왜 나쁘지 않다는 거지?"

나는 추궁하는 듯한 선생님의 말에 어찌할 바를 몰랐다. 하지만 선생님은 내게 답변을 생각할 여유조차 주지 않았다.

"오히려 시골 사람이 도시 사람보다 더 나빠지기 쉬운 법일세. 그리고 자네는 지금 친척들 중에서 특별히 나쁜 사람은 없다고 했는데, 이 세상에 나쁜 부류의 인간이 따로 있다고 생각하나? 그렇게 처음부터 악인으로 정해진 사람은 아무도 없네. 평소에는 다들 착한 사람들이지. 적어도 다들 평범한 사람들이야. 그런데 그런 사람들이 막상 다급해지면 순식간에 악인으로 변하니까 무서운 거야. 그래서 방심할 수 없는 걸세."

선생님의 말은 전혀 끝날 기미가 보이지 않았다. 나는 이쯤에서 뭔가 대꾸하려고 했다. 그런데 갑자기 뒤에서 개가 짖기 시작했다. 선생님과 나는 놀라서 뒤를 돌아보았다.

평상 옆에서 뒤쪽으로 심어놓은 삼나무 묘목 옆에 얼룩조릿대가 세 평쯤 되는 땅에 무성하게 자라 있었다. 개는 그 얼룩조릿대 위로 얼굴과 등을 드러내고 정신없이 짖어댔다. 이윽고 열 살쯤 되어 보이는 아이가 달려와 개를 야단쳤다. 아이는 배지가 달린 검은 모자를 쓴 채 선생님 앞으로 다가와 인사를 하며 물었다.

"아저씨, 들어오실 때 집에 아무도 없었나요?"

"아무도 없더구나."

"부엌에 누나하고 엄마가 있었는데."

"아, 거기 계셨니?"

"네. 아저씨가 미리 '안녕하세요?'라고 말하고 들어왔으면 좋았을 텐데요."

선생님은 씁쓸히 미소를 지었다. 그러고는 품에서 동전 지갑을 꺼내 5전짜리 백동전을 아이의 손에 쥐여주었다.

"어머니께 여기서 잠시 쉬었다 가겠다고 전해주렴."

아이는 영리해 보이는 두 눈에 웃음을 흘리며 고개를 끄덕였다.

"근데 제가 지금 막 척후병이 됐거든요."

아이는 이렇게 양해를 구하고 철쭉 사이를 빠져나가 언덕 아래로 달려갔다. 개도 꼬리를 높이 말고 아이의 뒤를 쫓아갔다. 잠시 후 비슷한 또래의 아이들 두세 명이 나타나 척후병이 사라진 쪽으로 곧장 달려갔다.

29

그 개와 아이로 인해 선생님의 이야기가 결말까지 이어지지 못했기에 나는 끝내 그 의미를 알아챌 수 없었다. 당시 나는 선생님이 염려하는 재산 분배에 대해서는 아무 관심도 없었다. 내 성격이나 당시의 처지에서는 그런 재산 문제로 고민할 여유가 없었던 것이다.

그것은 내가 아직 사회 경험도 없고, 실제로 그런 일을 당해본 적도 없기 때문일 테지만, 어쨌든 아직 젊은 나로서는 왠지 돈 문제가 멀게만 느껴졌다.

선생님의 이야기 중 단 한 가지 내가 자세히 듣고 싶었던 것은, 사람은 막상 다급해지면 누구나 악인이 된다는 말의 의미였다. 단순히 있는 그대로 받아들이면 이해하지 못할 것도 없었다. 하지만 나는 그 말뜻에 대해 좀 더 자세히 알고 싶었다.

개와 아이들이 멀리 사라지자 넓은 초록빛 정원에 다시금 정적이 감돌았다. 그리고 우리는 침묵 속에 갇힌 사람처럼 잠시 말없이 앉아 있었다. 화사한 하늘색이 점차 빛을 잃어갔다. 눈앞에 있는 나무들은 대부분 단풍나무였는데, 그 가지에 돋아난 연둣빛 어린잎이 점점 짙어지는 것 같았다. 멀리 큰길에서 덜컹거리며 짐수레를 끌고 가는 소리가 들렸다. 나는 마을 사람이 정원수를 싣고 불공을 드리러 가는 것이라고 혼자 상상했다. 선생님은 그 소리를 듣더니 갑자기 명상에서 깨어난 사람처럼 벌떡 일어났다.

"이제 슬슬 돌아가세. 해가 꽤 길어지긴 했지만 이렇게 한가로이 쉬다 보면 금방 날이 저물 거야."

조금 전에 평상에 드러누웠던 선생님의 등에는 검불이 잔뜩 묻어 있었다. 나는 두 손으로 그것들을 털어냈다.

"고맙네. 나뭇진이 달라붙진 않았나?"

"깨끗이 떨어졌습니다."

"이 하오리(추위나 먼지를 막기 위해 덧입는 짧은 옷으로 실내나 실외 어디에서나 입는다)는 집사람이 얼마 전에 지어준 새 옷이라 더럽혔다간 야단맞을 거야. 고맙네."

우리는 다시 터벅터벅 걸어서 언덕 중턱에 있는 집 앞까지 갔다. 처음 들어올 때는 아무도 없었던 툇마루에 아주머니가 열대여섯쯤 되어 보이는 딸과 마주 앉아 실패에 실을 감고 있었다.

우리는 금붕어가 담긴 커다란 항아리 옆에서 인사했다.

"실례가 많았습니다."

"아니요, 별말씀을요."

아주머니는 답례하고 아이에게 동전을 준 것에 대해 고마워했다.

그 집 대문을 나와 2, 3정쯤 걸었을 때 나는 마침내 조심스럽게 말을 꺼냈다.

"아까 선생님이 사람은 막상 다급해지면 누구나 악인이 된다고 하셨는데, 그건 무슨 뜻입니까?"

"특별히 깊은 뜻이 있는 건 아니네. 말하자면 그건 내 이론이 아니라 실제로 벌어지고 있는 사실이지."

"그건 이해하겠는데요. 제가 궁금한 건 막상 다급해진다는 말의 의미입니다. 대체 어떤 경우를 말씀하시는 겁니까?"

선생님이 웃음을 보였다. 마치 지난 이야기를 이제 와서 다시 설명하려니 맥이 풀린다는 듯이.

"돈 얘기네. 돈을 보면 아무리 군자라도 금방 악인으로 변하거든."

선생님의 답변은 평범하다 못해 시시하기까지 했다. 선생님도 내 질문이 시시했겠지만, 나 역시 맥이 빠지는 기분이었다. 나는 새침한 표정으로 발걸음을 재촉했다. 그러자 선생님이 약간 뒤처졌다. 선생님이 뒤에서 말을 걸었다.

"그거 봐."

"네? 뭐 말입니까?"

"자네 기분도 내 대답 한마디에 금방 바뀌지 않았는가."

뒤돌아서 기다리고 서 있는 내 얼굴을 보고 선생님은 그렇게 말했다.

30

그때 나는 내심 선생님이 얄미웠다. 나란히 걸어가면서도 묻고 싶은 것을 일부러 묻지 않았다. 하지만 선생님은 그런 내 마음을 아는지 모르는지 내 태도에는 전혀 신경 쓰지 않는 듯했다. 여느 때와 마찬가지로 말없이 태연하게 걷는 모습을 보니 은근히 화가 났다. 무슨 말이든 해서 한번 선생님의 감정을 건드려보고 싶었다.

"선생님."

"뭔가?"

"선생님은 좀 전에 약간 흥분하셨잖아요? 그 집 정원에서 쉬고 있을 때 말이에요. 저는 선생님이 흥분하는 모습을 거의 본 적이 없는데, 오늘은 평소와 다른 모습을 본 것 같네요."

선생님은 잠시 아무 대꾸도 하지 않았다. 나는 그것도 일종의 반응이라고 생각했다. 다른 한편으로는 내 의도가 빗나갔다는 생각도 들었다. 대꾸가 없는 상황에서 더는 어쩔 수 없어 그냥 말없이 걷기로 했다. 그때 선생님이 갑자기 길가로 다가갔다. 그러고는 깔끔하게 손질된 산울타리 밑에서 옷자락을 걷어 올리고 소변을 보았다. 나는 선생님이 볼일을 보는 동안 멍하니 서 있었다.

"아아, 미안하네."

선생님은 이렇게 말하고 다시 걷기 시작했다. 결국 나는 선생님의 감정을 건드리려던 생각을 단념했다. 우리는 점점 북적거리는 길로 접어들고 있었다. 지금까지 간간이 보이던 경사진 넓은 밭과 평지는 완전히 자취를 감추고 좌우로 집들이 길게 늘어서 있었다. 그래도 여기저기 마당 구석에서 완두콩 덩굴이 대나무를 타고 올라간 모습이나 철망 안에 닭을 기르는 광경은 한가로워 보였다. 시내에서 돌아오는 마차들이 끊임없이 스쳐 지나갔다. 그런 광경에 정신이 팔리다 보니 조금 전까지 가슴속에 담고 있던 문제가 어디론가 사라져버렸다. 선생님이 갑자기 다시 그 이야기를 꺼내기 전까지는 실제로 까맣게 잊고 있었다.

"아까 내가 그 정도로 흥분한 것처럼 보였나?"

"그렇게 심한 건 아니지만, 조금……."

"아니, 그렇게 보였더라도 상관없네. 실제로 흥분했으니까. 나는 재산에 대해 얘기할 때면 항상 흥분하지. 자네 눈에는 어떻게 보일지 모르겠지만, 나도 집착이 꽤 강한 사람이네. 남에게 당한 모욕이나 손해는 십 년이 지나든 이십 년이 지나든 잊지 않으니까."

선생님의 말투는 아까보다 더 흥분해 있었다. 하지만 내가 놀란 것은 그 말투 때문이 아니었다. 그보다는 내게 호소하는 내용의 의미 그 자체 때문이었다. 선생님에게 직접 그런 말을 들은 것은 정말 뜻밖이었다. 선생님의 성격에 그런 강한 집착이 있으리라고는 상상해본 적도 없었다. 나는 선생님을 유약한 분이라고 생각했었다. 그리고 나는 그 유약하면서도 고결한 모습에 친근감을 느끼고 있었다. 일시적인 감정으로 선생님에게 대들어보려고 했던 나는 그 말을 듣고 몸이 움츠러들었다. 선생님은 이렇게 말했다.

"나는 사람에게 속은 적이 있네. 그것도 피가 섞인 친척한테 말이야. 그 일은 절대 잊지 못할 걸세. 내 아버지 앞에서는 그토록 선량하게 굴던 사람들이 아버지가 돌아가시자마자 도저히 용서할 수 없는 파렴치한으로 돌변하더군. 나는 그들에게 당한 모욕과 손해를 어렸을 적부터 지금까지 줄곧 짊어지고 살아왔네. 아마 죽을 때까지 짊어지고 가겠지. 나는 죽을 때까지 그 일을 잊을 수 없을 테니까. 하지만 그들에게는 아직 복수하지 않았네. 생각해보면 나는 지금 개인에 대한 복수 이상의 것을 하고 있는 셈이야. 나는 그들을 증오할 뿐만 아니라, 그들이 속한 인간이라는 존재 전체를 증오하고 있네. 나는 그걸로 충분하다고 생각해."

나는 위로의 말조차 꺼낼 수 없었다.

31

결국 그날의 대화도 별 다른 진전 없이 그대로 끝나고 말았다. 오히려 내가 선생님의 태도에 위축되어 대화를 끝내고 싶었던 것이다.

우리는 시내 외곽에서 전차를 탔는데, 차 안에서는 거의 아무 말도 하지 않았다. 전차에서 내리자 곧 헤어져야 했다. 헤어질 때의 선생님은 또 달라져 있었다. 선생님은 평소보다 밝은 얼굴로 말했다.

"자네도 이제부터 6월까지는 홀가분하게 지내겠군. 어쩌면 일생에서 가장 마음 편한 때일지도 몰라. 마음껏 놀게나."

나는 웃으며 모자를 벗었다. 그리고 선생님의 얼굴을 보는 순간, 선생님은 과연 마음속 어디에서 사람들을 증오하고 있는 걸까 하는 의문이 들었다. 선생님의 눈과 입 어디에서도 염세적인 그림자는 찾아볼 수 없었다.

　내가 선생님에게 사상적으로 많은 도움을 받은 것은 사실이다. 하지만 그런 문제에 대해 도움을 받고 싶어도 받을 수 없을 때가 간혹 있었다. 선생님은 이따금 내가 미처 의미를 파악하기도 전에 이야기를 끝내곤 했다. 그날 교외에서 나누었던 이야기도 그 한 예로 내 마음속에 남아 있었다.

　진득하지 못한 나는 어느 날 선생님에게 그런 속내를 드러냈다. 선생님은 웃기만 했다. 나는 이렇게 말했다.

　"제가 둔해서 알아듣지 못하는 거라면 상관없습니다만, 선생님은 정확히 알고 있으면서도 제대로 말해주지 않는 것 같습니다."

　"난 아무것도 숨긴 것이 없네."

　"숨기고 계십니다."

　"자네는 혹시 내 사상이나 의견을 내 과거와 혼동하고 있는 거 아닌가? 나는 보잘것없는 사상가이지만, 내가 연구한 사상을 덮어놓고 숨기지는 않네. 그럴 필요가 없으니까. 하지만 내 과거를 자네에게 전부 털어놓아야 한다는 얘기라면, 그건 또 별개의 문제지."

　"별개의 문제라고는 생각지 않습니다. 선생님의 과거를 바탕으로 탄생한 사상이기에 제가 중요하게 생각하는 겁니다. 그 두 가지를 따로 구분해서 생각하는 건 아무런 의미도 없습니다. 저는 혼이 담겨 있지 않은 인형을 받는 것만으로는 만족할 수 없습니다.

선생님은 어이가 없다는 듯 내 얼굴을 쳐다보았다. 담배를 쥐고 있는 선생님의 손이 살짝 떨렸다.

"당돌하군."

"그건 제 진심입니다. 진심으로 선생님에게 인생의 교훈을 얻고 싶은 것입니다."

"내 과거를 파헤쳐서라도 말인가?"

파헤친다는 말이 내 귓전을 때리는 순간 가슴이 섬뜩해졌다. 내 앞에 평소에 존경하던 선생님이 아닌, 한 죄인이 앉아 있는 듯한 느낌이 들었다. 선생님의 얼굴은 창백했다.

"자네 정말 진심으로 하는 말인가?"

선생님이 재차 확인했다.

"나는 과거의 업보로 사람을 믿지 못하게 되었네. 그래서 실은 자네도 믿지 못하고 있어. 하지만 왠지 자네만큼은 믿고 싶어. 자네는 내가 의심하기에는 너무 순수해 보이거든. 나는 죽기 전에 단 한 명이라도 좋으니 사람을 믿어보고 싶네. 자네가 그 한 사람이 될 수 있겠나? 되어주겠나? 자네는 정말 진실한 사람인가?"

"만약 제 생명이 진실한 거라면 지금 제가 드린 말씀도 진실입니다."

내 목소리가 떨렸다.

"그럼 됐네."

선생님은 고개를 끄덕이며 말을 이었다.

"애기해주지. 내 과거를 숨김없이 전부 애기해주겠네. 그 대신…… 아니, 그건 상관없지. 그런데 내 과거가 자네에겐 별 도움이 되지 않을지도 몰라. 어쩌면 듣지 않는 편이 더 나을지도 모르지. 그리고…… 지금은 애기하기 곤란하니 그리 알고 기다려주게. 적당한 때가 되면 애기해주겠네."

나는 하숙집에 돌아온 뒤에도 부담감을 떨칠 수 없었다.

32

내 논문은 생각했던 것만큼 교수에게 좋은 평가를 받지는 못했다. 그래도 어쨌든 무사히 통과했다. 졸업식 날에는 곰팡내 나는 낡은 겨울 양복을 고리짝에서 꺼내 입었다. 식장에 늘어선 졸업생들의 얼굴은 하나같이 더워 보였다. 나도 바람이 통하지 않는 두툼한 모직물에 감싸인 몸을 지탱하기가 쉽지 않았다. 잠깐 서 있는 사이에 손에 쥔 손수건이 흥건해졌다.

나는 졸업식이 끝나자마자 곧장 하숙집으로 돌아와 옷을 훌훌 벗어던졌다. 하숙집 2층의 창문을 열고 졸업장을 망원경처럼 둘둘 말아 그 구멍을 통해 세상을 바라보았다. 그런 다음 졸업장을 책상 위에 내던졌다. 그러고는 방 한가운데에 큰 대자로 엎드렸다. 그 자세로 나의 과거를 돌이켜보았다. 또한 미래도 상상해보았다. 그러자 그 중간에서 한 획을 긋고 있는 그 졸업장이라는 종잇장이 뭔가 의미가 있는 것 같기도 하고 없는 것 같기도 했다.

그날 저녁 나는 선생님 댁으로 식사하러 갔다. 졸업식 날 저녁식사는 다른 곳에서 하지 않고 선생님 댁에서 함께 먹기로 그전부터 약속했기 때문이다.

약속대로 거실 툇마루 쪽에 식탁이 차려져 있었다. 무늬가 새겨진 두툼한 식탁보가 전등 불빛에 아름답고 선명하게 빛나고 있었다. 선생님 댁에서 식사할 때는 늘 서양 요릿집에서 볼 수 있는 하얀 리넨 식탁보 위에 젓가락과 그릇이 놓여 있었다. 그리고 그 식탁보는 언제나 갓 세탁한 새하얀 것이었다.

"깃이나 커프스하고 똑같은 거야. 지저분해진 걸 쓸 바에야 차라리 색깔 있는 걸 쓰는 게 나아. 하얀 걸 깔려면 정말 깨끗한 걸 깔아야지."

그 말을 듣고 보니 역시 선생님은 결벽주의자였다. 서재만 보더라도 지나칠 정도로 깔끔하게 정리되어 있었다. 그 방면에 무관심한 내 눈에는 선생님의 그런 성격이 이따금 유난스러워 보이기도 했다.

언젠가 내가 사모님에게 "선생님은 성격이 까다로우시네요."라고 말하자 사모님은 "그래도 옷에는 그다지 신경 쓰지 않는 편이에요."라고 대답한 적이 있었다.

옆에서 그 이야기를 듣고 있던 선생님은 "사실 난 정신적 결벽주의자라네. 그래서 늘 괴로운 거지. 생각해보면 참 바보 같은 성격이야."라며 웃었다. 정신적 결벽주의자라는 말이 속된 표현으로 신경질적이라는 뜻인지, 아니면 윤리적인 결벽이 심하다는 뜻인지 나는 알 수 없었다. 사모님도 제대로 이해하지 못하는 것 같았다.

그날 저녁 나는 선생님과 그 하얀 식탁보 앞에 마주 앉았다. 사모님은 우리 두 사람을 좌우에 두고 정원 쪽을 바라보며 앉았다.

"축하하네."

선생님이 나를 위해 술잔을 들어올렸다. 나는 그 말을 듣고도 그다지 기쁜 줄 몰랐다. 물론 나 자신이 그 말을 기쁘게 받아들일 만한 준비가 되어 있지 않았던 것도 하나의 원인이었다. 하지만 선생님의 말투도 결코 내게 기쁨을 안겨줄 만큼 들떠 있지는 않았다.

선생님은 웃으며 술잔을 들어올렸다. 나는 그 웃음이 냉소적이라고는 전혀 생각지 않았지만, 축하한다는 말을 진심에서 우러난 것으로 받아들일 수도 없었다. 선생님의 웃음은 "세상 사람들은 이런 경우에 흔히 축하한다고 말하지."라고 내게 말하는 듯했다.

사모님이 나를 보며 말했다.

"정말 훌륭하세요. 부모님께서 무척 기뻐하시겠어요."

나는 문득 병환 중인 아버지를 떠올렸다. 얼른 고향에 내려가 졸업장을 보여드려야겠다고 생각했다.

"선생님의 졸업장은 어떻게 하셨어요?"

내가 물었다.

"글쎄, 아직 어딘가에 있지 않소?"

선생님이 사모님에게 물었다.

"네, 어딘가에 있을 거예요."

두 분 다 졸업장이 어디에 있는지 모르고 있었다.

33

식사를 할 때 사모님은 옆에 앉아 있던 하녀를 방으로 들여보내고 손수 식사 시중을 들었다. 이것이 격의 없는 손님을 대접하는 선생님 댁의 관례인 듯했다. 나도 처음 한두 번은 거북했지만, 시간이 지남에 따라 사모님에게 밥그릇을 내미는 게 아무렇지 않게 되었다.

"차요, 밥이요? 꽤 잘 드시네."

사모님도 스스럼없이 편하게 말하곤 했다. 그런데 그날은 더운 날씨 탓에 그런 놀림을 받을 만큼 식욕이 나지는 않았다.

"벌써 그만 드시게요? 요즘 들어 양이 많이 줄었네요."

"일부러 적게 먹는 건 아니에요. 날이 더워서 입맛을 잃은 것 같아요."

사모님은 하녀를 불러 식탁을 치우게 한 뒤 아이스크림과 과일을 내오게 했다.

"이건 집에서 만든 거예요."

별다른 일이 없는 사모님은 손수 아이스크림을 만들어 손님에게 대접할 정도로 여유가 있었다. 나는 아이스크림을 두 그릇이나 먹었다.

"자네도 드디어 졸업했군. 앞으로 뭘 할 생각인가?"

선생님이 물었다. 툇마루 쪽으로 슬쩍 자리를 옮긴 선생님은 문지방에 걸터앉아 장지문에 등을 기댔다.

나는 단지 졸업했다는 생각만 했을 뿐 앞으로 무엇을 해야겠다는 계획은 없었다. 내가 대답을 못하고 머뭇거리자 사모님이 물었다.

"교사?"

그 질문에도 대답하지 못하자 이번에는 "그럼 공무원?"이라고 또 물었다. 나와 선생님은 그만 웃음을 터뜨리고 말았다.

"사실은 아직 뭘 해야 할지 모르겠습니다. 솔직히 직업에 대해서는 생각해본 적이 없으니까요. 뭐가 좋고 나쁜지 직접 부딪쳐보지 않으면 알 수 없는 일이라 선택하기가 쉽지 않을 것 같습니다."

"그야 그렇죠. 하지만 그나마 집에 재산이 있으니까 그렇게 느긋하게 말할 수 있는 거예요. 만약에 집에 재산이 없다면 그렇게 여유

있게 말할 수 없을 거예요."

실제로 내 친구 중에는 졸업하기 전부터 중학교 교사 자리를 찾아 다닌 녀석도 있었다. 나는 속으로 사모님의 말이 옳다고 인정했다. 하지만 입으로는 다른 말을 했다.

"저도 선생님에게 조금 물든 모양입니다."

"그런 건 물들지 말아야 하는데요."

선생님이 쓴웃음을 지었다.

"물들어도 좋으니 그 대신 지난번에 말했듯이 아버님이 살아 계시는 동안에 물려받을 재산이나 확실히 챙겨두게. 그러기 전에는 결코 안심할 수 없으니까."

나는 선생님과 교외의 넓은 정원에서 이야기를 나누었던, 철쭉꽃이 한창이던 5월 초순의 일을 떠올렸다. 그날 돌아오는 길에 선생님이 흥분한 어조로 내게 들려준 강력한 말이 다시금 귓전에 맴돌았다. 그 말은 강력할 뿐만 아니라 왠지 섬뜩하기까지 했다. 하지만 속 사정을 모르는 내게는 그다지 가슴에 와 닿지는 않았다.

"사모님, 댁에 재산이 많은가요?"

"왜 그런 걸 물으시죠?"

"선생님께 여쭤봐도 가르쳐주시지 않으니까요."

사모님은 웃으면서 선생님의 얼굴을 쳐다보았다.

"내놓고 얘기할 정도가 아니니까 그렇겠죠."

"그래도 얼마나 있으면 선생님처럼 지낼 수 있는지 알아야 고향에 내려가서 아버지와 담판을 지을 수 있죠. 제가 참고할 수 있게 가르쳐주세요."

선생님은 정원을 바라보며 말없이 담배만 피웠다. 내 상대는 자연히 사모님이 될 수밖에 없었다.

"얼마라고 얘기할 정도는 아니에요. 그냥 이렇게 그럭저럭 먹고 살 수 있는 정도죠. 그건 그렇고 학생도 이제는 정말 뭔가 일을 해야 해요. 선생님처럼 집에서 놀기만 하면……."

"놀기만 하는 건 아니야."

선생님은 얼굴만 살짝 돌리며 사모님의 말을 부정했다.

34

그날 밤, 나는 열 시가 넘어서야 선생님 댁에서 나왔다. 이삼일 안에 고향에 내려갈 생각이었기에 자리에서 일어나기 전에 잠깐 작별 인사를 드렸다.

"당분간 뵙지 못할 것 같습니다."

"9월에는 돌아오시겠죠?"

나는 이미 졸업한 터라 9월에 꼭 돌아올 필요는 없었다. 하지만 한창 더운 8월을 도쿄에서 보내고 싶은 생각도 없었다. 내게는 구직 활동을 위한 귀중한 시간이라는 감각 자체가 없었다.

"아마 그때쯤엔 올라올 겁니다."

"그럼 건강하게 지내요. 어쩌면 우리도 이번 여름에 어딜 갈지도 몰라요. 올여름도 꽤 더울 것 같아서요. 가게 되면 그림엽서라도 보낼게요."

"만약 가시게 되면 어디로 가실 생각이세요?"

선생님은 사모님과 내가 나누는 이야기를 들으며 빙그레 웃기만 했다.

"글쎄요. 아직은 갈지 안 갈지도 확실치 않아요."

그만 자리에서 일어나려고 하자 선생님이 갑자기 나를 붙들며 물었다.

"그런데 아버님 병세는 좀 어떠신가?"

나도 아버지의 건강 상태에 대해서는 거의 아는 바가 없었다. 별다른 연락이 없기에 더 악화되지는 않았을 거라고만 생각하고 있었다.

"그렇게 가볍게 생각할 병이 아니야. 요독증이 생기면 그때는 달리 손쓸 방법도 없으니까."

나는 요독증이라는 말을 그때 처음 들었다. 지난 겨울방학 때 고향에서 의사와 이야기를 나누었지만 그런 전문 용어는 전혀 들어보지 못했다.

"정성껏 보살펴드리세요."

사모님도 말했다.

"독이 뇌까지 퍼지면 그걸로 끝이에요. 그렇게 웃을 일이 아니에요."

경험이 없는 나는 약간 겁이 나면서도 실실 웃고 있었다.

"어차피 완쾌될 수 없는 병이라는데 걱정한들 무슨 소용이 있겠습니까?"

"그렇게 편하게 체념하면 그뿐이지만……."

사모님은 오래전에 똑같은 병으로 돌아가셨다는 어머니 생각이라도 났는지 가라앉은 목소리로 말하고는 고개를 떨구었다. 나도 아버지의 운명을 생각하니 문득 죄송한 마음이 들었다.

그때 선생님이 갑자기 사모님에게 말을 건넸다.

"시즈, 당신이 나보다 먼저 죽게 될까?"

"왜 그런 걸 물어요?"

"그냥 별 뜻 없이 물어보는 거요. 아니면 내가 당신보다 먼저 가게 될까? 대개는 남편이 먼저 떠나고 부인은 뒤에 남는 것 같던데."

"꼭 그런 건 아녜요. 하지만 아무래도 남자들이 나이가 많잖아요."

"그래서 남편이 먼저 죽는다는 건가? 그럼 나도 당신보다 먼저 저세상에 가야겠네."

"당신은 예외예요."

"그럴까?"

"당신은 건강하시잖아요. 병치레를 한 적이 거의 없으니까요. 그런 걸 보면 아무래도 제가 먼저 갈 것 같아요."

"그런가?"

"네, 틀림없어요."

선생님은 내 얼굴을 쳐다보았다. 나는 웃고 있었다.

"근데 만약 내가 먼저 가게 되면 당신은 어떡할 거요?"

"뭘 어떡해요……?"

사모님은 말을 우물거렸다. 선생님의 죽음에 대한 이야기에 약간은 비애를 느끼고 있는 듯했다. 하지만 다시 얼굴을 들었을 때는 이미 태연한 표정으로 바뀌어 있었다.

"어떡하긴요, 뭐. 어쩔 수 없죠. 죽음에는 정해진 순서가 없다잖아요."

사모님은 짐짓 아무렇지도 않은 듯 나를 쳐다보며 농담처럼 말했다.

35

나는 자리에서 일어나려다가 다시 주저앉아 이야기가 일단락될

때까지 두 분을 상대하게 되었다.

"자네는 어떻게 생각하나?"

선생님이 물었다.

선생님이 먼저 죽을지 사모님이 먼저 세상을 뜰지, 그것은 물론 내가 판단할 수 있는 문제가 아니었다. 나는 그냥 웃으며 말했다.

"사람의 수명은 저도 알 수 없죠."

"그건 정말 운명이니까요. 태어날 때부터 정해진 수명을 타고나니 어쩔 도리가 없죠. 선생님의 아버님과 어머님도 거의 비슷한 시기에 돌아가셨어요."

"돌아가신 날짜 말입니까?"

"같은 날 돌아가신 건 아니지만 거의 같은 거나 마찬가지예요. 잇따라 돌아가셨거든요."

나도 처음 듣는 이야기였다. 신기하다고 생각했다.

"어떻게 그렇게 한꺼번에 돌아가셨어요?"

사모님이 내 질문에 대답하려고 하자 선생님이 가로막았다.

"그런 얘긴 그만하시오. 별로 중요한 얘기도 아니니까."

선생님은 손에 든 부채를 괜스레 휙휙 부쳤다. 그러고는 다시 사모님을 돌아보았다.

"시즈, 내가 죽으면 이 집은 당신이 가져요."

사모님은 웃음을 터뜨렸다.

"주는 김에 땅도 주세요."

"땅은 남의 것이니 줄 수가 없지. 그 대신 내 물건을 전부 당신한테 주리다."

"정말 고맙네요. 하지만 서양 글로 된 책들은 제게 아무 소용도 없잖아요."

"헌책방에 팔면 되지."

"팔면 얼마나 될까요?"

선생님은 아무 대답도 하지 않았다. 하지만 선생님의 이야기는 자신의 죽음이라는 훗날의 문제에서 쉽사리 벗어나지 못했다. 그리고 그 죽음은 반드시 사모님보다 자신에게 먼저 찾아올 것이라고 생각했다. 사모님도 처음에는 애써 실없는 농담으로 생각하고 가볍게 받아넘기는 듯했다. 그러더니 어느 틈엔가 그 이야기는 감상적인 여인의 마음을 무겁게 짓누르기 시작했다.

"내가 죽으면, 내가 죽으면, 하는 게 벌써 몇 번째예요? 제발 적당히 좀 하세요. 그런 말은 불길하니까 이제 그만하세요. 당신이 죽으면 무엇이든 당신 뜻대로 해드릴 테니까요. 그럼 되죠?"

선생님은 정원 쪽을 바라보며 웃었다. 하지만 더 이상 사모님이 싫어하는 말은 하지 않았다. 나도 너무 오래 앉아 있는 것 같아 곧바로 자리에서 일어났다. 선생님과 사모님은 현관까지 따라나왔다.

"아버님을 잘 보살펴드리세요."

사모님이 말했다.

"그럼 9월에 또 보세."

선생님이 말했다.

나는 두 분에게 인사하고 격자문 밖으로 걸음을 옮겼다. 현관과 대문 사이에 있는 울창한 물푸레나무 한 그루가 내 앞길을 가로막 듯 어둠 속에서 가지를 뻗고 있었다.

나는 두세 걸음 다가가 거무스름한 잎으로 뒤덮인 그 우듬지를 올려다보며 가을에 필 꽃과 그 향기를 머릿속에 떠올렸다. 나는 이 전부터 선생님의 집과 그 물푸레나무를 따로 떼어놓을 수 없는 것 인 양 언제나 함께 기억하고 있었다. 내가 무심코 그 나무 앞에 서 서 다시 이 집의 현관에 들어서게 될 올가을을 생각하는데, 지금까 지 격자 사이로 불빛을 비추던 현관의 전등이 갑자기 꺼졌다. 선생 님 내외는 바로 안으로 들어간 것 같았다. 나는 혼자 캄캄한 밖으 로 나왔다.

나는 곧장 하숙집으로 가지 않았다. 고향에 내려가기 전에 사야 할 물건들도 있었고, 배 속에 잔뜩 집어넣은 음식도 소화시킬 겸 번 화가 쪽으로 걸음을 옮겼다. 시내는 아직 초저녁이었다. 별다른 용 건도 없어 보이는 남녀들로 북적이는 거리에서 오늘 나와 함께 졸 업한 친구와 마주쳤다. 그는 나를 억지로 술집으로 데려갔다. 그곳 에서 맥주 거품처럼 토해내는 그의 넋두리를 들어주고 나는 자정이 넘어서야 겨우 하숙집으로 돌아왔다.

36

나는 그 다음 날도 고향에서 부탁한 물건들을 사기 위해 더위를 무릅쓰고 돌아다녔다.

편지로 물건을 사다 달라고 부탁받았을 때는 별거 아니라고 생각했는데, 막상 돌아다니다 보니 보통 성가신 게 아니었다. 나는 전차 안에서 땀을 닦아내면서 남의 시간을 빼앗고 이런 수고를 끼치면서도 전혀 미안해하지 않는 시골 사람들이 너무 몰염치하다고 생각했다.

나는 이번 여름을 무의미하게 보내고 싶지 않았다. 고향에 내려가서 할 일들을 미리 계획해두었기에 그것을 실행하는 데 필요한 책도 구해야 했다. 나는 반나절을 마루젠 서점 2층에서 보내기로 했다. 내가 관심 있는 분야의 책들이 꽂혀 있는 책장 앞에 서서 한 권씩 꼼꼼히 살피기 시작했다.

구입한 물건들 중에서 나를 가장 애먹인 것은 여성복에 덧대는 장식용 옷깃이었다. 어린 점원에게 얘기하자 이것저것 잔뜩 갖고 나왔는데, 막상 고르려고 하니 막막할 뿐이었다. 게다가 값도 천차만

벌이었다. 싸겠거니 생각하고 물어본 것은 턱없이 비쌌고, 비쌀 것 같아서 묻지 않은 것은 오히려 상당히 저렴했다. 또한 아무리 비교해봐도 어디서 가격 차이가 나는지 알 수 없는 것들도 있었다. 나는 정말 난처했다. 그리고 속으로 사모님에게 부탁하지 않은 것을 후회했다.

가방도 하나 샀다. 비록 싸구려 국산 가방이었지만 반짝반짝 빛나는 쇠장식이 붙어 있어서 촌사람들을 놀라게 하기에는 충분했다. 그 가방을 사오라고 부탁한 이는 어머니였다. 졸업하면 새 가방을 사서 그 안에 물건들을 넣어 들고 오라는 식의 글을 편지에 썼다. 나는 그 글을 읽고 웃음을 터뜨렸다. 어머니의 의도는 충분히 이해하지만, 그 빤한 내용의 글이 우스웠던 것이다.

나는 선생님 내외에게 작별 인사를 할 때 말했던 대로 그로부터 사흘 뒤에 기차를 타고 고향에 내려갔다. 지난겨울부터 아버지의 병환에 대해 선생님에게 여러모로 주의를 들었던 나는 가장 걱정해야 할 위치에 있으면서도 어찌 된 일인지 그다지 신경이 쓰이지 않았다. 그보다는 오히려 아버지가 돌아가신 뒤에 혼자 남게 될 어머니가 걱정되었다. 그리고 보면 나는 이미 마음 한편으로 아버지는 어차피 돌아가실 분이라고 각오하고 있었던 게 틀림없다.

규슈에 있는 형에게 보낸 편지에도 아버지가 예전의 건강을 되찾기는 어려울 것 같다고 썼다. 또한 일 때문에 바쁜 줄은 알지만 가능하면 시간을 내어 이번 여름에 한번 얼굴이라도 뵙고 가라는 내용의 편지를 쓴 적도 있다. 그 편지에는 연로한 두 분끼리만 시골에서 지내니 마음이 놓이지 않는다느니, 자식으로서 송구스럽기 그지없다느니 따위의 감상적인 문구도 적어 넣었다. 실제로 그것은 나의 솔직한 심정이었다. 하지만 편지를 쓸 때의 마음과 다 쓰고 난 뒤의 마음은 달랐다.

나는 기차 안에서 그런 모순에 대해 생각했다. 그러다 보니 나 자신이 쉽게 마음이 변하는 경박한 존재라는 생각이 들었다. 기분이 씁쓸했다. 나는 또 선생님 내외에 대해 생각했다. 특히 이삼일 전 저녁식사에 초대받았을 때 나누었던 대화 내용을 떠올렸다.

"어느 쪽이 먼저 죽을까?"

나는 그날 저녁 선생님과 사모님 사이에 오갔던 질문을 혼자 되뇌어보았다. 그리고 그 질문에는 누구도 자신 있게 대답할 수 없을 거라고 생각했다. 그런데 만약 어느 쪽이 먼저 죽는다는 것을 확실히 알게 된다면 선생님은 어떻게 할까? 또 사모님은 어떻게 할까? 선생님이든 사모님이든 지금과 같은 상태로 지낼 수밖에 없을 것 같았다. 아버지가 고향에서 죽음에 한 걸음씩 다가가고 있는데도 자식인 내가 아무것도 할 수 없는 것처럼. 나는 인간이 덧없는 존재임을 깨달았다. 인간이 천성적으로 타고난 경박함도 덧없는 것임을 깨달았다.

부모님과 나

1

고향집에 돌아와 보니 아버지의 병세는 의외로 지난번에 뵈었을 때와 별다른 차이가 없었다.

"아, 어서 오너라. 그래, 어쨌든 졸업했다니 정말 장하구나. 얼른 세수하고 올 테니 잠깐만 기다리렴."

아버지는 뜰에서 뭔가를 하고 있던 중이었다. 햇볕을 가리기 위해 낡은 밀짚모자 뒤에 동여맨 꾀죄죄한 손수건을 나부끼며 우물이 있는 뒤꼍으로 갔다.

학교를 졸업하는 것은 당연하다고 생각하고 있던 나는 기대 이상으로 기뻐해주는 아버지의 말에 몸 둘 바를 몰랐다.

"졸업을 다 하다니, 정말 대단하구나."

아버지는 몇 번이나 같은 말을 되풀이했다. 나는 속으로 기뻐하는 아버지의 표정과 졸업식 날 저녁에 식탁에서 "축하하네."라고 말하던 선생님의 표정을 비교해보았다. 대단치 않은 일에 크게 기뻐하는 아버지보다도 겉으로는 축하해주면서 속으로는 대수롭지 않게 여기던 선생님 쪽이 오히려 더 고상해 보였다. 그러다 보니 아버지의 무지에서 나오는 촌스러움이 마음에 거슬렸다.

"대학을 졸업한 게 뭐 그리 대단하다고요. 해마다 수백 명씩 졸업하는데요."

잠자코 듣기만 하던 내가 결국 한마디 던졌다. 그러자 아버지의 안색이 바뀌었다.

"단지 졸업한 것만 갖고 대단하다는 게 아니다. 물론 졸업한 것도 대단한 일이긴 하지만, 내 말에는 좀 더 깊은 의미가 있어. 네가 그걸 이해해주면 좋겠구나……."

나는 아버지의 다음 말을 듣고 싶었다. 얘기하고 싶지 않은 듯 머뭇거리던 아버지가 조심스럽게 말을 꺼냈다.

"말하자면 그건 나 자신이 대단하다는 말이기도 하다. 너도 알다시피 나는 병에 걸리지 않았느냐. 작년 겨울에 네가 내려왔을 때 나는 기껏해야 서너 달 정도일 것이라고 생각했다. 그런데 운이 좋은 건지, 지금까지 이렇게 버티고 있구나. 거동하는 데 불편함도 없이 이렇게 지내고 있단다. 이럴 때 네가 대학을 졸업한 거야. 그러니 기쁘지 않겠느냐? 애지중지 키운 아들이 나 죽은 뒤에 졸업하는 것보다는 아직 멀쩡할 때 졸업하는 게 부모 입장에서는 더 기쁘지 않겠니? 큰 뜻을 품고 있는 네 입장에서야 고작 대학을 졸업한 걸로 대단하다, 대단하다 하는 게 듣기 거북할 수도 있겠지만 내 입장에서 생각해보면 또 그게 아니잖니. 그러니까 졸업은 너보다 나한테 더 대단한 일이라는 말이다. 무슨 말인지 알겠느냐?"

나는 아무 말도 하지 못했다. 너무 죄송해서 고개만 숙이고 있었다. 아버지는 이미 자신의 죽음을 각오하고 있었던 모양이다. 그리고 그 시기도 내가 졸업하기 전으로 예상했던 것 같다. 그런데도 나는 내 졸업이 아버지에게 어떤 의미가 있는지 짐작도 못했으니 정말 한심할 따름이었다. 나는 가방 속에서 졸업장을 꺼내 조심스럽게 부모님 앞에 내놓았다. 졸업장은 뭔가에 짓눌려 원래의 모습을 잃었다. 아버지는 구겨진 졸업장을 조심스레 폈다.

"이런 건 둘둘 말아서 들고 와야지."

"안에 심이라도 넣었으면 괜찮았으련만."

어머니도 옆에서 한마디 했다.

아버지는 졸업장을 잠시 들여다본 뒤 도코노마(방의 바닥을 한 단계 높게 만들어 족자나 꽃으로 장식한 곳)로 다가가 눈에 잘 띄도록 정면으로 세워놓았다. 다른 때 같았으면 금방 뭐라고 했겠지만 그때는 나도 평소와 달랐다. 부모님의 뜻을 거역하고 싶지는 않았다. 나는 아버지를 말없이 지켜보기만 했다. 그런데 도리노코가미(달걀 껍질

색의 고급 종이)로 만든 졸업장은 한 번 구겨지고 나니 아버지의 의도와는 달리 좀처럼 세워지지 않았다. 금세 원래의 구겨진 상태로 돌아가 힘없이 쓰러졌다.

2

나는 어머니를 따로 불러내 아버지의 병세에 대해 물었다.

"아버지는 건강한 사람처럼 뜰에서 뭔가 하시던데, 그래도 괜찮은 거예요?"

"이제 아무렇지도 않은 모양이야. 많이 좋아진 것 같아."

어머니는 의외로 태연했다. 도회지에서 멀리 떨어진 숲과 밭에 둘러싸여 사는 여자들이 그렇듯이 어머니는 이런 일에 대해서 아는 게 전혀 없었다. 그래도 지난번 아버지가 쓰러지셨을 때는 크게 놀라며 걱정하지 않으셨던가. 나는 왠지 묘한 기분이 들었다.

"하지만 그때 의사가 도저히 가망이 없다고 했잖아요?"

"그러니까 인간의 몸만큼 불가사의한 것도 없다는 거야. 의사가 그 정도로 심각하게 말했는데도 지금까지 정정하게 지내고 있으니 말이다. 나도 처음에는 걱정이 돼서 가능한 한 움직이지 않는 편이 낫겠다고 생각했는데, 네 아버지가 가만히 누워 계실 분이냐? 조심하라고 해도 워낙 고집이 센 양반이라 당신이 괜찮다고 생각하면 내 말은 좀처럼 들으려고도 하지 않는다니까."

나는 지난번 고향에 내려왔을 때 억지로 이부자리를 걷게 하고 수염을 깎던 아버지의 모습이 떠올랐다.

"이제 괜찮아. 네 어머니가 괜히 법석을 떠는 게 문제지."

그때 아버지가 했던 말을 떠올리면 딱히 어머니만 탓할 수도 없었다. '하지만 곁에서도 조금은 신경 써드려야죠.'라고 말하려던 나는 조심스런 마음에 아무 말도 하지 못했다. 단지 아버지의 병에 대해 내가 알고 있는 것들을 가르치듯 알려드렸다. 하지만 그 대부분은 선생님과 사모님에게 얻은 지식에 불과했다. 어머니는 그다지 관심을 보이지 않는 것 같았다. 그저 "어머나, 똑같은 병을 앓으셨구나. 안됐네. 그분들은 몇 살 때 돌아가셨다니?"라고 물어볼 뿐이었다.

나는 하는 수 없이 그쯤에서 어머니와의 대화를 끝내고 직접 아버지에게 이야기했다. 아버지는 어머니보다는 진지하게 내 말을 들어주었다.

"그래, 맞는 말이야. 하지만 내 몸은 내가 잘 안다. 내 몸에 도움이 되는 게 뭔지는 다년간의 경험상 내가 가장 잘 알고 있을 거야."

아버지가 말했다.

그 말을 들은 어머니는 쓴웃음을 지으며 말했다.

"거 봐라."

"말씀은 저렇게 하시지만 아버지는 이미 각오하고 계셨어요. 이번에 제가 졸업한 걸 무척 기뻐하신 것도 다 그 때문이에요. 졸업하는 걸 못 볼 거라고 생각했는데 아직 기운이 있을 때 제가 졸업장을 갖고 왔으니, 그게 기쁜 거라고 말씀하셨어요."

"겉으로만 그렇게 말씀하시지 속으로는 아직 괜찮다고 생각하실 거야."

"그런가요?"

"아직 십 년, 이십 년은 더 살 수 있다고 생각하신다니까. 물론 가끔 나한테 불안한 듯 말씀하실 때도 있지만. '나도 이대로는 오래가지 못할 것 같다', '내가 죽으면 당신은 어떻게 하겠느냐', '혼자 이 집에서 살 생각이냐'라고 말이다."

나는 아버지가 갑자기 돌아가시면 어머니 혼자 남게 될 낡고 넓은 시골집을 상상해보았다.

아버지가 없어도 이 집이 과연 이대로 유지될 수 있을까? 형은 어떻게 할까? 어머니는 뭐라고 하실까? 이렇게 생각하는 나는 이곳을 떠나 도쿄에서 마음 편히 살 수 있을까?

나는 어머니를 앞에 두고 문득 아버지가 아직 온전하실 때 내 몫의 재산을 확실하게 챙겨두라던 선생님의 말을 떠올렸다.

"그래도 입버릇처럼 죽는다, 죽는다 하는 사람치고 일찍 죽는 법이 없으니까 크게 걱정하진 않는다. 네 아버지도 죽는다, 죽는다 하시지만 앞으로 몇 해를 더 살지 모르잖니. 그보다는 묵묵히 지내는 멀쩡한 사람이 더 위험한 거야."

나는 어떤 논리나 통계에서 비롯된 말인지 알 수 없는 어머니의 그 진부한 얘기를 그저 잠자코 듣고 있었다.

3

부모님은 나를 위해 팥밥을 지어 동네 사람들을 대접하겠다는 말을 꺼냈다. 고향에 내려온 날부터 어쩌면 그런 일이 벌어질지 모른다는 생각에 은근히 걱정하고 있던 나는 바로 반대했다.

"너무 요란스럽게 그러지 마세요."

나는 시골 사람들이 싫었다. 먹고 마시기 위해 찾아오는 그들은 대개 무슨 건수가 생기기만을 바라고 있는 사람들이었다. 나는 어렸을 때부터 술자리에서 그들의 시중을 드는 것을 고역으로 여겼다. 하물며 나를 위해 그들을 불러들이다니, 생각만 해도 끔찍한 일이었다.

하지만 부모님 앞에서 차마 그런 천박한 사람들을 불러 야단법석을 떨지 말라고 할 수는 없었다. 그래서 나는 그저 너무 요란스럽다는 말만 되풀이했다.

"자꾸 요란스럽다고 하는데 그런 게 아니다. 평생에 단 한 번뿐인 일인데 잔치를 벌이는 건 당연하지. 너무 부담스럽게 생각하지 마라."

어머니는 내가 대학을 졸업한 것을 마치 며느리라도 얻은 것처럼 대단하게 여기는 것 같았다.

"꼭 잔치를 벌여야 하는 건 아니지만, 그냥 넘어가면 나중에 뭐라고 한단 말이다."

아버지가 말했다.

아버지는 사람들이 뒤에서 쑤군대는 것을 염려하고 있었다. 실제로 그들은 이런 경우 자기들의 기대에 어긋나면 금방 뭐라고 쑤군댈 사람들이었다.

"도쿄하고 달리 시골에선 말들이 많잖니."

아버지는 그렇게 말하기도 했다.

"네 아버지의 체면도 있으니까."

옆에서 어머니가 한마디 거들었다.

나는 더 이상 고집을 부릴 수 없었다. 아무래도 지금은 두 분의 뜻에 따르는 게 좋을 듯싶었다.

"단지 저를 위한 거라면 그냥 넘어가도 된다고 말씀드린 거예요. 사람들이 뒤에서 뭐라고 할까 봐 그런 거라면 그건 또 별개의 문제죠. 두 분께 폐가 되는 일을 제가 어떻게 고집할 수 있겠어요?"

"그렇게 받아들이면 곤란하지."

아버지는 언짢은 표정을 지었다.

"아버지는 꼭 너를 위해 그러는 게 아니라는 뜻으로 말씀하신 건 아니지만, 너도 세상 사람들과 어울리려면 어떻게 처신해야 하는지 알고 있잖니."

어머니는 분위기가 어색해지자 종잡을 수 없는 말들을 늘어놓았다. 그 말수만으로 따지면 아버지와 내가 한 말을 다 합쳐도 모자랄 정도였다.

"많이 배운 사람들은 너무 따지기를 좋아해서 탈이야."

아버지가 한 말은 이것뿐이었다.

하지만 나는 그 짧은 말에서 아버지가 평소에 내게 갖고 있는 불만의 실체를 보았다. 그때는 내 말투에 문제가 있다는 것을 깨닫지 못하고, 단순히 아버지가 억지를 부리는 것이라고만 생각했다.

그날 밤, 아버지는 다시 태도를 바꾸어 손님을 초대한다면 언제가 좋겠느냐고 내 의향을 물어보았다. 별다른 일도 없이 고향집에서 빈둥거리며 지내는 나에게 그렇게 물은 것은 아버지가 먼저 숙이고 들어온 것이나 마찬가지였다. 아버지의 그 자상함에 저절로 고개가 숙여졌다. 나는 아버지와 의논해 잔치 날짜를 정했다.

그런데 그날이 되기 전에 큰 사건이 일어났다. 메이지 천황의 병환 소식이 전해진 것이다. 신문을 통해 전국으로 삽시간에 퍼져나간 그 소식은 시골의 한 집안에서 약간의 우여곡절을 거쳐 가까스로 결정한 나의 졸업 축하 잔치를 단번에 날려버렸다.

"아무래도 잔치는 안 하는 게 좋겠다."

안경을 쓰고 신문을 보던 아버지가 그렇게 말했다. 아버지는 그 소식을 접하고 당신의 병에 대해서도 생각하는 듯했다. 나는 불과 얼마 전에 여느 해처럼 졸업식에 참석했던 천황의 모습을 떠올려보았다.

4

식구 수에 비해 너무 넓고 낡은 고향집의 고요함 속에서 나는 고리짝에 든 책을 꺼내 읽기 시작했다. 하지만 좀처럼 책에 집중할 수 없었다. 번잡한 도쿄의 하숙집 2층에서 저 멀리 지나가는 전차 소리를 들으며 책장을 한 장씩 넘기는 게 마음도 긴장되어 공부가 잘됐다.

나는 걸핏하면 책상에 엎드려 선잠을 잤다. 때로는 아예 베개까지 꺼내 제대로 자리 잡고 낮잠을 즐기기도 했다. 잠에서 깨어나자 매미 소리가 들렸다. 꿈속에서부터 계속 이어진 듯한 그 소리는 한순간 갑자기 요란스럽게 고막을 휘저었다. 가만히 그 소리를 듣고 있자면 이따금 슬픈 생각이 들기도 했다.

　나는 펜을 들고 친구들에게 짧은 엽서나 긴 편지를 썼다. 친구 중 몇 명은 도쿄에 남아 있었다. 또 몇몇은 먼 고향으로 내려갔다. 답장을 보내오는 친구도 있고, 아무 소식도 없는 친구도 있었다. 물론 나는 선생님도 잊지 않았다. '고향에 돌아온 뒤의 나'라는 식의 제목으로 원고지 석 장 분량의 글을 써서 보내기로 했다. 편지를 봉투에 넣고 나니 문득 선생님이 아직 도쿄에 계실까 하는 생각이 들었다.

　선생님 내외가 함께 집을 비울 때는 쉰쯤 되는 기리사게(어깨 정도로 자른 머리로, 에도 시대 이래 미망인들의 머리 모양) 머리를 한 아주머니가 와서 집을 봐주곤 했다. 언젠가 내가 선생님에게 저 사람은 누구냐고 물었을 때 선생님은 누구일 것 같으냐고 되물었다. 나는 그 사람이 선생님의 친척일 거라고 잘못 생각했다. 선생님은 "내겐 친척이 없네."라고 대답했다. 선생님은 고향에 있는 친척들과 일체 소식을 끊고 지냈다.

　내가 궁금하게 생각했던 그 아주머니는 선생님과 무관한, 사모님의 친척이었다. 선생님에게 편지를 부칠 때 문득 폭이 좁은 오비를 뒤로 편하게 묶은 그 아주머니의 모습이 떠올랐다. 만일 선생님 내외가 어디론가 피서를 떠난 뒤에 이 편지가 도착한다면 그 아주머니는 이것을 곧바로 피서지로 보내줄 만큼 재치 있고 친절한 사람일지 의문이 들었다. 물론 그 편지에는 별다른 중요한 내용이 없다는 것도 나는 잘 알고 있었다. 나는 그저 외로웠던 것이다. 그래서 선생님으로부터 답장이 오기를 기다렸다. 하지만 끝내 답장은 오지 않았다.

아버지는 지난겨울에 내려왔을 때만큼 장기를 두고 싶어 하지는 않았다. 장기판은 먼지를 뒤집어쓴 채 도코노마 구석에 처박혀 있었다. 특히 천황이 위독하다는 소식을 접한 뒤로 아버지는 자주 깊은 생각에 잠기곤 했다. 매일 신문이 오기를 기다렸다가 제일 먼저 읽었다. 그리고 읽은 신문을 일부러 내게 갖고 와서 보여주었다.

"이것 봐라, 오늘도 천자님에 대해 자세히 나와 있구나."

아버지는 천황을 항상 천자님이라고 불렀다.

"황송한 얘기지만 천자님의 병환도 내 병하고 비슷한 모양이야."

그렇게 말하는 아버지의 얼굴에는 깊은 수심이 드리워져 있었다. 그 말을 듣자 아버지가 언제 쓰러질지 모른다는 불안감이 다시금 고개를 들었다.

"하지만 괜찮으실 거야. 나 같은 보잘것없는 사람도 아직 이렇게 멀쩡하니까."

아버지는 스스로 멀쩡하다고 말했지만, 나름대로 당신에게 닥칠 위험을 예감하고 있는 것 같았다.

"아버지는 내심 병을 두려워하고 계세요. 어머니 말처럼 십 년이나 이십 년쯤 더 살 거라고 생각하진 않으시는 것 같아요."

어머니는 내 말을 듣고 당혹스런 표정을 지었다.

"아버지께 장기라도 두자고 얘기해보렴."

나는 도코노마에 있는 장기판을 바닥에 내려놓고 먼지를 닦아냈다.

5

아버지의 기력은 점점 쇠약해졌다. 나를 놀라게 했던 손수건 달린 낡은 밀짚모자는 자연스레 방치되었다. 나는 검게 그을린 선반 위에 놓인 그 모자를 바라볼 때마다 아버지가 가엾다는 생각이 들었다. 아버지가 함부로 몸을 움직이실 때는 좀 더 조심해주셨으면 하고 걱정했는데, 아버지가 계속 들어앉게 되자 이전처럼 몸을 움직이는 편이 나았다는 생각이 들었다. 나는 아버지의 건강에 대해 어머니와 자주 이야기했다.

"기분이 우울해져서 그런 거야."

어머니가 말했다.

어머니는 천황의 병과 아버지의 병을 결부시켜 생각하고 있었다. 나는 꼭 그런 것만은 아니라고 생각했다.

"기분이 아니라 정말로 몸이 안 좋으신 게 아닐까요? 아무래도 기분보다는 몸 상태가 나빠지신 것 같아요."

나는 그렇게 말하면서 내심 멀리서 용한 의사라도 불러 한 번 더 진찰을 받아볼까 하고 생각했다.

"네가 올여름은 재미없게 보내겠구나. 힘들여 졸업했는데 축하 잔치도 못해주고, 아버지의 몸 상태도 저렇고, 게다가 천자님까지 병환 중이시니. 차라리 네가 내려왔을 때 바로 손님들을 불렀으면 좋았을 텐데."

내가 내려온 것은 7월 5일인가 6일이고, 부모님이 나의 졸업 축하를 위해 손님들을 부르자는 말을 꺼낸 것은 그로부터 일주일 뒤였다. 그리고 마침내 정해진 잔치 날짜가 그로부터 다시 일주일 뒤였다. 시간에 구애받지 않는 느긋한 시골로 돌아온 나는 그 덕분에 내키지 않는 사교상의 고역에서 벗어난 셈이었지만, 어머니는 그런 내속내를 전혀 알아채지 못한 것 같았다.

천황의 승하 소식이 보도되자 아버지는 신문을 손에 쥐고 "아아, 아아, 천자님도 결국 돌아가셨구나. 이제 나도……."라며 더는 말을 잇지 못했다.

나는 시내에 나가 얇은 검은색 천을 샀다. 그 천으로 깃봉을 감싸고, 깃대 끝에 세 치 넓이의 검은 리본을 달아 대문 옆에 비스듬히 꽂았다. 깃발과 검은 리본이 바람 없는 허공에서 힘없이 축 늘어졌다. 우리 집 낡은 대문의 지붕은 짚으로 덮여 있었다. 비바람에 고스란히 노출된 그 지붕은 어느새 엷은 잿빛으로 변했고, 들쑥날쑥한 곳도 군데군데 눈에 띄었다. 나는 혼자 문밖으로 나가 하얀 모슬린 천에 염색된 빨간색 동그라미와 검은 리본을 바라보았다. 그 배경이 된 꾀죄죄한 초가지붕도 함께 바라보았다. 언젠가 선생님이 내게 "자네 고향집의 구조는 어떤가? 내 고향과는 모양이 많이 다른가?"라고 물어본 적이 있었다. 나는 내가 태어난 이 낡은 집을 선생님에게 보여드리고 싶은 마음도 있었다. 또한 선생님에게 보여드리기가 부끄럽기도 했다.

나는 다시 집 안으로 들어갔다. 내 책상이 있는 방으로 들어가 신문을 읽으며 멀리 도쿄의 모습을 떠올렸다. 나는 일본에서 가장 큰 도시가 침체된 분위기 속에서 어떻게 움직이고 있을지 상상해보았다. 그런 어두운 분위기 속에서도 어떻게든 움직일 수밖에 없는, 불안으로 술렁거리는 도시에서 한 점의 등불과 같은 선생님의 집을 보았다. 그때 나는 그 불빛이 소리 없이 다가오는 소용돌이 속으로 자연스럽게 빨려들고 있다는 사실을 알아채지 못했다. 그 불빛이 머지않아 순식간에 사라져버릴 운명에 처해 있다는 것도 물론 알아채지 못했다.

나는 이번 일에 대해 선생님에게 편지를 쓰려고 펜을 들었다. 하지만 열 줄쯤 쓰다가 그만두었다. 쓰다 만 편지를 갈기갈기 찢어 휴지통에 던져버렸다. 선생님에게 그런 편지를 보낸다고 뭐가 달라지는 것도 아니고, 전례에 비춰볼 때 도저히 답장을 보내줄 것 같지도

않았다. 나는 외로웠다. 그래서 편지를 썼고, 답장이 오면 좋겠다고
생각했던 것이다.

6

8월 중순쯤 나는 한 친구로부터 편지를 받았다. 지방의 한 중학교
에 교사 자리가 났는데 가지 않겠느냐는 내용이었다. 그 친구는 경
제적인 문제 때문에 직접 그런 자리를 찾아다니고 있었다. 그 자리
도 처음에는 자기에게 제의가 들어온 것인데, 자기는 더 좋은 곳에
서 근무하게 되어 내게 양보하는 마음으로 일부러 알려준 것이었
다. 나는 즉시 거절의 편지를 보냈다. 지인들 중에 교사 자리를 구하
려고 애쓰는 사람이 있으니 그쪽에 소개해주는 게 낫겠다고 했다.

나는 답장을 보낸 뒤에 부모님에게 그 이야기를 했다. 두 분 모두
내 결정에는 이견이 없었다.

"그런 곳에 가지 않아도 얼마든지 좋은 자리를 구할 수 있다."

그 말을 들으니 두 분이 내게 얼마나 큰 기대를 하고 있는지 알 수
있었다. 세상 물정에 어두운 부모님은 이제 갓 졸업한 내게 과분한
지위와 수입을 기대하고 있는 것 같았다.

"요즘엔 좋은 자리를 구하기가 그렇게 쉽지 않아요. 특히 형하고

저는 전공도 다르고 시대도 다른데, 예전처럼 쉽게 생각하시면 곤란하죠."

"하지만 졸업한 이상 얼른 직장을 구해서 독립해야지. 안 그러면 우리도 곤란하다. 남들이 댁의 둘째 아들은 대학을 졸업하고 무슨 일을 하느냐고 묻는데 아무 대답도 못하면 내 체면이 뭐가 되겠니?"

아버지가 얼굴을 찡그렸다. 아버지의 사고 범위는 오랫동안 익숙해진 고향 마을을 벗어나지 못했다. 마을 사람들에게 대학을 졸업하면 월급을 얼마쯤 받는다느니, 한 100엔쯤(당시 중학교 교사의 월급은 40엔 정도) 될 것 같다느니 따위의 말을 들었던 아버지는 체면이 깎일까 걱정되어 내가 얼른 독립하기를 바랐던 것이다. 부모님의 입장에서 보면 대도시를 근거지로 생각하는 나는 물구나무를 서서 거꾸로 걷는 기이한 인간이나 다름없었다. 사실 가끔은 그런 인간이 된 듯한 기분이 들기도 했다. 내 생각을 그대로 밝히기에는 사고방식의 차이가 너무 심한 두 분 앞에서 나는 아무 대꾸도 할 수 없었다.

"네가 자주 얘기하는 그 선생님한테 이럴 때 한번 부탁해보면 어떻겠니?"

어머니는 선생님을 그런 식으로밖에는 생각하지 못하는 분이었다. 그 선생님은 내게 고향에 내려가면 부친이 온전하신 동안에 얼른 재산을 챙겨놓으라고 했던 사람이다. 졸업을 했으니 일자리를 알선해주겠다고 할 사람은 아니었다.

"그 선생님은 뭐 하는 분이시니?"

아버지가 물었다.

"아무 일도 안 하세요."

내가 대답했다.

나는 이미 오래전에 아버지와 어머니에게 선생님이 아무 일도 하지 않는다고 말씀드렸다. 아버지도 분명히 그 말을 기억하고 계실 것이다.

"아무 일도 안 하다니, 그게 무슨 얘기냐? 네가 그토록 존경하는 분이라면 뭔가 하는 일이 있을 법도 한데."

아버지는 그렇게 은근히 나를 비꼬았다. 아버지가 생각하는 훌륭한 사람들은 다들 세상에 나아가 꽤 높은 지위에서 일하고 있었다. 일없이 노는 것은 야쿠자들뿐이라고 생각하시는 것 같았다.

"나 같은 사람도 월급 받고 일하지는 않지만 그냥 놀고먹지는 않잖느냐."

아버지가 그렇게 말했지만, 나는 계속 말없이 듣기만 했다.

"네 말대로 그렇게 훌륭한 분이라면 분명 좋은 자리를 알아봐주실 게다. 부탁은 해봤니?"

어머니가 물었다.

"아뇨."

"그럼 모르실 거 아니니. 왜 부탁하지 않았어? 편지라도 한번 띄

위보렴."

"네."

나는 건성으로 대답하고 자리에서 일어났다.

7

아버지는 분명히 자신의 병을 두려워하고 있었다. 하지만 의사가 찾아올 때마다 꼬치꼬치 캐물어 상대를 곤란하게 하는 성격도 아니었다. 의사 역시 환자에게 말하기를 꺼려했다.

아버지는 사후의 일을 생각하고 있는 것 같았다. 필시 당신이 떠난 뒤의 집안을 상상하고 있었을 것이다.

"자식들을 공부시키는 게 꼭 좋은 것만은 아니네. 기껏 가르치고 나니까 집에 내려오지도 않잖아. 자식하고 떨어지려고 공부시킨 것도 아닌데 말이야."

부모님이 공부시킨 형은 지금 먼 지방에서 살고 있다. 대학을 졸업한 나 역시 도쿄에서 살기로 마음을 굳혔다. 그러니 자식들을 키운 아버지가 그렇게 푸념하는 것도 무리는 아니었다. 오랜 세월을 함께 살아온 시골집에 혼자 덩그러니 남게 될 어머니를 생각하는 아버지의 심정도 당연히 착잡했을 것이다.

아버지는 시골집에서 벗어날 생각은 추호도 없었다. 그 집에서 살고 있는 어머니도 살아생전에는 절대 떠날 수 없다고 믿고 있었다. 아버지는 당신이 돌아가신 뒤에 텅 빈 집에 외로이 남게 될 어머니를 못내 불안하게 생각했다. 그러면서도 내게 도쿄에서 번듯한 직장을 얻으라고 강요하는 것은 모순된 얘기가 아닌가. 나는 그 모순을 의아하게 여기는 한편, 그 덕분에 다시 도쿄로 나갈 수 있게 된 것을 다행으로 생각했다.

나는 부모님 앞에서 직장을 구하기 위해 최선을 다하고 있는 것처럼 행동해야 했다. 나는 선생님에게 집안 사정을 소상히 적은 편지를 보냈다. 혹시 내가 할 수 있는 일이 있다면 뭐든 하겠으니 일자리를 주선해달라고 부탁했다. 그 편지를 쓰면서도 선생님이 내 부탁을 들어주리라고는 생각지 않았다. 설령 들어주고 싶어도 활동 범위가 좁은 선생님으로서는 어찌 할 수 없으리라 생각하며 편지를 썼다. 하지만 선생님이 그 편지에 대한 답장은 분명히 보내줄 것이라고 생각했다.

나는 편지를 부치기 전에 어머니에게 말했다.

"어머니가 말씀하신 대로 선생님에게 편지를 썼어요. 한번 읽어보시겠어요?"

어머니는 내가 예상했던 대로 편지를 읽지 않았다.

"그래? 그럼 얼른 보내렴. 그런 일은 남이 신경 써주기보다는 자기가 서둘러야 하는 거야."

어머니는 아직도 나를 어린애로 생각하고 있었다. 사실은 나 자신도 어린애 같은 느낌이 들었다.

"하지만 편지만으로는 직장을 얻기 힘들어요. 어차피 9월쯤에 도쿄에 올라가야 해요."

"그야 그렇겠지. 그래도 혹시 그사이에 좋은 자리가 생길지 모르니 미리미리 부탁해두는 게 좋다."

"네, 어쨌든 답장은 올 테니까 그때 다시 얘기해요."

선생님은 이런 일에 대해서는 매우 꼼꼼한 분이었다. 나는 선생님의 답장이 오기를 은근히 기다렸다. 하지만 결국 내 예상은 빗나갔다. 일주일이 지나도록 선생님으로부터는 아무런 소식이 없었다.

"어디로 피서라도 가신 모양이에요."

나는 어머니에게 변명 같은 말을 할 수밖에 없었다. 그리고 그 말은 어머니뿐만 아니라 나 자신을 위한 변명이기도 했다. 뭔가 이유를 꾸며내서라도 선생님을 변호하지 않으면 내가 불안해지기 때문이다.

나는 가끔 아버지가 병환 중이라는 사실을 잊고 차라리 얼른 도쿄로 올라가버릴까 하는 생각도 했다. 그런데 아버지도 당신이 환자라는 사실을 잊을 때가 있었다. 훗날을 걱정하면서 그에 대한 대처는 하지 않았다. 결국 나는 선생님이 충고했던 재산 분배에 관한 이야기를 아버지에게 내비칠 기회조차 얻지 못했다.

8

9월로 접어들자 나는 마침내 도쿄로 돌아가기로 했다. 나는 아버지에게 당분간은 종전대로 생활비를 부쳐달라고 했다.

"여기서 이러고 있으면 아버지가 말씀하시는 좋은 일자리를 구할 수 없어요."

나는 아버지가 바라는 일자리를 구하기 위해 도쿄에 가겠다는 식으로 말했다.

"물론 생활비는 직장을 구할 때까지만 부쳐주시면 돼요."

이런 말도 덧붙이면서 속으로는 내게 그런 좋은 일자리가 생길 리 없다고 생각했다. 하지만 세상 물정에 어두운 아버지는 여전히 그 반대 상황을 믿고 있었다.

"그야 얼마 안 되는 기간일 테니 어떻게든 마련해주마. 아무튼 너무 오래 끌진 마라. 좋은 직장이 생기면 바로 독립해야지. 원래 학교를 졸업하면 그다음부터는 스스로 알아서 해야 하는 거야. 요즘 젊은 사람들은 돈을 쓸 줄만 알지 벌 생각은 전혀 안 하는 것 같아."

아버지는 그 외에도 이런저런 잔소리를 늘어놓았다. 그 잔소리 중에는 "옛날에는 자식이 부모를 모셨는데, 요즘에는 부모가 자식을 모시고 있어."라는 말도 있었다. 나는 그런 말들을 그저 묵묵히 듣기만 했다.

잔소리가 얼추 끝나갈 즈음 나는 슬며시 자리에서 일어나려고 했다. 아버지는 언제 올라갈 거냐고 물었다. 나는 하루라도 빨리 올라가고 싶었다.

"어머니하고 상의해서 정하거라."

"그렇게 할게요."

그때는 나도 아버지에게 의외로 고분고분했다. 나는 되도록 아버지의 심기를 건드리지 않고 조용히 시골을 떠나고 싶었다. 아버지는 다시 나를 불러 세웠다.

"네가 도쿄로 올라가면 집이 또 텅 비겠구나. 나하고 네 어머니밖에 없으니까. 내가 몸이라도 성하면 좀 나을 텐데, 지금 같아선 언제 어떤 일을 당할지 모르겠구나."

나는 나름대로 아버지를 위로해드리고 내 방으로 돌아왔다. 나는 책들이 어지럽게 흩어져 있는 방에 앉아 불안해하는 아버지의 표정과 말을 몇 번이고 머릿속에 떠올려보았다. 그때 또 매미 소리가 들렸다. 그 소리는 지난번에 들었던 것과는 다른, 애매미가 우는 소리였다. 나는 여름에 고향에 내려와 요란하게 울어대는 매미 소리를 들으며 가만히 앉아 있으면 왠지 마음이 서글퍼지곤 했다. 나의 서글픔은 언제나 그 벌레의 요란한 울음소리를 통해 가슴속 깊숙이 젖어드는 듯했다. 그럴 때면 가만히 앉아서 나 자신을 돌아보곤 했다.

내 슬픔은 이번 여름에 귀성한 뒤로 점차 그 느낌이 바뀌었다. 유지매미 소리가 애매미 소리로 바뀌듯 내 주변 사람들의 운명이 커다란 윤회 속에서 서서히 움직이고 있는 것 같았다. 나는 쓸쓸해 보이는 아버지의 표정과 말을 되새기는 한편, 편지를 보냈는데도 답장을 주지 않는 선생님을 떠올렸다. 선생님과 아버지는 내게 정반대의 인상을 심어주고 있어서 비교할 때든 연상할 때든 머릿속에 함께 떠올리기가 쉬웠다.

나는 아버지에 대해 거의 모든 것을 알고 있었다. 만약 내가 아버지의 곁을 떠난다면 부자간의 정에 따른 아쉬움만 남을 뿐이다. 하지만 선생님에 대해서는 여전히 모르는 게 많았다. 내게 들려주기로 약속한 과거 이야기도 듣지 못했다. 말하자면 내게 있어 선생님의 세계는 아직 어두침침했다. 나는 그곳을 벗어나 밝은 곳까지 가야 직성이 풀릴 것 같았다. 선생님과의 관계가 끊어지는 것은 내게 커다란 고통이었다. 나는 어머니와 상의한 끝에 도쿄로 떠날 날을 정했다.

9

내가 떠나기로 한 날이 가까워졌을 즈음(아마도 출발하기 이틀 전 저녁이었던 것 같다) 아버지가 갑자기 또 쓰러지셨다. 나는 그때 책과 옷가지를 가득 넣은 고리짝을 묶고 있었다. 아버지는 욕실에서 목욕을 하던 중이었다. 아버지의 등을 닦아주러 들어간 어머니가 큰 소리로 나를 불렀다. 어머니는 알몸인 아버지를 뒤에서 부둥켜안고 있었다. 서둘러 방으로 옮기고 나니 아버지는 이제 괜찮다고 했다. 불안한 마음에 머리맡에 앉아 물수건으로 아버지의 머리를 식혀주던 나는 아홉 시가 다 되어서야 겨우 저녁을 대충 먹었다.

다음 날이 되자 아버지는 생각했던 것보다 많이 좋아졌다. 나의 만류를 뿌리치고 혼자 화장실에 다녀오기도 했다.

"이젠 괜찮다."

아버지는 작년 말에 쓰러졌을 때도 내게 똑같이 말했다. 그때는 아버지의 말대로 정말 괜찮았다. 이번에도 어쩌면 괜찮을지 모른다고 생각했다. 하지만 의사는 그저 조심해야 한다는 말만 할 뿐 몇 번을 물어봐도 확실하게 얘기해주지 않았다. 나는 불안해서 예정된 날이 되어도 도쿄로 떠나지 못했다.

"좀 더 상태를 지켜본 뒤에 올라갈까요?"

나는 어머니에게 물어보았다.

"그렇게 해주겠니?"

어머니는 부탁조로 말했다.

어머니는 아버지가 앞뜰이나 뒷마당을 돌아다닐 때는 태평하게 지켜보기만 하더니, 막상 이런 일이 생기자 지나칠 정도로 걱정하며 애를 태웠다.

"오늘 도쿄로 올라간다고 하지 않았니?"

아버지가 물었다.

"네, 좀 더 있다 가기로 했어요."

내가 대답했다.

"나 때문이냐?"

아버지가 되물었다.

나는 잠깐 머뭇거렸다. 그렇다고 대답하면 아버지는 당신의 상태가 심각하다고 생각할 것이다. 나는 아버지를 마음 편하게 해드리고 싶었다. 하지만 아버지는 내 마음을 훤히 들여다보고 있는 것 같았다.

"미안하구나."

아버지는 그렇게 말하더니 앞뜰 쪽으로 시선을 돌렸다.

나는 내 방으로 들어가 방바닥에 덩그러니 놓여 있는 고리짝을 바라보았다. 고리짝은 언제라도 들고 나갈 수 있을 만큼 단단히 묶여 있었다. 나는 멍하니 그 앞에 서서 다시 끈을 풀까 하고 생각했다.

나는 좌불안석 상태로 다시 사나흘을 보냈다. 그런데 아버지가 또 쓰러지셨다. 의사는 절대 안정을 취하라고 했다.

"왜 자꾸 저러시는지 모르겠구나."

어머니가 아버지에게 들리지 않을 만큼 작은 목소리로 내게 말했다. 어머니의 얼굴은 무척 불안해 보였다. 나는 형과 여동생에게 전보를 칠 마음의 준비를 했다. 하지만 누워 있는 아버지의 모습에서는 고통의 그림자를 찾아볼 수 없었다. 얘기하는 것을 보면 감기에 걸렸을 때와 별반 다르지 않았다. 게다가 식욕은 평소보다 더 좋았다. 곁에서 주의를 줘도 좀처럼 들으려고 하지 않았다.

"어차피 죽을 거라면 맛있는 거라도 실컷 먹고 죽어야지."

맛있는 것을 먹겠다는 아버지의 말이 우습기도 하고 서글프기도 했다. 아버지는 정말 맛있는 것을 먹을 수 있는 도시에서는 살아본 적이 없다. 아버지는 밤이 되면 쌀과자를 구해 우적우적 씹어 먹었다.

"꼭 걸신들린 사람 같아. 그래도 아직 장은 튼튼한 모양이야."

어머니는 걱정해야 할 부분을 오히려 마음의 위안으로 삼았다. 그러면서 흔히 환자에게 사용하는 걸신이라는 옛말을 무엇이든 먹고 싶어 한다는 의미로 사용했다.

큰아버지가 병문안을 왔을 때 아버지는 그만 돌아가려는 큰아버지를 한사코 놔주지 않았다. 적적하다는 게 주된 이유였지만, 어머니와 내가 음식을 마음대로 먹지 못하게 한다고 불평을 늘어놓는 것도 그 이유 중 하나인 것 같았다.

10

아버지의 병세는 일주일 이상 아무런 변화가 없었다. 나는 그사이에 규슈에 있는 형에게 장문의 편지를 보냈다. 여동생에게 보낼 편지는 어머니에게 쓰라고 했다. 나는 마음속으로 아마 이것이 아버지의 병세에 대해 두 사람에게 전하는 마지막 편지일지 모른다고 생각했다. 그래서 두 편지에 큰일이 생기면 전보를 칠 테니 곧장 달려오라고 써 넣었다.

형은 직장 생활에 항상 바빴고 여동생은 임신 중이었다. 그러므로 아버지가 위독하지 않는 한 당장 불러들일 수 있는 상황은 아니었다. 그렇다고 연락을 받고 애써 내려왔는데 이미 때가 늦었다면 그 또한 괴로운 일이다. 나는 전보를 치는 시기에 대해 남모를 책임감을 느꼈다.

"나도 뭐라고 정확히 얘기할 수는 없습니다. 하지만 언제든 위험해질 수 있다는 것만은 알고 계세요."

역이 있는 시내에서 모셔온 의사는 내게 그렇게 말했다. 나는 어머니와 의논해 의사의 주선으로 마을 병원에 근무하는 간호사 한 명을 고용하기로 했다. 아버지는 머리맡에서 인사하는 흰옷 입은 여자를 보고 의아한 표정을 지었다.

아버지는 당신이 죽을병에 걸렸다는 것을 진작부터 알고 있었다.

그러면서 실제로 눈앞에 다가온 죽음 자체는 알아채지 못했다.

"조만간 병이 나으면 도쿄에 한번 놀러 가야겠구나. 사람은 언제 죽을지 모르니 하고 싶은 게 있으면 살아 있는 동안에 다 해봐야 해."

"그때는 저도 데려가줘요."

어머니는 마지못해 맞장구를 쳤다.

때로는 아버지의 모습이 무척 쓸쓸해 보였다.

"내가 죽으면 모쪼록 어머니를 잘 보살펴드려라."

나는 '내가 죽으면'이라는 말을 전에도 들어본 적이 있었다. 내가 졸업하던 날 저녁, 선생님은 사모님에게 그 말을 몇 번이나 되풀이 했다. 내가 도쿄를 떠나기 직전의 일이었다. 나는 웃음 띤 선생님의 얼굴과 불길하다며 귀를 막던 사모님의 모습이 떠올랐다.

그때의 '내가 죽으면'이라는 말은 단지 가정일 뿐이었다. 그리고 지금 아버지에게 들은 말은 언제 일어날지 모르는 사실이었다. 나는 선생님을 대하던 사모님처럼 아버지를 대할 수는 없었다. 하지만 무슨 말이든 해서 아버지를 위로해드려야 했다.

"그런 약한 말씀 하지 마세요. 조만간 병이 나으면 도쿄로 놀러 가시기로 했잖아요. 어머니와 함께요. 이번에 가시면 깜짝 놀라실 거예요. 얼마나 많이 변했는데요. 전차 노선도 꽤 많이 생겼어요. 전차가 다니게 되면 자연히 거리의 집들도 달라지고, 구획 정비도 새로 하잖아요. 도쿄가 잠잠해지는 시간은 아마 스물네 시간 중에 일 분도 안 될 걸요.”

나는 어쩔 수 없이 불필요한 말까지 꺼내게 되었다. 아버지는 흐뭇한 표정으로 듣고 있었다.

집에 환자가 있으니 자연히 드나드는 사람도 많아졌다. 근처에 사는 친척들은 이틀에 한 번꼴로 번갈아가며 병문안을 왔다. 개중에는 약간 먼 곳에 살고 있어서 평소에는 얼굴을 보기 힘든 사람도 있었다.

“큰일 나는 줄 알았는데 이 정도면 괜찮아. 말도 제대로 하고 얼굴도 멀쩡하네.”

이렇게 말하며 돌아가는 사람도 있었다.

내가 처음 내려왔을 때만 해도 쥐 죽은 듯 조용했던 집이 이런 일로 점점 소란스러워지기 시작했다.

그러는 동안에도 아버지의 병세는 계속 악화될 뿐이었다. 나는 어머니와 큰아버지와 의논한 끝에 마침내 형과 여동생에게 전보를 쳤다. 형은 즉시 오겠다는 답신을 보내왔다. 매제도 곧 출발하겠다고 했다. 매제는 여동생이 지난번 임신했다가 유산한 경험이 있어서 이번에는 그런 일이 생기지 않도록 조심하고 있다는 얘기를 꺼냈다. 아무래도 여동생을 대신해서 자기가 오려는 것 같았다.

11

그런 어수선한 분위기 속에서도 나는 아직 조용한 시간을 가질 여유가 있었다. 가끔은 책을 펴고 10페이지 정도 읽을 시간도 있었다. 일전에 단단히 묶어놓았던 고리짝은 어느새 끈이 풀어져버렸다. 나는 그 속에서 필요한 물건들을 이것저것 다시 꺼냈다. 나는 도쿄를 떠날 때 세웠던 올여름의 계획을 돌이켜보았다. 내가 한 일은 그 계획의 3분의 1도 되지 않았다. 나는 지금껏 그런 상황에서 찾아드는 불쾌감을 여러 번 경험했다. 하지만 이번 여름처럼 일이 뜻대로 되지 않은 적은 드물었다. 이것이 세상사라고 생각하면서도 찜찜한 기분을 떨칠 수 없었다.

이런 불쾌감을 느끼면서도 한편으로는 아버지의 병에 대해 생각했다. 아버지가 돌아가신 뒤의 일도 상상해보았다. 그와 동시에 선생님도 생각했다. 나는 그 불쾌한 기분의 양 끝에 서 있는 사회적 지위와 학력, 그리고 성격이 전혀 다른 두 사람의 모습을 바라보았다.

내가 아버지의 머리맡을 떠나 책들이 흩어져 있는 내 방에서 혼자 팔짱을 끼고 앉아 있을 때 어머니가 얼굴을 내밀었다.

"낮잠이라도 좀 자렴. 너도 꽤 피곤할 텐데."

어머니는 내 기분을 이해하지 못했다. 나도 어머니에게 그런 이해를 기대할 정도로 어리지는 않았다.

나는 짧게 고맙다고 했다. 어머니는 여전히 방문 앞에 서 있었다.

"아버지는요?"

내가 물었다.

"지금 곤히 주무시고 계셔."

어머니가 대답하더니 갑자기 방으로 들어와 내 옆에 앉았다.

"선생님한테는 아직 아무 소식이 없니?"

어머니는 일전에 내가 했던 말을 곧이곧대로 믿고 있었다. 그때 나는 선생님이 꼭 답장을 보내줄 것이라고 어머니에게 장담했다. 하지만 나는 그때도 부모님이 바라는 답장이 오리라고는 전혀 기대하지 않았다. 결국은 의도적으로 어머니를 속인 셈이었다.

"한 번 더 편지를 보내보렴."

어머니가 말했다.

나는 소용없는 편지를 몇 통 보내는 게 어머니에게 위안이 된다면 굳이 거부하고 싶지 않았다. 하지만 그런 용건으로 선생님에게 부담을 주는 것은 나에게도 고통이었다. 나는 아버지에게 꾸지람을 듣거나 어머니의 마음을 상하게 하는 것보다 선생님에게 하찮게 여겨지는 것을 훨씬 더 두려워했다. 내가 보낸 의뢰 편지에 대해 아직까지 답장이 없는 것도 혹시 그런 이유 때문이 아닐까 하는 엉뚱한 생각까지 들었다.

"편지를 쓰는 거야 상관없지만, 이런 건 편지로 해결될 일이 아니에요. 도쿄에 올라가 직접 부탁하며 돌아다녀야죠."

"하지만 아버지가 저러고 계신데 네가 어떻게 도쿄에 갈 수 있겠니?"

"그러니까 저도 이러고 있죠. 아버지의 상태가 확실해지기 전까지는 떠나지 않을 생각이에요."

"그야 당연하지. 언제 어떻게 될지 모르는 중환자를 내버려두고 어떻게 마음 편히 도쿄로 갈 수 있겠어?"

나도 처음에는 아무것도 모르는 어머니를 측은하게 생각했다. 하지만 어머니가 왜 이렇게 어수선할 때 그런 이야기를 꺼내는지 이해할 수 없었다. 내가 아버지의 병환에 대한 생각을 접은 채 조용히 책을 읽을 여유를 갖게 된 것처럼 어머니도 눈앞의 환자를 잊은 채 다른 생각을 할 만한 여유가 생긴 건지 의아했다. 그때 어머니가 말을 꺼냈다.

"실은 아직 살아 계실 때 네 취직자리가 정해지면 아버지도 마음을 놓으실 것 같아서 말이다. 지금 상태로는 그게 쉽지 않은 일이겠지만, 그래도 저렇게 말씀도 하시고 정신도 온전하실 때 기쁘게 해드리는 게 효도 아니겠니?"

나는 부모님에게 효도할 수 없는 가엾은 처지가 되었다. 나는 끝내 선생님에게 편지를 보내지 않았다.

12

형이 집에 들어섰을 때 아버지는 누워서 신문을 읽고 있었다. 아버지는 평소에도 만사 제쳐두고 신문만은 꼭 읽었는데, 병석에 드러누운 뒤로는 무료함을 달래려고 더욱 신문에 매달렸다. 어머니와 나는 굳이 말리지 않고 가급적이면 환자의 뜻대로 하도록 내버려두었다.

"신문을 보실 정도면 괜찮은 거네요. 위독하신 줄 알고 왔는데 아주 좋아 보여요."

형은 그렇게 말문을 열면서 아버지와 이야기를 나누었다. 지나치게 밝은 그 말투가 내게는 오히려 어색하게 들렸다. 그래도 아버지 방에서 나와 나랑 마주 앉았을 때는 표정이 어두워져 있었다.

"신문 같은 건 안 보는 게 좋지 않니?"

"나도 그렇게 생각하지만 막무가내로 읽으시려고 해서 어쩔 수가 없어요."

형은 말없이 내 변명을 듣고 있다가 말했다.

"제대로 이해나 하고 읽으시는 건가?"

형은 아버지의 이해력이 병 때문에 평소보다 상당히 둔해졌다고 생각하는 것 같았다.

"정신은 멀쩡해요. 아까 아버지 머리맡에 앉아서 이십 분쯤 이런저런 얘기를 나눠봤는데, 이상한 점은 전혀 발견하지 못했어요. 저런 상태라면 꽤 오래갈 것도 같고."

형과 비슷한 시간에 도착한 매제의 의견은 우리보다 더 낙관적이었다. 아버지는 매제에게 여동생에 대해 이것저것 묻고는 이렇게 말했다.

"홀몸도 아닌데 이리저리 흔들리는 기차는 안 타는 게 좋아. 무리해가며 병문안을 오면 오히려 내가 불안해지니까."

그리고 이렇게 말하기도 했다.

"조만간 병이 나으면 아기 얼굴이라도 보러 내가 찾아가면 되니까 걱정할 것 없네."

노기 마레스케(러일전쟁에서 일본을 승리로 이끈 육군 대장으로 메이지 천황의 장례식 날 부인과 함께 순사)가 자살했을 때도 아버지는 신문을 통해 가장 먼저 그 소식을 접했다.

"큰일 났다, 큰일 났어."

아무것도 모르는 우리는 아버지의 갑작스런 말에 깜짝 놀랐다. 나중에 형이 내게 말했다.

"그때는 정신이 이상해지신 건 아닌가 싶어서 가슴이 철렁하더라."

"사실은 저도 많이 놀랐어요."

매제도 공감한 듯이 말했다.

실제로 그 무렵의 신문은 연일 시골 사람들이 놀랄 만한 기사들을 쏟아냈다. 나는 아버지의 머리맡에 앉아 주의 깊게 그 기사들을 읽었다. 읽을 시간이 없을 때는 내 방으로 슬쩍 가져와서 샅샅이 훑어보았다. 나는 군복을 입은 노기 대장과 궁녀 같은 의상을 걸친 부인의 모습을 오랫동안 잊을 수 없었다.

비통한 소식이 바람처럼 시골구석까지 불어와 잠든 것 같은 초목을 한창 흔들고 있을 즈음 뜻밖에도 선생님에게서 한 통의 전보가 날아들었다. 양복을 입은 사람만 봐도 개가 짖어대는 시골에서는 한 통의 전보도 큰 사건이었다. 전보를 받은 어머니는 역시나 놀란 표정으로 사람이 없는 곳으로 나를 일부러 불러냈다.

어머니는 "무슨 내용이니?"라고 묻고는 옆에 서서 봉투를 뜯기만을 기다리고 있었다.

그 전보에는 좀 만나고 싶은데 와줄 수 있겠느냐는 내용이 짤막하게 적혀 있었다. 나는 고개를 갸웃거렸다.

"틀림없이 부탁했던 일자리 때문일 게다."

어머니가 단정하듯 말했다.

나도 어쩌면 그럴지도 모른다고 생각했다. 하지만 뭔가 좀 이상하다는 느낌을 지울 수가 없었다. 어쨌든 형과 매제까지 불러들인 내가 병든 아버지를 내버려두고 도쿄로 갈 수는 없는 노릇이었다. 나는 어머니와 상의해 갈 수 없다는 전보를 치기로 했다. 간략하게 아버지가 위독하다는 내용도 덧붙였다. 그리고 그것만으로는 마음이 편치 않아 자세한 사정을 편지에 적어 그날 중으로 보냈다. 부탁한 일자리가 난 것이라고 믿었던 어머니는 아쉬운 표정을 지으며 말했다.

"정말 운이 나쁠 때는 어쩔 도리가 없구나."

13

내가 선생님에게 쓴 편지는 상당히 길었다. 어머니도 나도 이번에는 선생님이 뭔가 확실한 소식을 전해주리라 생각하고 있었다. 그런데 편지를 보낸 지 이틀 만에 또 내 앞으로 전보가 도착했다. 전보에는 오지 않아도 된다는 글귀밖에 없었다.

나는 그것을 어머니에게 보여주었다.

"아마 편지로 자세히 말씀하실 모양이다."

어머니는 여전히 선생님이 나를 위해 일자리를 주선해줄 거라고 믿고 있는 것 같았다. 나도 어쩌면 그럴지 모른다고 생각했지만, 선생님의 평소 태도로 미뤄볼 때 아무래도 뭔가 이상했다. 선생님이 일자리를 알아봐준다? 그것은 있을 수 없는 일이라는 생각이 들었다.

"어쨌든 제 편지는 아직 도착하지 않았을 테니, 이 전보는 그 전에 보낸 게 분명해요."

나는 어머니에게 그런 뻔한 말을 건넸다. 어머니는 당연하다는 듯이 대꾸했다.

"그렇겠지."

내 편지를 받기 전에 보낸 전보라면 별다른 도움이 되지 않는다는 것을 잘 알고 있으면서.

그날은 마침 주치의가 병원 원장과 함께 찾아오기로 한 날이었기에 어머니와 나는 그 문제에 대해 더 이상 얘기할 기회가 없었다. 두 의사는 모두가 지켜보는 가운데 환자에게 관장 치료를 하고 돌아갔다.

의사에게 절대 안정을 취하라는 말을 들은 뒤로 아버지는 자리에 누운 채 타인의 손을 빌려 대소변을 처리하고 있었다. 성격이 깔끔한 아버지는 처음에는 상당히 꺼려했지만 몸이 말을 듣지 않자 어쩔 수 없이 자리에 누운 채 용변을 보았다. 그리고 병세가 악화될수록 신경도 점점 둔해지는지 날이 갈수록 그런 배설에는 개의치 않게 되었다. 이따금 이불이나 요를 더럽혀 곁에 있는 사람이 눈살을 찌푸려도 본인은 오히려 태연했다. 물론 병의 특성상 소변의 양은 상당히 줄어들었다. 의사는 그것을 염려했다. 식욕도 점차 줄어들었다. 가끔 뭔가를 먹고 싶어 하지만 입에서만 원하고 있을 뿐, 목구멍을 넘기는 양은 극히 적었다. 좋아하는 신문을 손에 쥘 기력조차 없었다. 베개 옆에 있는 돋보기는 검은 안경집에 들어간 채 나올

줄을 몰랐다.

지금은 10리쯤 떨어진 곳에 살고 있지만 어렸을 적부터 아버지와 친하게 지내온 사쿠 아저씨가 병문안을 왔을 때, 아버지는 "아, 자네 사쿠 왔는가."라며 흐릿한 눈으로 그를 쳐다보았다.

"사쿠, 와줘서 고맙네. 자네는 건강해서 좋겠군. 난 이제 글렀어."

"그렇지 않아. 자네는 대학을 졸업한 자식이 둘이나 있지 않은가. 그까짓 병에 좀 걸렸다고 그렇게 낙담할 건 없네. 나를 좀 봐. 마누라는 먼저 저세상으로 가버렸지, 자식도 없지, 그저 목숨이 붙어 있으니까 사는 거야. 건강하면 뭘 하나, 아무런 낙도 없는걸."

관장 치료를 한 것은 사쿠 아저씨가 다녀가고 이삼일 후의 일이었다. 아버지는 의사가 치료해준 덕분에 속이 아주 편해졌다며 기뻐했다. 삶에 대한 자신감이라도 생긴 듯 기분이 좋아 보였다. 옆에 있던 어머니는 그런 분위기에 이끌린 것인지 환자에게 기운을 북돋우려는 것인지, 선생님으로부터 전보가 온 것을 마치 아버지가 바라던 대로 도쿄에 내 일자리가 난 것처럼 얘기했다. 나는 입이 근질근질했지만 선뜻 어머니의 말을 가로막을 수 없어서 잠자코 듣기만 했다. 아버지는 안색이 밝아졌다.

"그거 잘됐네요."

매제도 거들었다.

"어떤 곳인지는 아직 모르는 거니?"

형이 물었다.

이제 와서 그것을 부정할 만한 용기는 내게 없었다. 나는 나 자신도 알 수 없는 애매한 대답을 하고 얼른 자리에서 일어났다.

14

아버지의 병세는 마지막 순간의 직전까지 진행되었다가 잠시 주춤하고 있는 것처럼 보였다. 식구들은 혹시 운명의 날이 오늘은 아닐까 하는 생각에 밤마다 마음을 졸이며 잠자리에 들었다.

아버지는 곁에서 지켜보기 힘들 만큼 고통스러워하지는 않았다. 그런 점에서 간병은 수월한 편이었다. 만일에 대비해 밤에는 한 사람씩 교대로 깨어 있었지만, 나머지 식구들은 각자의 방으로 돌아가 충분한 수면을 취할 수 있었다. 어느 날인가 잠을 이루지 못하고 있다가 어렴풋이 환자의 신음소리를 들은 것 같아 한밤중에 일어나 아버지가 누워 있는 방으로 가본 적이 있다. 그날 밤은 어머니가 깨어 있을 차례였다. 하지만 어머니는 아버지의 옆에서 팔베개를 하고 잠들어 있었다. 아버지도 깊은 잠에 빠진 듯 조용했다. 나는 발소리를 죽이며 다시 내 방으로 돌아왔다.

나는 형과 함께 모기장 안에서 잤다. 매제는 손님 대접을 받는지 따로 떨어진 방에서 혼자 지냈다.

"세키도 딱하게 됐네. 저렇게 며칠씩이나 집에 돌아가지 못하고 있으니."

세키는 매제의 성이었다.

"별로 바쁘지 않으니까 저렇게 머무르고 있는 거겠죠. 매제보다는 형이 더 곤란하지 않아요? 이렇게 길어지면."

"곤란해도 할 수 없지, 다른 일도 아니고."

나는 형과 나란히 잠자리에 누워 그런 이야기를 주고받았다. 형의 머릿속에도 내 가슴속에도 아버지는 어차피 일어나지 못할 것이라는 생각이 자리하고 있었다. 어차피 일어나지 못할 거라면 차라리, 하는 생각도 들었다. 우리는 자식으로서 아버지가 돌아가시기를 기다리고 있는 셈이었다. 하지만 자식 된 입장에서 그런 말을 입 밖에 낼 수는 없었다. 굳이 말하지 않아도 우리는 서로가 무슨 생각을 하고 있는지 잘 알고 있었다.

"아버지는 여전히 일어날 수 있을 거라고 생각하시는 것 같아."

형이 말했다.

실제로 형의 말처럼 그렇게 보이는 구석도 있었다. 동네 사람들이 문병을 오면 아버지는 아무리 말려도 꼭 만나겠다고 고집을 부렸다. 그렇게 만나면 항상 내 졸업 축하 잔치를 열지 못한 것에 대해 미안해했다. 그 대신 병이 나으면 이렇게 저렇게 하겠다는 식의 말을 가끔 덧붙이기도 했다.

"졸업 잔치가 취소된 걸 다행으로 알아. 내 잔치 때 얼마나 힘들던지."

형이 오래전의 기억을 상기시키며 말했다.

나는 나까지 마지못해 술을 들이켰던 그 어수선한 잔치를 떠올리며 쓴웃음을 지었다. 술과 음식을 억지로 권하던 아버지의 모습도 내게는 씁쓸한 기억으로 남아 있었다.

우리는 그다지 우애가 깊은 형제는 아니었다. 어렸을 때는 툭하면 싸웠고, 언제나 나이 어린 내가 울음을 터뜨렸다. 전공 분야가 서로 다른 것도 전적으로 성격의 차이에서 비롯된 것이다. 나는 대학에 다닐 때, 특히 선생님을 만난 뒤로는 멀리서 형을 바라보면서 항상 속물이라고 생각했다. 게다가 형과는 오랫동안 만나지 못했기에, 또 멀리 떨어져 있었기에 시간상으로나 거리상으로나 항상 멀게만 느껴졌다. 그래도 오랜만에 이렇게 만나 보니 형제간의 정이 가슴속 어디선가 자연스레 샘솟았다. 지금 처한 상황도 그런 기분을 느끼게 하는 데 크게 작용했다. 두 형제의 공통분모인 아버지, 죽어가고 있는 그 아버지의 머리맡에서 형과 나는 손을 맞잡은 것이다.

"넌 앞으로 어떡할 생각이냐?"

형이 물었다.

나는 형에게 전혀 다른 방향의 질문을 던졌다.

"우리 집 재산은 얼마나 될까?"

"나야 모르지. 아버지가 아직 아무 말씀도 안 했으니까. 하지만 재산이래야 돈으로 치면 얼마 안 될 거야."

어머니는 어머니대로 여전히 선생님으로부터 답장이 오기를 고대하고 있었다.

"아직 편지 안 왔니?"

어머니는 틈틈이 물으며 나를 곤혹스럽게 했다.

15

"선생님, 선생님 하는데 대체 누구를 말하는 거냐?"

형이 물었다.

"일전에 얘기했잖아요."

내가 대답했다. 나는 자기가 물어봤으면서 설명해주면 금방 잊어버리는 형의 성격이 거슬렸다.

"듣긴 들었는데."

형은 듣긴 들었지만 잘 모르겠다는 것이었다. 나는 형이 딱히 선생님을 이해해주기를 바란 것은 아니었다. 하지만 화가 났다. 또다시 예의 그 형다운 면모를 보는 것 같았다.

형은 내가 선생님이라고 부르며 존경할 정도의 사람이라면 반드시 저명인사일 것이라고 생각했다. 적어도 대학 교수 정도는 될 것이라고 추측하고 있었다. 유명하지도 않은 사람, 아무것도 하지 않는 사람은 존경할 만한 가치가 없다고 형은 생각했다. 그 점에 있어서는 아버지와 다를 바가 없었다. 하지만 아버지는 아무것도 할 수 없으니까 노는 거라고 속단한 데 반해, 형은 뭔가를 할 수 있는데도 빈둥거리는 것은 한심한 일이라는 식의 뉘앙스를 풍겼다.

"에고이스트는 좋지 않아. 아무 일도 하지 않고 살겠다는 건 너무 태만한 생각이야. 사람은 자신의 능력을 최대한 발휘하며 살아야 하는 거야."

나는 형에게 자신이 말한 에고이스트의 의미를 제대로 알고는 있느냐고 되묻고 싶었다. 형은 나중에 이렇게 말했다.

"어쨌든 그 사람 덕분에 일자리가 생겼다니 다행이다. 아버지도 기뻐하시는 것 같고."

선생님으로부터 확실한 내용의 편지가 오지 않는 이상, 나는 그렇게 믿을 수도 없었고 또 그렇게 말할 용기도 없었다. 어머니가 지레짐작으로 모두에게 말을 퍼뜨린 상황에서 내가 갑자기 그 말을 부정할 수는 없었다. 어머니의 재촉과는 상관없이 나도 선생님의 편지를 기다리고 있었다. 그리고 그 편지에 식구들 모두가 생각하는 그런 일자리에 관한 얘기가 씌어 있기를 바랐다.

죽음에 임박한 아버지를 앞에 두고, 그 아버지를 조금이라도 안심시켜드리고 싶어 하는 어머니를 앞에 두고, 일하지 않으면 사람이 아닌 것처럼 말하는 형을 앞에 두고, 그 외에 매제나 큰아버지나 고모를 앞에 두고, 나는 그다지 신경 쓰지 않던 일에 대해 심각하게 고민할 수밖에 없었다.

아버지가 이상한 누런 액체를 토했을 때, 나는 일전에 선생님과 사모님에게 들었던 위험한 상황을 떠올렸다.

"저렇게 오랫동안 누워 있으니 위도 많이 나빠졌을 거야."

아무것도 모르고 그렇게 말하는 어머니의 얼굴을 보자 눈물이 핑 돌았다.

형과 내가 거실에서 마주 앉았을 때 형이 내게 물었다.

"들었니?"

의사가 돌아가기 직전에 형에게 한 말을 들었느냐는 뜻이었다. 나는 설명을 듣지 않아도 그것이 무슨 뜻인지 잘 알고 있었다.

"너, 여기로 돌아와 집안을 돌볼 생각은 없니?"

형이 나를 쳐다보았다. 나는 아무 대답도 하지 않았다.

"어머니 혼자서는 아무것도 못하실 텐데."

형이 다시 말했다. 형은 나를 흙냄새나 맡으며 시골에서 썩어도 아쉬울 게 없는 존재로 생각하고 있었다.

"책만 읽을 거라면 시골에서도 충분하고, 게다가 직장을 구할 필요도 없으니 너한테는 제격일 것 같다."

"형이 돌아오는 게 순서죠."

내가 말했다.

"난 그럴 형편이 못 돼."

형이 잘라 말했다.

형의 머릿속에는 세상에 나가 마음껏 일하겠다는 생각으로 가득 차 있었다.

"네가 싫다면 일단 큰아버지한테 부탁드려보겠지만, 어쨌든 어머니는 우리 둘 중에 한 명이 돌봐드려야 해."

"어머니가 이곳을 뜨려고 할지 어떨지 모르겠네요."

우리는 아버지가 돌아가시기도 전에 훗날의 일에 대해 그런 식으로 이야기를 나누었다.

16

아버지는 이따금 헛소리까지 하게 되었다.

"노기 대장님께 죄송하구나. 정말로 면목이 없다. 아니 나도 곧 뒤따라가야지."

뜬금없이 그렇게 중얼거리곤 했다. 어머니는 불안했는지 식구들을 모두 아버지의 머리맡에 앉아 있게 했다. 정신이 온전할 때면 한 없이 쓸쓸해하는 아버지 역시 그러기를 바라는 듯했다. 특히 아버지 는 방 안을 둘러보고 어머니가 보이지 않으면 어김없이 "네 어머니 는?" 하고 물었다. 묻지 않더라도 눈빛이 그것을 말해주고 있었다. 나는 그때마다 자리에서 일어나 어머니를 부르러 갔다. 어머니가 하 던 일을 멈추고 방으로 들어와 "무슨 일이세요?"라고 물어도 아버지 는 그저 어머니의 얼굴만 바라볼 뿐 아무 말도 하지 않았다. 그런가 하면 전혀 엉뚱한 말을 꺼내기도 했다.

"여보, 당신한테 여러모로 신세를 많이 졌어."

갑자기 다정하게 말을 건네기도 했는데, 어머니는 그럴 때마다 언 제나 눈물을 글썽였다. 그런 뒤에는 항상 지금과는 대조적인 아버지 의 건강했던 옛 모습을 떠올리는 것 같았다.

"지금은 저렇게 처량하게 말하지만, 예전에는 나한테 얼마나 모 질게 대했는데."

그러면서 어머니는 아버지에게 빗자루로 등을 얻어맞은 이야기 를 꺼냈다. 형과 나는 지금까지 몇 번이나 들었던 그 이야기를 여느 때와는 다른 기분으로 아버지에 대한 추억거리처럼 귀담아 들었다.

아버지는 눈앞에 어스름히 비치는 죽음의 그림자를 바라보면서 도 아직 유언 비슷한 말은 꺼내지 않았다.

"지금쯤 아버지에게 뭔가 물어봐야 하지 않을까?"

형이 물으며 내 얼굴을 쳐다보았다.

"글쎄."

내가 대답했다.

우리가 먼저 그런 말을 꺼내는 것은 환자를 위해서라도 신중하게 생각해야 할 것 같았다. 우리는 끝내 결정을 내리지 못하고 큰아버지에게 그 문제에 대해 이야기했다. 큰아버지도 고개를 갸웃거렸다.

"말하고 싶은 게 있는데 그냥 죽는 것도 안타까운 일이지만, 살아 있는 사람들이 유언을 재촉하는 것도 도리는 아닌 것 같구나."

결국 그 이야기는 흐지부지 끝나고 말았다. 그러는 사이에 아버지가 잠시 혼수상태에 빠졌다. 아무것도 모르는 어머니는 아버지가 잠든 것으로 착각하고 오히려 좋아했다.

"저렇게 편히 주무시고 계시니 곁에 있는 사람도 한결 낫구나."

아버지는 이따금 눈을 뜨면 갑자기 아무개는 어떻게 됐느냐고 물었다. 대개 그 아무개는 방금 전까지 옆에 앉아 있던 사람이었다.

아버지의 의식에는 어두운 부분과 밝은 부분이 있는데 밝은 부분만이 어둠을 누비고 나아가는 하얀 실처럼 일정한 거리를 두고 이어져 있는 것 같았다. 어머니가 혼수상태를 일상적인 수면으로 착각한 것도 무리는 아니었다.

얼마 후 아버지는 혀가 꼬이기 시작했다. 뭔가 얘기를 해도 발음이 부정확해 무슨 말인지 종잡을 수 없을 때가 많았다. 그래도 처음 얘기를 시작할 때는 위독한 환자라고 여겨지지 않을 만큼 힘찬 목소리로 말했다. 물론 우리도 아버지의 귓가에 입을 대고 평소보다 더 크게 말해야 했다.

"머리를 식혀주면 환자가 좋아하나요?"

"네."

나는 간호사와 함께 아버지의 물베개를 바꾸고, 새로 얼음을 채운 주머니를 머리 위에 얹어드렸다. 거칠게 깨진 날카로운 얼음조각들이 주머니 속에서 고르게 자리 잡는 동안 나는 그 주머니로 아버지의 벗어진 이마 끝을 가볍게 누르고 있었다. 그때 형이 복도에서 방으로 들어와 말없이 내게 우편물을 건네주었다. 놀고 있는 왼손으로 그 우편물을 받아든 순간 왠지 이상한 느낌이 들었다.

그것은 일반 편지에 비해 상당히 무거웠다. 봉투도 일반적인 편지 봉투가 아니었다. 물론 그런 봉투에 넣을 수 있는 분량도 아니었다. 겉을 반지半紙(25×35㎝ 크기의 일본 종이)로 싸서 풀로 꼼꼼히 봉해놓았다. 나는 형에게 그 우편물을 받자마자 금방 등기우편임을 알 수 있었다. 뒤집어 보니 거기에 선생님의 이름이 가지런한 글씨로 씌어 있었다. 얼음주머니를 들고 봉투를 뜯을 수는 없는 노릇이었기에 나는 일단 그것을 품속에 집어넣었다.

17

그날은 아버지의 상태가 유난히 심각해 보였다. 내가 화장실에 가려고 복도로 나가자 맞은편에서 걸어오던 형이 초병 같은 말투로 "어디 가니?"라며 나를 불러 세웠다.

"아무래도 상태가 좀 이상하니까 가급적이면 아버지 곁을 떠나지 마라."

형이 당부했다.

나도 그렇게 생각하고 있었다. 품속에 넣은 편지에는 손도 못 대고 다시 방으로 돌아갔다. 아버지는 눈을 뜨고 어머니에게 방 안에 앉아 있는 사람들의 이름을 물었다.

어머니는 저기 있는 건 누구고 여기 있는 건 누구라고 일일이 설명해주었고, 아버지는 그때마다 고개를 끄덕였다. 끄덕이지 않을 때는 어머니가 다시 한 번 큰 소리로 "아무개라고요, 알겠어요?"라고 말했다.

"정말 여러모로 신세가 많습니다."

아버지는 그렇게 말하고 다시 혼수상태에 빠졌다. 머리맡에 둘러앉아 있는 사람들은 한동안 말없이 환자의 상태만 지켜보고 있었다. 이윽고 그중 한 사람이 일어나 옆방으로 갔다. 그러자 또 한 사람이 일어났다. 나도 세 번째로 자리에서 일어나 내 방으로 갔다. 내가 자리를 뜬 것은 아까 품속에 넣어두었던 우편물을 뜯어보기 위해서였다. 그것은 환자의 머리맡에서도 얼마든지 할 수 있는 일이었지만, 분량이 너무 많아 그 자리에서 한 번에 다 읽을 수는 없었다. 나는 그것을 읽기 위해 따로 시간을 냈다.

나는 질긴 섬유질 봉투를 손으로 천천히 잡아 뜯었다. 봉투 안에서는 가로세로로 줄이 쳐진 종이에 가지런히 글씨를 쓴 원고 같은 것이 나왔다.

종이는 봉투에 넣기 좋게 네 겹으로 접혀 있었다. 나는 접힌 종이를 읽기 편하도록 평평하게 폈다.

나는 그 많은 양의 종이와 잉크가 내게 무슨 얘기를 들려줄까 하고 생각하니 가슴이 두근거렸다. 그와 동시에 아버지의 상태도 마음에 걸렸다. 내가 이글을 다 읽기 전에 아버지가 어떻게 되거나, 그렇지 않으면 형이나 어머니, 혹은 큰아버지가 나를 부를지 모른다는 생각이 들었다. 아무래도 선생님의 글을 차분하게 읽을 분위기가 아니었다. 나는 불안한 마음으로 첫 장을 읽었다. 첫 장에는 다음과 같이 씌어 있었다.

— 자네가 내 과거에 대해 물었을 때는 대답할 용기가 없었지만 지금은 자네에게 그것을 명백히 밝힐 자유를 얻은 것 같네. 하지만 그 자유는 자네가 도쿄에 오기를 기다리는 사이에 다시 잃어버릴

수 있는 세속적인 자유에 불과하다네. 따라서 그것을 이용할 수 있을 때 이용하지 않으면 자네에게 내 과거를 간접 경험으로 들려줄 기회를 영영 놓치게 되네. 그렇게 되면 그때 내가 굳게 약속했던 말은 전부 거짓이 되겠지. 그래서 나는 부득이 입으로 해야 할 말을 이 글로 대신하기로 했네.

나는 거기까지 읽고 나서야 선생님이 그렇게 긴 편지를 쓴 이유를 확실히 알 수 있었다. 애초부터 선생님이 내 일자리 문제로 편지를 보낼 분이 아니라는 것은 알고 있었다. 그런데 글쓰기를 내켜하지 않는 선생님이 왜 그 이야기를 이렇게 길게 써서 내게 보여줄 생각을 하게 된 걸까? 선생님은 왜 내가 상경할 때까지 기다리지 못하는 걸까?

'자유를 얻었으니 이야기 한다. 하지만 그 자유는 다시 영원히 사라지게 될 것이다.'

나는 속으로 그렇게 되뇌면서 곰곰이 그 의미를 생각해보다가 갑자기 마음이 불안해졌다. 나는 계속해서 다음 글을 읽으려고 했다.

그때 형이 아버지의 방 쪽에서 큰 소리로 나를 불렀다. 나는 깜짝 놀라 자리에서 얼른 일어났다.

복도를 달려가 가족들이 모여 있는 방으로 들어갔다. 나는 드디어 아버지의 마지막 순간이 온 것이라고 생각했다.

18

아버지의 방에는 어느새 의사가 와 있었다. 환자를 되도록 편하게 해주려는 취지에서 이제 막 관장 치료를 하려던 참이었다. 밤새 환자를 지켰던 간호사는 별실에서 자고 있었다. 이런 일에 익숙지 않은 형은 자리에서 일어나 어쩔 줄 몰라 하고 있었다. 형은 내 얼굴을 보더니 "좀 도와줘."라고 말하고는 그대로 자리에 앉았다. 나는 형을 대신해 아버지의 엉덩이 밑에 기름종이를 갖다 댔다.

아버지는 조금 편안해진 듯했다. 의사는 머리맡에 30분쯤 앉아서 관장 결과를 확인한 뒤 또 오겠다는 말을 남기고 돌아갔다. 혹시 무슨 일이 생기면 언제든 연락하라는 말도 잊지 않았다.

나는 금방이라도 무슨 일이 일어날 것 같은 병실을 빠져나와 다시 선생님의 편지를 읽으러 갔다. 하지만 마음을 놓을 수가 없었다. 책상 앞에 앉자마자 형이 또다시 큰 소리로 나를 부를 것만 같았다. 이번에 또 부르면 정말이지 마지막일지 모른다는 두려움에 손이 떨렸다.

나는 선생님의 편지를 내용도 읽지 않고 페이지만 휙휙 넘겼다. 꼼꼼하게 칸을 메운 글자들을 보았다. 하지만 그것을 읽을 여유는 없었다. 띄엄띄엄 골라서 읽을 여유조차 갖지 못했다. 나는 마지막 페이지까지 대충 들춰보고 다시 원래대로 책상 위에 놔두려고 했다.

그때 우연히 결말에 가까운 한 구절이 눈에 들어왔다.

— 자네가 이 편지를 받아볼 때쯤이면 나는 아마 이 세상에 없을 걸세. 이미 죽었겠지.

나는 숨이 턱 막혔다. 이제까지 쿵쾅거리던 내 심장이 한순간에 굳어버린 것 같았다. 나는 다시 맨 뒷장부터 거꾸로 페이지를 넘겼다. 한 장에 한 구절 정도씩 읽어나갔다. 나는 빠른 시간에 내가 알아야 할 것을 알아내려고 눈에 불을 켜고 어른거리는 글자들을 훑어나갔다. 그때 내가 알고 싶었던 것은 선생님의 안부뿐이었다. 선생님의 과거, 언젠가 선생님이 내게 들려주겠다고 약속한 어렴풋한 과거 따위는 아무래도 상관없었다. 나는 거꾸로 페이지를 넘기다가 내가 알려는 것을 쉽게 보여주지 않으며 애를 태우는 그 편지를 일단 덮어두었다.

나는 다시 아버지의 상태를 살피러 방문 앞까지 갔다. 방 안은 의외로 조용했다. 피곤에 지친 얼굴로 머리맡에 앉아 있는 어머니를 손짓으로 불러내 물었다.

"상태는 좀 어떠세요?"

"조금 편안해지신 것 같구나."

나는 아버지에게 가까이 다가가 물었다.

"어떠세요? 관장하고 나니까 좀 편해지셨어요?"

아버지는 고개를 끄덕이며 또렷한 발음으로 말했다.

"고맙다."

아버지는 생각했던 것만큼 정신이 흐리지 않았다.

나는 다시 그곳에서 나와 내 방으로 돌아왔다. 시계를 보면서 기차 시간을 확인했다. 나는 벌떡 일어나 오비를 고쳐 매고 소맷자락 속에 선생님의 편지를 집어넣었다. 그리고 부엌문을 통해 밖으로 나갔다. 나는 정신없이 의사의 집으로 달려갔다. 아버지가 앞으로 이삼일쯤 더 버틸 수 있는지 어떤지 의사에게 정확하게 확인하고 싶었다. 주사를 놓든 뭘 하든 더 버틸 수 있게 해달라고 부탁하려고 했다. 그런데 공교롭게도 의사는 집에 없었다. 내게는 가만히 앉아서 그가 돌아올 때까지 기다릴 만한 시간이 없었다. 마음도 불안했다. 나는 곧바로 인력거를 잡아타고 서둘러 기차역으로 향했다.

나는 기차역 벽에 종이를 대고 연필로 어머니와 형 앞으로 편지를 썼다. 간단한 내용이었지만, 아무 말 없이 떠나는 것보다는 낫다고 생각했다. 나는 인력거꾼에게 서둘러 편지를 집에 전해달라고 부탁했다. 그리고 과감히 도쿄행 열차에 뛰어올랐다. 나는 덜컹대는 삼등열차 안에서 소맷자락에 넣어둔 선생님의 편지를 꺼내 처음부터 끝까지 찬찬히 읽어 내려갔다.

선생님과 유서

1

　—나는 올여름에 자네로부터 두세 통의 편지를 받았네. 도쿄에서 적당한 일자리를 구하고 싶으니 잘 부탁한다고 쓴 것은 분명 두 번째 편지였던 것으로 기억하네. 나는 그 글을 읽고 어떻게든 해주고 싶었네. 적어도 답장은 보내주어야 한다고 생각했지. 하지만 고백하건대 나는 자네의 부탁에 대해 아무런 노력을 하지 않았네. 자네도 알다시피 교제 범위가 좁다기보다 세상을 홀로 살아가고 있다는 표현이 적합할 것 같은 나로서는 감히 엄두를 낼 수가 없었던 거지.

　하지만 그것은 그리 중요한 문제가 아니네. 사실 나는 나 자신을 어떻게 해야 할지 몰라 한창 고민하던 참이었네. 이대로 사람들 틈에 남겨진 미라처럼 계속 살아갈 것인가, 아니면……. 나는 '아니면'

이라는 말을 마음속으로 되뇔 때마다 섬뜩한 느낌이 들었네. 절벽 끝까지 달려와 바닥이 보이지 않는 까마득한 골짜기를 내려다본 사람처럼. 나는 비겁했네. 그리고 많은 비겁한 사람들처럼 괴로워했던 거야. 유감스럽게도 그때 내 머릿속에는 자네가 거의 존재하지 않았다고 해도 과언이 아니네. 조금 심하게 말하면 자네의 일자리나 생계 따위는 내게 아무 의미도 없었네. 어찌 되든 상관없는 일이었어. 나는 그런 일에 신경 쓸 만한 상황이 아니었네.

나는 편지꽂이에 자네의 편지를 꽂아두고 가만히 팔짱을 끼고 앉아서 생각해봤네. 집에 어느 정도 재산도 있는데 뭐가 아쉬워서 졸업하자마자 취직하겠다고 조급하게 구는 걸까? 나는 그런 씁쓸한 시선으로 멀리 있는 자네를 바라볼 뿐이었네. 나는 답장을 보내지 못한 미안한 마음에 변명이라도 하려고 자네에게 이런 사실을 밝히는 거라네. 자네의 기분을 상하게 하려고 일부러 함부로 말하는 것은 아니야. 이 글을 읽어보면 내 진의를 잘 알 수 있으리라 생각하네. 어쨌든 무슨 소식이든 전했어야 했는데 그냥 지나쳐버렸으니까, 나는 이 태만한 죄를 자네 앞에 사죄하고 싶네.

그 후 나는 자네에게 전보를 보냈네. 사실대로 말하면 그때 나는 자네를 좀 만나고 싶었어. 그리고 자네가 알고 싶어 하던 내 과거를 자네에게 들려주고 싶었네. 그런데 자넨 지금은 도쿄로 올 수 없다는 답신을 보내왔지. 실망한 나는 한동안 그 전보에서 눈을 떼지 못했네. 자네도 전보만으로는 마음이 놓이지 않았는지 그 뒤에 다시 긴 편지를 써서 보내주었더군. 그것으로 자네가 상경하지 못하는 사정을 잘 알 수 있었네. 나는 자네가 무례하다고는 전혀 생각하지 않아. 자네의 소중한 아버님이 그토록 위독하신데, 어떻게 자네가 집을 비울 수 있겠나? 자네 아버님의 병환을 잊은 듯한 내 태도야말로 비난을 받아야 할 걸세. 실제로 나는 그 전보를 칠 때 자네아버님의 병환을 잊고 있었네. 자네가 도쿄에 있을 때는 고치기 힘든 병이니 주의해야 한다고 그렇게 충고했으면서 말이야. 나는 그런 모순된 인간이네. 어쩌면 내 뇌의 문제라기보다 내 과거가 나를 압박한 결과 이런 모순된 인간으로 변한 것인지도 모르지. 그 점에 있어서는 나의 아집이었음을 충분히 인정하고 있네. 자네에게 용서를 빌어야 하겠지.

　자네가 보낸 마지막 편지를 읽었을 때 정말 미안하다는 생각이 들었네. 그래서 미안한 마음을 담은 답장을 쓰려고 펜을 들었지만, 한 줄도 쓰지 못하고 그만두었네. 어차피 쓸 거라면 이런 편지를 쓰고 싶었는데, 그러기에는 아직 시기가 이르다는 생각에 그만둔 것이네. 내가 자네에게 오지 않아도 된다고 다시 짤막하게 전보를 친 것은 그 때문이야.

2

　─ 나는 그 뒤로 이 편지를 쓰기 시작했네. 평소 펜을 자주 들지 않는 나로서는 사건이든 사상이든 내 생각대로 표현할 수 없는 것이 가장 큰 고통이었어. 나는 하마터면 자네에 대한 나의 이 의무를 저버릴 뻔했지. 그만둬야겠다며 몇 번이고 펜을 내려놓았지만 어쩔 수가 없더군. 한 시간도 되지 않아 다시 펜을 집어 들게 되었지. 자네가 보기에는 책임감을 중시하는 내 성격 때문이라고 생각할 수도 있을 걸세. 나도 그것은 부정하지 않겠네. 자네도 알다시피 나는 바깥세상과 거의 접촉하지 않는 고독한 인간이기에 내 전후좌우 어디를 둘러봐도 의무라고 할 만한 일은 찾아보기 힘들다네. 의도적인 것인지 자연스러운 것인지, 나는 그런 것을 최대한 줄여가며 살고 있었던 거야. 하지만 의무에 무관심해서 이렇게 된 것은 아니네. 오히려 지나치게 예민하고 자극에 견딜 만한 힘도 없기 때문에 이렇게 소극적인 나날을 보내게 된 것이지. 그러니까 스스로 약속한 일을 지키지 못하면 나 자신이 견디지 못하는 거야. 자네에게 떳떳해지기 위해서라도 나는 다시 펜을 집어 들 수밖에 없었네.

　그리고 나는 글을 쓰고 싶었네. 의무와는 상관없이 내 과거에 대해 쓰고 싶었던 거지. 내 과거는 나만의 경험이니 나 혼자 소유할 수도 있네. 그것을 남에게 알리지 않고 그냥 죽는 것을 아쉽게 생각할 수도 있을 테고. 나도 그런 생각이 조금은 들었네. 다만 받아들일 수 없는 사람에게 내 경험을 들려주느니 차라리 내 생명과 함께 묻어버리는 편이 낫다고 생각하네. 사실 내 곁에 자네가 존재하지 않았다면, 내 과거는 간접적으로도 타인의 지식이 되지 못하고 결국 나만의 과거로 끝났을 거야. 나는 수천만 명의 일본인 중에서 오직 자네에게만 내 과거를 들려주려는 것일세. 자네는 진실한 사람이니까. 자네는 진심으로 인생 그 자체에서 살아 있는 교훈을 얻고 싶다고 했으니까.

나는 세상의 어두운 그림자를 자네에게 숨김없이 알려주겠네. 하지만 두려워하지는 말게. 그 어둠을 직시하고 그 속에서 자네에게 도움이 될 만한 것을 집어내게. 내가 말하는 어둠이란 물론 윤리적인 어둠을 말한다네. 나는 윤리적으로 태어났고 윤리적으로 성장한 사람이지. 내 윤리 의식이 요즘 젊은이들과는 많이 다를지도 모르겠군. 하지만 아무리 잘못된 것이라도 그것은 나 자신의 것이네. 임시로 빌려 입은 옷이 아니라는 거야. 그러므로 앞으로 성장하며 나아갈 자네에게는 어느 정도 참고가 되리라 생각하네.

자네는 현대 사상 문제에 대해 나와 자주 의견을 나누었으니, 그 문제에 대한 내 생각도 잘 알고 있을 거네. 나는 자네의 의견을 경멸한 것까지는 아니지만 그렇다고 존중하지도 않았어. 자네는 자네의 사상을 뒷받침할 만한 경험이 부족했고, 자신의 과거를 갖기에도 너무 젊었기 때문이지. 나는 이따금 웃기도 했네. 자네도 간혹 불만스러운 표정을 지었지. 그러다가 자네는 내 과거를 두루마리를 펼쳐 보이듯 보여달라고 내게 졸랐어. 나는 그때 비로소 자네를 인정하게 되었네. 내 가슴속에서 꿈틀거리고 있는 뭔가를 붙잡으려는 자네의 거침없는 의지가 엿보였기 때문이지. 내 심장을 갈라 뜨겁게 흐르는 피를 마시려고 했기 때문이야. 그때는 나도 아직 살아 있었네. 아직은 죽고 싶지 않았어. 그래서 훗날을 기약하고 자네의 요구를 받아들이지 않았네. 나는 지금 스스로 내 심장을 가르고, 그 피를 자네의 얼굴에 끼얹으려고 하는 것이네. 내 심장의 고동이 멈췄을 때 자네의 가슴에 새로운 생명이 깃들 수 있다면 그것으로 만족하네.

3

　― 내가 부모님을 여읜 것은 아직 스무 살이 되기 전이었네. 언젠가 아내가 자네에게 얘기했던 것으로 기억하네만, 두 분은 같은 병으로 돌아가셨지. 게다가 자네가 아내 말에 의아해하던 것처럼 거의 비슷한 시기에 잇따라 돌아가셨네. 사실 아버지의 병은 무서운 장티푸스였네. 어머니도 아버지를 간호하다가 그 병에 감염되어 돌아가신 거야.

나는 두 분 사이에서 태어난 유일한 자식이었네. 집도 부유한 편이라서 넉넉한 환경에서 자랄 수 있었어. 내 과거를 돌이켜볼 때, 그때 부모님이 돌아가시지 않았다면, 적어도 두 분 중 어느 한 분이라도 살아 계셨다면, 나는 그때의 여유로운 마음을 지금까지도 계속 유지할 수 있었으리라 생각하네.

두 분이 돌아가신 후 나 홀로 외로이 남게 되었네. 내게는 지식도 경험도 분별력도 없었지. 아버지가 돌아가실 때 어머니는 그 곁을 지킬 수가 없었네. 어머니에게는 마지막 순간까지 아버지가 돌아가셨다는 사실을 알리지 않았어. 어머니는 그 사실을 알고 있었는지, 아니면 아버지가 점차 회복되고 있다고 곁에서 일러준 말을 곧이곧대로 믿고 있었는지, 그것은 나도 잘 모르겠네. 여하튼 어머니는 숙부에게 모든 뒷일을 부탁했네. 그 자리에 있던 나를 가리키며 "아무쪼록 이 아이를 잘 부탁해요."라고 말했지. 나는 그전에 부모님의 허락을 받아 도쿄에 가기로 되어 있었는데, 어머니는 그 일도 부탁하려는 것 같았네. 어머니가 "도쿄로……."라고 덧붙이자 숙부가 바로 말을 이어받아 "알겠습니다. 아무 걱정하지 마세요."라고 대답했지. 숙부는 고열을 참고 견디는 어머니의 모습에 감탄했는지 나를 돌아보며 "참 대단한 분이셔."라고 말하더군.

그런데 지금 생각해봐도 그것이 어머니의 유언이었는지 아닌지 확실치가 않아. 물론 어머니는 아버지가 무슨 병에 걸렸는지 알고 있었네. 그리고 당신이 그 병에 감염된 것도 알고 있었지. 하지만 당신이 그 병으로 목숨을 잃게 된다는 것을 알고 있었는지 어떤지, 그 점에 대해서는 아직 의문의 여지가 남아 있는 것 같네. 게다가 어머니는 아무리 조리 있게 분명히 말했어도 열이 심할 때 했던 말은 나중에 전혀 기억하지 못하는 경우가 종종 있었네. 그러니까…… 아니, 그런 것은 중요한 문제가 아니야. 아무튼 이런 식으로 문제를 풀어보기도 하고, 또 이런저런 시각으로 바라보기도 하는 내 버릇은 이미 그때부터 몸에 배어 있었네. 이것은 자네에게도 미리 밝혀두어야 할 것 같은데, 당면 문제와는 약간 거리가 있는 그런 실제적인 이야기가 오히려 자네에게 도움이 되지 않을까 생각하네. 자네도 그런 마음으로 읽어주길 바라네. 개인의 행동을 윤리적으로 바라보는 성격 때문에 나는 그 뒤로 점점 더 타인의 도덕심을 의심하게 되었던 것 같아. 그것이 나의 번민과 고뇌에 상당히 큰 영향을 키친 것은 분명한 사실이므로 자네도 기억해둘 필요가 있을 거야.

이야기가 본론에서 벗어나면 이해하기 어려워질 테니 다시 앞으로 돌아가세. 그래도 이렇게 긴 편지를 쓰는 데 있어 비슷한 처지에 놓인 다른 사람에 비하면 나는 차분한 편이 아닌가 싶네. 세상이 잠들면 들려오던 그 전차 소리도 이제는 끊겼네. 어느새 덧문 밖에서는 이슬 맺힌 가을을 은근히 떠올리게 하는 애틋한 벌레의 울음소리가 희미하게 들리고 있네. 아내는 아무것도 모른 채 옆방에서 곤히 자고 있네. 종이 위에 한 자 한 자 글을 써내려갈 때마다 펜 끝이 울리는군. 나는 지금 차분한 마음으로 종이와 마주하고 있네. 아직 익숙하지 않아서 글씨가 칸을 벗어날지는 모르겠지만, 머릿속이 혼란스러워져서 횡설수설하는 일은 없을 것 같네.

4

— 어쨌거나 홀로 남겨진 나는 어머니의 당부대로 숙부에게 의지하는 수밖에 달리 방법이 없었네. 숙부도 모든 것을 떠맡고 나를 보살펴주었네. 그리고 내가 원하던 대로 도쿄에 갈 수 있도록 조치를 취해주었지.

나는 도쿄에 올라와 고등학교에 들어갔네. 당시의 고등학생들은 지금보다 훨씬 거칠고 난폭했어. 내가 아는 한 아이는 한밤중에 어떤 기술자하고 싸움이 붙어서 나막신으로 상대의 머리에 상처를 입힌 적도 있었네. 술에 취한 상태에서 벌어진 싸움인데, 서로 정신없이 치고받다가 그 아이가 상대에게 교모를 빼앗기고 말았지. 그런데 그 모자 안쪽에 그 아이의 이름이 적힌 마름모꼴의 하얀 천이 붙어 있었던 거야. 자칫하면 그 기술자가 경찰에 신고해 학교로 연락이 올 상황이었지만, 친구들이 나서서 일이 커지지 않도록 잘 처리해주었네. 요즘 같은 고상한 환경에서 자란 젊은이들에게 그런 이야기를 들려주면 다들 어리석다고 생각할 거야. 사실은 나도 그렇게 생각하고 있으니까. 하지만 그들에게는 요즘 학생들에게서는 찾아볼 수 없는 순박함이 있었네. 당시 내가 숙부에게 매달 받던 돈은 자네가 부친에게 받는 학자금에 비하면 훨씬 적었어. 물론 물가도 다르겠지만. 그래도 나는 전혀 부족함을 느끼지 못했네. 경제적인 면에서는 다른 동급생들을 부러워할 만큼 어려운 처지가 아니었지. 지금 돌이켜보면 오히려 남들이 나를 부러워하는 편이었던 것 같아. 왜냐하면 나는 다달이 받는 생활비 외에도 책값(나는 그때부터 책 사는 것을 좋아했네)이나 비상금을 숙부에게 자주 달라고 해서 내 마음대로 쓸 수 있었으니까.

아무것도 몰랐던 나는 숙부를 철석같이 믿었을 뿐만 아니라 항상 감사하는 마음으로 그분을 존경했네. 숙부는 사업가였어. 현縣 의원이기도 했지. 그런 자리에 있기 때문인지 정당에도 연고가 있었던 것으로 기억하네. 아버지와 형제지간이지만 그런 점에서 보면 아버지와는 성격이 전혀 달랐던 것 같아. 아버지는 조상이 물려준 유산을 소중히 지키는 착실한 분이셨지. 취미로 다도와 꽃꽂이를 하셨고, 시집을 읽는 것도 좋아하셨어. 서화와 골동품에도 관심이 많으셨던 것 같아. 집은 시골에 있었지만 20리쯤 떨어진 도회지(그곳에는 숙부가 살고 있었네)에서 골동품상이 이따금 족자나 향로 등을 들고 일부러 찾아왔었네. 한마디로 아버지는 재산가였다고 할 수 있지. 비교적 고상한 취미를 지닌 시골 신사였어. 그러니 성격으로 보면 활달한 숙부와는 상당한 차이가 있었지. 그러면서도 두 분은 묘하게 사이가 좋았네. 아버지는 숙부를 당신보다 훨씬 능력 있는 믿음직한 사람으로 평가했지. 당신처럼 부모에게 재산을 물려받은 사람은 아무래도 세상에서 남들과 경쟁할 필요가 없으니 기량이 떨어질 수밖에 없다고 하시더군. 그 말은 어머니도 들었고, 나도 들었네. 아버지는 스스로 당신의 마음가짐을 다지려고 그렇게 말한 것 같아. 그때 아버지는 "너도 명심하는 게 좋아."라며 내 얼굴을 쳐다보았네. 그래서 지금까지 그것을 기억하고 있는 거야. 그 정도로 아버지가 믿고 칭찬했던 숙부를 내가 어떻게 의심할 수 있었겠나. 그렇잖아도 나에게는 누구보다도 자랑스러울 수밖에 없는 숙부였네. 아니, 부모님이 돌아가신 뒤로 모든 면에서 도움을 받아야 했던 내게 그분은 단순한 자랑거리 이상이었지. 내가 존재하는 데 꼭 필요한 사람으로 자리하고 있었으니까.

5

— 여름방학을 맞이해 내가 처음 고향에 내려갔을 때 부모님이 없

는 우리 집에는 숙부 내외가 새로운 주인으로 들어와 살고 있었네. 그것은 내가 도쿄로 가기 전부터 결정된 일이었어. 혼자 남은 내가 집에 없는 이상 부득이 그렇게 할 수밖에 없었지.

그 무렵 숙부는 시내에 있는 여러 회사들과 관련되어 있었던 것 같네. 업무를 보기에는 20리나 떨어진 우리 집보다 원래 살던 집에서 지내는 편이 훨씬 편하다고 웃으며 말하더군. 그것은 부모님이 돌아가신 뒤 내가 도쿄로 가면 집은 어떻게 처리할 거냐는 의논이 오갈 때 숙부의 입에서 흘러나온 말이었네. 우리 집은 그 지역 주민들에게 오랜 역사를 지니고 있는 집으로 알려져 있었어. 자네의 고향에서도 마찬가지이겠지만, 시골에서는 상속받을 자손이 있는데 유서 깊은 집을 허물거나 파는 것은 큰 사건이라네. 지금이야 그 정도는 대수롭지 않게 생각하지만, 그때만 해도 나는 아직 어린 탓에 도쿄로 올라가기는 해야지, 집은 그대로 보전해야지, 그런 문제로 고민이 많았네. 내가 집을 부탁하자 숙부는 비어 있는 우리 집에 들어오겠다고 마지못해 승낙해주었네. 그러면서 시내에 있는 집은 그대로 두고 양쪽 집을 오가며 지내겠다고 했지. 물론 나는 아무런 이의도 제기하지 않았어. 나는 도쿄로 갈 수만 있다면 어떤 조건이든 상관없다고 생각했으니까.

나는 아직 어렸던 만큼 고향을 떠났어도 속으로는 늘 고향집을 그리워했네. 언젠가 돌아가야 할 집을 떠나 잠시 객지에 머물고 있는 나그네의 심정이었지. 비록 도쿄가 좋아서 고향을 떠나긴 했지만, 방학이 되면 돌아가야 한다는 생각은 늘 가슴 깊숙이 자리하고 있었네. 나는 열심히 공부하고 즐겁게 지내다가도 방학이 되면 돌아갈 그 고향집을 꿈속에서 자주 보았네.

내가 없는 동안 숙부가 어떤 식으로 양쪽 집을 오가고 있었는지는 모르네. 내가 내려갔을 때는 숙부네 가족들이 모두 우리 집에 모여 있더군. 평소에는 시내에 있는 집에서 학교에 다니던 아이들도 방학을 맞이해 시골에 놀러 온 것처럼 우리 집에 와 있었네.

모두 내 얼굴을 보고 반가워했네. 부모님이 살아 계실 때보다 더 밝고 떠들썩한 집안 분위기에 나도 기분이 좋았어. 숙부는 예전에 내가 쓰던 방을 차지하고 있던 큰아들을 다른 방으로 보내고 내게 그 방을 내주었네. 집에 방이 많았기 때문에 나는 다른 방을 써도 괜찮다고 했지만 숙부는 "여긴 네 집이니까."라며 기어이 그 방을 내주더군.

가끔 돌아가신 부모님이 생각나긴 했지만 나는 숙부네 가족들과 그해 여름을 아무런 불편 없이 즐겁게 보내고 다시 도쿄로 돌아왔네. 단 한 가지 그해 여름에 내 가슴에 희미한 그림자를 드리운 것은 이제 막 고등학교에 들어간 내게 숙부 내외가 입을 모아 권유한 결혼 문제였네. 숙부 내외가 번갈아가며 서너 번쯤 얘기했던 것 같아. 나도 처음에는 갑작스러운 이야기에 어떻게 대답해야 할지 몰랐지만 두 번째 얘기했을 때는 분명히 거절했네. 그리고 세 번째 이야기했을 때는 그 이유를 물어보지 않을 수 없었지. 그들의 생각은 간단했네. 얼른 아내를 맞이하고 이 집에 들어와 돌아가신 아버지의 뒤를 이어 집안을 이끌라는 것이었지. 나는 방학 때 돌아올 수 있으면 그것으로 충분하다고 생각하고 있었네. 아버지의 뒤를 잇는다, 그러려면 아내가 필요하니까 결혼해야 한다, 그것도 나름대로는 일리가 있는 얘기였지. 특히 시골 사정을 잘 알고 있는 나로서는 충분히 이해할 수 있는 얘기였네. 나도 아주 싫었던 것만은 아니었어. 하지만 이제 막 공부하러 도쿄로 떠난 내 입장에서 결혼은 망원경으로나 바라볼 수 있는 먼 훗날의 얘기였지. 나는 결국 숙부의 뜻을 거절하고 다시 집을 떠났네.

6

— 나는 그 후로 한동안 결혼 얘기를 잊고 있었네. 내 주변에 있는 젊은이들 중에는 가정을 꾸리고 옹색하게 사는 사람은 아무도 없었네. 다들 자유로워 보였고, 다들 미혼인 것 같았지. 그렇게 편안해 보이지만 깊이 파고들어가 보면 가정 사정으로 어쩔 수 없이 결혼한 사람도 있었을 거야. 하지만 아직 어린 나는 거기까지 신경을 쓰지

는 못했네. 그리고 그렇게 특별한 처지에 놓인 사람들도 주변의 시선을 의식해서 학생 신분과는 거리가 먼 집안 얘기는 되도록 삼갔을 테고. 나중에 생각해보니 나 자신이 바로 그런 경우였네. 나는 그것도 모른 채 어린애처럼 마냥 즐겁게 학창 시절을 보내고 있었지.

학년말에 나는 다시 짐을 꾸려 부모님의 묘소가 있는 시골로 내려갔네. 그리고 지난해와 마찬가지로 부모님이 살았던 우리 집에서 다시 숙부 내외와 사촌들의 변함없는 모습을 볼 수 있었지. 나는 그곳에서 다시금 고향의 냄새를 맡았네. 그 냄새는 나에게 여전히 그리움이었지. 단조로운 1학년 생활에 변화를 안겨주는 고마운 존재였어.

그런데 나를 키워준 것이나 다름없는 그 냄새에 취한 내게 숙부는 또다시 결혼 문제를 언급하더군. 숙부는 지난해 권유했던 말을 그대로 되풀이했네. 그 이유도 지난번과 똑같았지. 다만 지난번에 권유했을 때는 정해진 대상이 없었는데, 이번에는 내 배우자가 될 사람까지 확실히 정해놓아서 나는 더 당황할 수밖에 없었네. 그 배우자란 다름 아닌 숙부의 딸, 즉 나의 사촌 여동생이었네. 숙부는 당신의 딸과 결혼하면 서로에게 좋은 일이라며, 아버지도 살아생전에 그런 말씀을 하셨다고 하더군. 나도 그렇게 하면 좋겠다는 생각은 들었네. 아버지가 정말로 그렇게 말했을 수도 있겠다고 생각했지. 하지만 그것은 숙부의 입을 통해 알게 된 사실일 뿐 예전부터 미리 알고 있던 것은 아니었네. 그래서 많이 당황했지. 하지만 숙부가 그런 얘기를 꺼낸 것도 무리가 아니라는 것은 이해할 수 있게 되었네.

내가 아둔한 걸까? 그럴 수도 있겠지만 아마 그 사촌 여동생에게 무관심했던 게 주된 원인이었지 싶네. 나는 어렸을 때 시내에 있는 숙부의 집에 자주 놀러 갔었네. 그날로 돌아오기도 했지만, 거기서 며칠씩 머무르기도 했지. 그리고 그 여동생하고는 그때부터 친하게 지냈네. 자네도 알게야, 오누이 간에 사랑이 이루어진 예는 없다는 것을. 누구나 다 아는 사실을 부연 설명하는 것인지는 모르겠지만, 늘 함께 지내서 너무 친숙해진 남녀 사이에서는 연애에 필요한 자극제가 되는 신선한 감정을 기대하기 어려운 것 같네. 향내는 향을 막 피운 순간이 가장 강렬하고, 술은 처음 마실 때가 가장 맛있듯이 사랑에도 그런 순간이 존재한다고 생각하네. 그런데 그런 순간을 무심코 지나쳐버리면 서로가 익숙해질수록 친근감만 늘어날 뿐 연애 감정이 점점 마비되기 마련이지. 나는 아무리 생각해봐도 그 여동생을 아내로 맞이할 자신이 없었네.

숙부는 내가 원한다면 학교를 졸업할 때까지 결혼을 늦춰도 좋다고 했네. 하지만 좋은 일은 서두르라는 속담도 있으니 가급적이면 우선 약혼식만이라도 올리자는 얘기도 하더군. 상대에게 마음이 없는 나로서는 어느 쪽이든 매한가지라 그 제안도 거절했네. 숙부는 불쾌하다는 표정을 지었고, 사촌 여동생은 울음을 터뜨렸지. 그녀는 나와 맺어지지 못해서 슬픈 것이 아니라 청혼을 거절당한 것이 여자로서 괴로웠던 거네. 내가 그녀에게 연애 감정이 없는 것처럼 그녀도 내게 연애 감정이 없다는 것을 나는 잘 알고 있었지. 나는 다시 도쿄로 올라왔네.

<h1 style="text-align:center">7</h1>

— 내가 세 번째로 고향에 내려간 것은 그로부터 1년이 지난 여름의 초입이었네. 나는 언제나 학년말 시험이 끝나기가 무섭게 고향으로 달려갔네. 그 정도로 고향이 그리웠던 거야. 자네도 느껴본 적이 있겠지만, 자신이 태어난 곳은 공기의 색깔부터가 다르다네. 흙냄새도 각별하고 부모님에 대한 추억도 깊게 배어 있지. 1년 중 7, 8월 두 달을 그런 분위기에서 굴속에 들어앉은 뱀처럼 조용히 보내는 그때야말로 나로서는 더없이 포근하고 행복한 시간이었네.

단순했던 나는 사촌 여동생과의 결혼 문제에 대해 심각하게 고민할 필요는 없다고 생각했네. 싫으면 거절한다. 거절하면 그걸로 끝이다. 그렇게 믿고 있었던 거지. 그래서 숙부의 뜻을 거스른 것에 대해 별다른 부담감은 느끼지 않네. 지난 1년간 한 번도 그 문제로 고민한 적이 없었기에 여느 때처럼 밝은 모습으로 고향에 내려간 것은 말할 것도 없고.

그런데 고향에 내려가 보니 숙부의 태도가 예전 같지 않더군. 예전처럼 반가운 얼굴로 나를 끌어안지도 않았어. 하지만 감각이 둔한 탓에 사오일 동안은 별다른 눈치를 채지 못했네. 그러다가 어느 순간 문득 이상하다는 생각이 들더군. 그러고 보니 이상한 것은 숙부뿐만이 아니었어. 숙모도 이상했고, 사촌 여동생도 이상했지. 중학교를 졸업하면 도쿄의 상업고등학교에 진학할 것이라며 편지로 이것저것 물어보던 남동생까지 이상하더군.

내 성격상 그냥 넘어갈 수가 없었네. 왜 이렇게 기분이 이상한 걸까? 아니, 저들이 왜 저렇게 변한 거지? 그때 문득 돌아가신 부모님이 세상을 제대로 바라볼 수 있도록 탁한 내 눈을 닦아준 게 아닐까 하는 생각이 들더군. 나는 마음 한편으로 부모님은 세상을 떠난 뒤에도 살아 있을 때와 마찬가지로 나를 보살펴준다고 믿고 있었지. 물론 그 무렵에도 세상 이치에 아주 어두운 편은 아니었네. 하지만 조상에게 물려받은 미신적인 사고도 내 피 속에 굳게 뿌리를 내리고 있었지. 지금도 아마 그대로 자리하고 있을 걸세.

나는 혼자 산에 올라가 절반은 애도의 뜻으로, 절반은 감사하는 마음으로 부모님의 묘 앞에 무릎을 꿇었네. 그리고 차가운 돌 밑에 누워 계신 두 분께 내 미래의 행복을 지켜달라고 기도했지. 이 글을 읽으면 자네가 비웃을지도 모르겠군. 그래도 어쩔 수 없네. 나는 그런 인간이었으니까.

　나의 세계는 손바닥 뒤집히듯 순식간에 바뀌어버렸네. 사실 내가 그런 일을 처음 겪은 것은 아니었어. 내가 열여섯인가 열일곱 살 때였을 거네. 이 세상에 그렇게 아름다운 것이 존재한다는 사실을 처음으로 알았을 때 나도 모르게 입이 벌어지고 말았네. 내 눈을 의심하며 몇 번이나 비벼댔는지 몰라. 그리고 마음속으로 '저렇게 아름다울 수가!' 하고 소리쳤지. 열여섯, 열일곱이면 남자든 여자든 이성에 눈을 뜨는 시기가 아닌가. 그때 나는 비로소 여자를 세상에 있는 아름다운 것의 대표적인 존재로 바라보게 되었네. 이제껏 이성에 대해 전혀 몰랐던 내가 한순간에 눈을 뜨게 된 거야. 그 뒤로 세상이 새롭게 보이기 시작하더군.

　내가 숙부의 태도를 의식하게 된 것도 그와 다를 게 없네. 갑자기 깨닫게 된 거지. 아무 예감도, 준비도 없이 불쑥 찾아온 거야. 갑자기 숙부와 그 가족들이 지금까지와는 전혀 다른 사람으로 보였네. 섬뜩한 기분이었어. 그리고 이대로 있다가는 내 앞날이 어떻게 될지 모른다는 생각이 들었네.

8

　─ 나는 지금껏 숙부가 맡아왔던 우리 집의 재산에 대해 내가 자세히 모르고 있는 것은 돌아가신 부모님에 대한 도리가 아니라고 생각했네. 숙부는 본인의 말처럼 바쁜 몸이라서 그런지 잠자리도 수시로 바뀌더군. 이틀을 시골집에서 머물면 사흘은 시내에서 지내는 식으로 양쪽 집을 오가며 어딘가 불안한 표정으로 하루하루를 보내면서 바쁘다는 말을 입버릇처럼 하고 있었지. 아무런 의심도 품지 않았을 때는 나도 숙부의 말을 곧이곧대로 믿었네. 그리고 바쁘게 지내지 않으면 시대에 뒤떨어질 거라고 생각하기도 했지. 하지만 재산 문제에 대해 차분히 얘기하고 싶은 내 입장에서 볼 때 그렇게 바쁘게 움직이는 모습은 단지 나를 피하려는 구실로밖에 받아들일 수가 없었네. 나는 숙부와 얘기하고 싶었지만 좀처럼 기회를 잡지 못했어.

　그러던 중에 숙부가 시내에 첩을 두고 있다는 소문을 들었네. 중학교 동창이 말해주었지. 숙부가 첩을 둔 게 이상할 것까지는 없지만, 아버지가 살아 계셨을 때는 전혀 들어본 적이 없는 얘기라서 약간 의외였네. 내 친구는 그 외에도 숙부에 대해 이런저런 얘기를 들려주더군. 한때 사업이 크게 기울었다가 최근 이삼 년 사이에 갑자기 번창하기 시작했다는 얘기도 그중 하나였지. 그 얘기를 들으니 숙부에 대한 의혹이 더욱 짙어졌네.

나는 마침내 숙부와 담판을 벌였네. 담판이라는 말이 어색하게 들리겠지만, 이야기가 진행된 과정을 돌이켜보면 그보다 더 적절한 표현은 없을 것 같네. 숙부는 나를 계속 어린애 취급하려고 하더군. 나도 처음부터 의심의 눈초리로 숙부를 대했으니 원만하게 해결될 리가 없었지.

유감스럽게도 나는 지금 그 담판의 전말을 여기에 상세히 적을 수 없을 만큼 마음이 조급하다네. 사실은 그보다 더 중요한 이야기가 있거든. 진작부터 꺼내고 싶었던 이야기였지만 가까스로 참아온 거라네. 자네를 만나 차분히 얘기할 기회를 영원히 잃어버린 나는 글 쓰는 재주도 없거니와 귀중한 시간을 아낀다는 의미에서라도 그다지 중요하지 않은 이야기는 생략하려고 하네.

자네도 아직 기억하고 있을 거야. 언젠가 내가 자네에게 이 세상에 원래부터 악한 사람은 없다고 했던 말. 많은 선량한 사람들이 다급해지면 악인으로 돌변하니까 방심하면 안 된다고 했지. 그때 자네는 내가 흥분한 것 같다고 했어. 그리고 어떤 경우에 선량한 사람이 악한 사람으로 변하는 거냐고 물었네. 내가 돈이라고 짧게 대답하자 자네는 못마땅한 표정이었네. 나는 자네의 그 표정을 지금도 기억하고 있어. 지금 자네에게 밝히지만 나는 그때 숙부에 대해 생각하고 있었네. 평범한 사람이 돈 때문에 악인으로 돌변한 사례로. 나는 증오심을 느끼며 숙부를 생각하고 있었네. 심오한 사상을 추구하려는 자네에게는 내 대답이 미흡했을지도 몰라. 진부한 대답이었는지도 모르지. 하지만 그것은 생생한 경험에서 나온 대답이었네. 그래서 나도 흥분했던 거야. 나는 차가운 머리로 새로운 이야기를 하는 것보다 뜨거운 혀로 평범한 이야기를 하는 편이 더 생생하게 전달된다고 생각하네. 몸은 뜨거운 피의 힘으로 움직이기 때문이지. 진실한 말은 공기에 파동을 전달할 뿐만 아니라 더 강한 물체에 더 강하게 작용할 수 있기 때문이야.

9

— 한마디로 말하면 숙부가 내 재산을 빼돌린 거라네. 내가 도쿄에 나와 있는 3년 동안 손쉽게 자기 것으로 만들었지. 모든 것을 숙부에게 맡긴 채 안심하고 있던 내가 바보였어. 좋게 평가하면 곱게 자란 순진한 젊은이라고나 할까. 나는 그때를 생각하면 좀 더 악하게 태어나지 못하고 그저 고지식하기만 했던 나 자신이 너무나 원망스러워서 견딜 수가 없네. 하지만 때로는 다시 한 번 그때의 그 모습으로 돌아가서 살아보고 싶은 생각도 든다네. 기억해두게. 자네가 보았던 내 모습은 속세의 때가 묻은 뒤의 모습이네. 세상에서 더

러워진 햇수가 오래된 사람을 선배라고 한다면 나는 분명 자네보다 선배일 걸세.

만일 내가 숙부의 바람대로 사촌 여동생과 결혼했다면 물질적으로 지금보다 더 나아졌을까? 그것은 생각해볼 필요조차 없는 문제인 것 같군. 숙부는 계획적으로 내게 자신의 딸을 떠넘기려고 했네. 두 집안의 발전을 도모하려는 호의적인 의미에서가 아니라, 천박한 물욕에 사로잡혀 내게 결혼 얘기를 꺼냈던 거지. 나는 사촌 여동생을 사랑하지 않은 것일 뿐 싫어하지는 않았네. 그런데 나중에 돌이켜보니 숙부의 제의를 거절한 게 그나마 다행이라는 생각이 들더군. 어느 쪽이든 속은 것은 마찬가지겠지만, 그래도 사촌 여동생과 결혼하지 않은 것은 숙부의 말대로 움직이지 않고 내 뜻을 일부분이나마 관철시킨 셈이니까. 하지만 그것은 그다지 중요한 문제가 아니네. 특히 그 일과 상관없는 자네에게는 내가 어리석게 고집을 부린 것쯤으로 보이겠지.

그 와중에 나와 숙부 사이에 다른 친척이 끼어들었네. 나는 그 친척도 전혀 믿지 않았지. 믿기는커녕 오히려 적대감을 품고 있었네. 숙부에게 속았다는 사실을 알고 나니, 다른 사람도 틀림없이 나를 속일 것이라는 생각이 들더군. 아버지가 그토록 칭찬하던 숙부도 나를 속였으니 다른 사람은 더 볼 것도 없다는 게 내 생각이었네.

그래도 그들은 나를 위해 내 소유로 남은 재산 일체를 정리해주었네. 금액으로 치면 내가 예상했던 것보다 훨씬 적은 액수였지. 나로서는 잠자코 그것을 받든지, 아니면 숙부를 상대로 소송을 거는 방법밖에 없었네. 나는 화가 났지만 어떻게 해야 좋을지 몰랐네. 소송을 걸고 싶지만 해결되기까지 시간이 오래 걸리는 게 문제였지. 공부하는 학생으로서 귀중한 시간을 빼앗기는 것은 상당히 괴로운 일이라고 생각했네.

나는 궁리 끝에 시내에 사는 중학교 동창에게 부탁해서 내가 받은 재산을 모두 현금으로 바꾸기로 했네. 친구는 그냥 갖고 있는 게 낫다고 충고했지만, 나는 그 말을 듣지 않았어. 그때 나는 고향을 영원히 떠나겠다는 결심을 했네. 다시는 숙부의 얼굴을 보지 않겠다고 마음속으로 맹세했지.

나는 고향을 떠나기 전 부모님의 묘소를 찾아갔네. 나는 그때 이후로 묘소를 찾아간 적이 없는데, 이제는 다시 찾아갈 기회도 없겠지.

동창생은 내 말대로 재산을 처분해주었네. 하지만 그것은 내가 도쿄에 올라오고 나서 한참 후의 일이라네. 시골에서는 전답을 내놓아도 쉽게 팔리지 않고, 자칫하면 돈을 떼일 염려도 있었지. 그런 점들을 감안해서 거래하다 보니 내가 받은 금액은 시가에 비해 상당히 적은 액수였네. 솔직히 말하면 내 재산은 시골집에서 갖고 나온 약간의 채권과 나중에 친구가 보내준 돈이 전부라네. 부모님에게 물려받았어야 할 원래의 유산에 비하면 턱없이 줄어든 액수였지. 더구나 내 잘못으로 줄어든 것도 아니니 기분이 좋을 리가 없었고. 하지만 학생으로 생활하기에는 그것만으로도 충분했네. 실제로 나는 거기서 나오는 이자의 절반도 다 쓰지 못했지. 그런 여유로운 학생 생활이 나를 예기치 못한 상황에 빠뜨리고 말았다네.

10

— 경제적으로 어려움이 없던 나는 시끄러운 하숙집에서 나와 따로 집을 마련하려고 했네. 하지만 그렇게 되면 가재도구도 새로 장만해야 하고, 살림을 맡아줄 할멈도 필요하게 되지. 게다가 그 할멈은 내가 집을 비우더라도 안심하고 맡길 수 있는 믿을 만한 사람이어야 하고. 그런저런 이유로 쉽게 실행에 옮길 수가 없었네. 그러던 어느 날 나는 괜찮은 집이 있는지 둘러보려는 가벼운 마음으로 산책도 할 겸 혼고다이 서쪽으로 내려가 고이시카와 언덕길을 따라 덴즈인(정토종 사원) 쪽으로 올라갔네. 그 부근은 전찻길이 생긴 뒤로 모습이 많이 달라졌지만, 당시만 해도 왼쪽은 병기공장의 토담이었고, 오른쪽은 들판도 언덕도 아닌 공터에 풀만 무성하게 자라고 있었지. 나는 그 풀숲에 서서 멍하니 맞은편 벼랑을 바라보았네. 지금도 경치는 좋지만 당시는 그 서쪽의 정취가 지금과 전혀 달랐

어. 사방이 온통 초록빛 풀들로 뒤덮인 그곳에 서 있으려니 저절로 마음이 편안해지더군. 나는 문득 이 근처에 적당한 집이 없을까 하는 생각이 들었네.

그래서 곧바로 초원을 가로지른 뒤 좁은 길을 따라 북쪽으로 걸어갔네. 당시만 해도 마을이 제대로 정비되지 않아서 거리에 늘어선 낡은 집들은 상당히 지저분해 보였지. 나는 동네 골목과 시장 골목을 이리저리 돌아다녔네. 그러다가 과자가게 아주머니에게 이 부근에 세놓은 아담한 집이 없느냐고 물었더니, 아주머니는 "글쎄요." 라며 잠깐 고개를 갸웃거리고는 전혀 모르겠다는 듯이 "셋집을 구하기는 좀……."이라고 중얼거리더군. 나는 그만 포기하고 돌아가려고 했네. 그러자 아주머니가 내게 "가정집에서 하숙하면 안 되겠어요?"라고 묻더군. 그 말을 듣자 이내 마음이 바뀌었네. 조용한 가정집에서 혼자 하숙하는 게 오히려 번거롭지도 않고 괜찮을 거라는 생각이 들었던 게야. 그래서 그 가게에 걸터앉아 아주머니에게 자세한 이야기를 듣게 되었네.

그 집은 어느 군인 가족, 아니 군인의 유가족이 살고 있는 집이었네. 아주머니의 말에 의하면 바깥양반은 청일전쟁 때인가 언제인가 전사했다더군. 1년쯤 전까지는 이치가야의 사관학교 근처에서 살았는데, 마구간까지 있을 정도로 너무 넓어서 그 집을 팔고 이 집으로 이사를 왔고, 집에 사람이 없어서 적적하니까 하숙할 사람이 있으면 소개시켜달라고 부탁한 모양이야. 그 집에는 미망인과 외동딸과 하녀 외에는 식구가 없다더군. 나는 조용해서 내게는 안성맞춤이라고 생각했어. 그리고 한편으로는 그런 집에 불쑥 찾아갔다가 신원이 불분명한 학생이라고 거절당하면 어쩌나 하는 걱정도 있었지. 하지만 나는 학생으로서 그렇게 보기 흉한 차림새는 아니었네. 대학모도 쓰고 있었고. 자네는 대학모가 뭐 그리 대단하냐고 생각하겠지. 하지만 당시의 대학생들은 요즘과는 달리 사회적으로 상당히 신뢰받는 편이었네. 나도 그때 그 사각모 덕분에 자신감을 갖게 되었고. 그래서 과자가게 아주머니가 일러준 대로 무작정 그 군인 유가족의 집을 찾아갔네.

나는 미망인을 만나 내가 방문한 이유를 밝혔지. 그 부인은 내 신상이며 학교며 전공 등에 대해 이것저것 묻더군. 그러고는 그 정도면 괜찮다고 판단한 듯 언제든 짐을 옮겨도 좋다고 승낙했네. 그 부인은 예의가 바르고 매사에 분명한 분이었어. 군인의 부인들은 다들 이런가 하고 감탄할 정도였지. 그런 성격을 지닌 분이 왜 그렇게 적적해하는지 의아할 뿐이었네.

11

— 나는 서둘러 그 집으로 이사했네. 처음 그 집을 찾아간 날 부인과 얘기를 나누었던 그 방을 쓰기로 했지. 그 집에서 가장 좋은 방이었어. 당시 혼고 주변에 고급스런 하숙집이 여기저기 생겨나고 있었기에 나는 학생으로서 얻을 수 있는 가장 좋은 방이 어느 정도인지 알고 있었네. 내가 새로 얻은 방은 그런 곳보다 훨씬 더 훌륭했네. 학생신분인 내게는 과분하다는 생각이 들 정도로 말이야.

방은 다다미 여덟 장 정도의 넓이였네. 도코노마 옆에 조그만 선반이 있고, 툇마루 반대편에 한 칸짜리 서랍장이 놓여 있었지. 창문은 없었지만, 대신 남향의 툇마루에 햇빛이 잘 들어와서 어둡지는 않았어.

나는 이사하던 날, 그 방의 도코노마에 놓여 있는 꽃병과 그 옆에 세워진 고토(거문고와 유사한 일본 악기)를 보았네. 둘 다 마음에 들지 않았어. 나는 시와 서예와 다도를 즐기는 아버지 밑에서 자랐기 때문에 어렸을 적부터 그윽한 분위기에 익숙해져 있었네. 그 때문이겠지만, 언제부턴가 그런 야릇한 장식들을 보면 습관적으로 경멸하게 되더군.

아버지가 생전에 모아두었던 물건들은 숙부가 대부분 처분해버렸지만, 그래도 몇 가지는 남아 있었네. 나는 고향을 떠날 때 그 물건들을 중학교 동창에게 맡겨두었지. 그리고 그중에서 괜찮아 보이는 족자 네댓 점을 고리짝 밑에 넣어 가지고 왔네. 나는 이사하면 그것부터 도코노마에 걸어놓을 생각이었네. 그런데 방금 말했던 고토와 꽃을 보니 그 족자를 꺼낼 엄두가 나지 않더군. 나중에 그 꽃이 나를 환영하는 뜻에서 장식된 것이라는 말을 듣고는 속으로 쓴웃음을 지었지. 고토는 그전부터 그 자리에 있었던 것이니 둘 곳이 마땅치 않아 그대로 세워둔 것 같더군.

이런 얘기를 들으면 자연스레 젊은 여자의 그림자가 자네의 머릿속을 스쳐 지나갈 거야. 나도 이사하기 전부터 이미 그런 호기심을 느끼고 있었네. 그런 불순한 마음 때문에 태도가 자연스럽지 못한 것인지, 아직 타인과의 교제가 익숙지 않아서인지, 나는 그 집 아가씨와 처음 만났을 때 쩔쩔매면서 제대로 인사도 못했네. 그 아가씨도 내 앞에서 얼굴을 붉히더군.

나는 그렇게 직접 만나기 전까지는 미망인의 외모나 태도만으로 그 아가씨의 모든 것을 상상하고 있었네. 하지만 그 아가씨에 대해 큰 기대는 하고 있지 않았네. 군인의 부인이니까 이럴 것이고, 그 부인의 딸이니까 저럴 것이라는 식으로 혼자 상상의 날개를 펼치고 있었지. 하지만 그 아가씨의 얼굴을 본 순간 내 추측은 여지없이 빗나가고 말았네. 그리고 이제껏 상상조차 할 수 없었던 이성의 냄새가 새로이 내 머릿속으로 흘러들었지. 그다음부터는 도코노마의 한가운데를 차지하고 있는 꽃이 싫지 않더군. 그 옆에 세워져 있는 고토도 더 이상 눈에 거슬리지 않았고.

꽃은 시들 즈음이면 어느새 싱싱한 새 꽃으로 바뀌어 있었네. 고토도 이따금 비스듬히 마주한 모퉁이 방으로 옮겨지곤 했지. 나는 내 방에서 책상 위에 턱을 괴고 앉아 고토 소리를 들었네. 고토를 타는 솜씨가 좋은 것인지 어떤지는 알 수 없었지만, 어려운 곡을 연주하지 않는 것으로 봐서 솜씨는 그다지 좋은 것 같지 않더군. 그저 꽃꽂이 솜씨와 비슷한 수준쯤 되는 것으로 여기고 있었지. 꽃꽂이라면 나도 어느 정도 알고 있네만, 그 아가씨는 결코 솜씨가 좋은 편은 아니었네.

그래도 꿋꿋이 여러 가지 꽃으로 내 방을 장식해주었네. 사실 꽃을 꽂은 형태는 항상 똑같았어. 그리고 꽃병은 한 번도 바뀐 적이 없었지. 하지만 고토 쪽은 꽃꽂이보다 더 이상하더군. 퉁퉁 줄을 튕기는 소리만 날 뿐 노랫소리는 전혀 들을 수가 없었으니까. 노래를 부르긴 했지만, 마치 비밀 얘기라도 하듯 낮은 목소리로 부른 것이었어. 게다가 어머니에게 꾸중이라도 듣는 날이면 그 작은 목소리마저 들리지 않았지. 그래도 나는 기쁜 마음으로 그 어설픈 솜씨의 꽃꽂이를 바라보면서 서툰 고토 소리에 귀를 기울였네.

12

— 나는 고향을 떠날 때 이미 염세적인 인간이 되어 있었네. 인간은 믿을 게 못 된다는 관념이 뼛속 깊숙이 자리하고 있었지. 나는 내가 적대시하는 숙부나 숙모, 그 밖의 친척들이 이 세상의 모든 인간을 대표한다고 생각하고 있었네. 기차를 타도 옆자리에 앉은 사람을 은근히 경계하게 되었는데, 가끔 상대가 말을 걸어오기라도 하면 내 경계심은 한층 더 심해졌네. 그럴수록 내 기분은 점점 더 침울해졌네. 때로는 납덩이를 삼킨 듯 가슴이 답답하기도 했어. 그러면서 내 신경도 예민해지기 시작했지.

내가 도쿄에 올라와 집을 장만하려고 한 주된 이유도 그것이었던 것 같군. 금전적으로 여유가 있으니까 집을 장만하려던 것이었다고 생각할 수도 있겠지. 하지만 예전 같았으면 아무리 돈이 많아도 그렇게 번거로운 일을 자청해서 하지는 않았을 거야.

나는 고이시카와로 이사한 뒤에도 한동안 긴장을 풀지 못하고 불안하게 지냈네. 나 자신이 부끄러울 정도로 불안해하며 주변을 경계했지.

희한하게도 머리와 눈은 부지런히 움직이고 있는데, 입은 그와 반대로 점점 움직임이 둔해지더군. 나는 고양이처럼 그 집 식구들을 주의 깊게 관찰하면서 말없이 책상 앞에 앉아 있었네. 때로 그들에게 미안한 생각까지 들 정도로 나는 한시도 감시의 시선을 늦추지 않았지. 나는 물건을 훔치지 않는 소매치기인 셈이었어. 그런 생각이 들 때면 나 자신이 싫어지기도 했네.

자네는 분명 이상하게 생각하겠지. 그러면서 어떻게 그 집 아가씨를 좋아할 수 있었을까? 어떻게 그 아가씨의 어설픈 꽃꽂이를 기쁜 마음으로 바라볼 수 있었을까? 또 어떻게 그 서툰 고토 연주를 즐겁게 들을 수 있었을까? 자네가 그렇게 묻는다면, 그 모두가 사실이었으니 나는 그저 사실대로 전한 것뿐이라고 말할 수밖에 없겠군. 그 해석은 머리 좋은 자네에게 맡기기로 하고 나는 단지 한마디만 덧붙이겠네. 나는 돈 문제에 관해서는 사람을 믿지 못했지만, 사랑에 관해서는 아직 사람을 의심해본 적이 없었네. 그러니까 남이 보기에도 이상하고 나 스스로 생각해봐도 모순된 것이 내 가슴속에서는 예사로이 양립하고 있었던 거야.

나는 주인집의 미망인을 항상 사모님이라고 불렀으니 이제부터는 사모님이라고 부르겠네. 사모님은 나를 조용하고 얌전한 젊은이로 평가했네. 성실한 학생이라고 칭찬해주기도 했지. 하지만 나의 불안한 눈빛이나 주변을 경계하는 듯한 태도에 대해서는 아무 말도 하지 않았네. 눈치를 채지 못한 것인지, 알면서도 내색하지 않은 것인지는 알 수 없지만, 어쨌든 그것까지는 신경 쓰지 않는 것 같았네. 언젠가는 나를 대범한 학생이라며 감탄하듯 말한 적도 있었어. 아직 순진했던 나는 얼굴을 붉히며 그 말을 부인했네. 그러자 사모님은 진지한 얼굴로 "학생은 아직 자신을 잘 몰라서 그렇게 말하는 거야."라고 말하더군.

원래는 사모님도 나 같은 학생을 집에 들일 생각이 아니었던 것 같았네. 공무원 같은 직장인에게 방을 내줄 요량으로 이웃에게 부탁했던 모양이야. 월급이 적어서 어쩔 수 없이 가정집에 하숙할 수밖에 없는 사람을 염두에 두고 있었겠지. 사모님은 자신이 염두에 두고 있던 사람과 나를 비교하고는 대범하다는 칭찬을 한 거네. 사실 그렇게 빠듯한 월급으로 생활하는 사람에 비해 금전적인 면에서는 내가 더 대범했는지도 모르지. 하지만 그것은 성격적인 문제가 아니므로 나의 내면과는 무관한 얘기였네. 사모님도 역시 여자인 만큼 그런 내 모습을 나의 전부인 양 확대해석하려고 하더군.

13

— 사모님의 그런 태도는 자연스레 내 심경에도 영향을 미쳤네. 얼마쯤 지나자 나는 더 이상 불안한 눈빛으로 두리번거리지 않게 되었지. 내 마음도 차분히 제자리를 찾은 듯한 느낌이었어. 말하자면 사모님을 비롯한 그 집 식구들이 비뚤어진 내 시선과 의심하는

듯한 내 태도에 대해 아예 무관심했던 것이 오히려 내게는 다행스러운 일이었지. 그들이 아무 반응을 보이지 않았기에 내 신경도 차츰 안정을 되찾았네.

사모님이 사려 깊은 분이라서 일부러 그렇게 대해준 것 같기도 하네. 아니면 말 그대로 나를 대범한 사람으로 봤을지도 모르고. 나는 여간해서는 소심한 성격을 밖으로 드러내지 않았으니까 어쩌면 사모님 쪽에서 속고 있었던 것인지도 모르지.

나는 마음의 안정을 되찾으면서 점차 그 집 식구들과 가까워졌네. 사모님이나 아가씨와 농담도 주고받게 되었어. 차를 끓여놓았다며 맞은편 방으로 불러들일 때도 있었네. 또 내가 과자를 사와서 저녁에 두 사람을 내 방으로 초대하기도 했지. 나는 갑자기 교제 범위가 넓어진 느낌이었네. 그 때문에 소중한 공부 시간을 빼앗기는 경우도 여러 번 있었지만, 희한하게도 그렇게 방해받는 게 전혀 싫지 않더군. 사모님은 원래 한가한 편이었네. 아가씨는 학교에 다니는 데다 꽃꽂이와 고토까지 배우고 있어서 당연히 바쁠 거라고 생각했는데, 의외로 시간적인 여유가 많은 것 같더군. 그래서 우리 세 사람은 종종 한자리에 모여 잡담을 나누며 즐거운 시간을 보냈네.

나를 부르러 오는 것은 대개 아가씨였네. 그녀는 직각으로 꺾인 툇마루로 걸어와 내 방 앞에 멈춰 설 때도 있었고, 다실을 가로질러 와서 옆방의 장지문을 열고 모습을 드러낼 때도 있었네. 그러고는 잠깐 머뭇거리다가 내 이름을 부르면서 "공부하세요?"라고 묻더군. 나는 대개 어려운 서적을 책상에 펼쳐놓고 있었으니 곁에서 보기에는 상당히 열심히 공부하는 것처럼 보였을 거야. 하지만 실제로는 그렇게 열심히 공부하지는 않았어. 시선은 책상에 가 있지만, 내심 그녀가 불러주기만을 기다리고 있었던 거지. 기다려도 오지 않으면 달리 방법이 없으니 내가 자리에서 일어나게 되더군. 나는 맞은편 방 앞으로 가서 그녀에게 "공부하세요?"라고 물었네.

그녀의 방은 다실과 연결된 다다미 여섯 장짜리 방이었네. 사모님은 그 다실에 있기도 했고 아가씨 방에 있기도 했지. 말하자면 그 두 방은 칸막이는 있지만 모녀가 자유롭게 드나들면서 항상 사용하고 있었네. 내가 밖에서 말을 걸면 항상 사모님이 "들어오세요."라고 대답했지. 아가씨는 방에 있어도 대답한 적이 거의 없었어.

이따금 아가씨가 혼자 볼일이 있어 내 방에 들어왔다가 함께 이야기를 나눌 기회도 있었네. 그럴 때면 묘하게도 마음이 불안해지더군. 단지 젊은 여자와 마주 앉았다고 해서 그런 것만은 아닌 것 같았는데, 나는 왠지 불안감에 휩싸이곤 했네. 나 자신을 속이는 듯한 부자연스러운 내 태도가 그렇게 거북할 수가 없었어. 하지만 상대는 오히려 태연하더군. 이 여자가 고토를 타면서 소리조차 제대로 내지 못하던 그 여자가 맞는지 의심스러울 정도로 부끄러워하는 기색이 전혀 없었네. 내 방에 앉아 있는 시간이 길어지면 사모님이 다실에서 불렀는데, 때로는 "네." 하고 대답만 하고 자리에서 일어나지 않은 적도 있었지. 아가씨는 결코 어린애가 아니었어. 나는 그것을 잘 알 수 있었네. 그리고 내가 알아챌 수 있게 행동하는 그녀의 모습도 눈에 뻔히 보이더군.

14

— 나는 아가씨가 방에서 나가면 그제야 안도의 한숨을 내쉬었네. 동시에 뭔가 허전하고 미안한 것 같은 기분도 들더군. 내가 남자답지 못했던 것인지도 모르지. 요즘 젊은이인 자네의 눈에는 더욱 그렇게 보이겠지만, 당시의 젊은이들은 대개 그런 식이었어.

사모님은 좀처럼 외출하지 않는 분이었네. 간혹 집을 비울 때도 아가씨와 나만 남겨두고 나간 적은 없었지. 그것이 고의적인 행동인지 우연인지는 나도 모르네. 내 입으로 이렇게 말하기는 뭣 하지만, 사모님의 행동을 자세히 관찰해보면 어딘가 자기 딸과 내가 가까워지기를 바라는 것 같았네. 그러면서 때로는 나를 은근히 경계하기도 했지. 그런 일을 처음 겪는 나는 그럴 때마다 마음이 편치 않아.

나는 사모님이 어느 쪽이든 태도를 분명히 해주기를 바랐네. 내 생각에 사모님의 태도는 분명 모순된 것이었으니까. 하지만 숙부에게 배신당한 기억이 아직도 생생했던 나는 한 걸음 더 나아가 그 태도 자체를 의심하지 않을 수 없었네. 나는 사모님의 두 가지 태도 중 어느 쪽이 진심이고, 어느 쪽이 거짓인지 추정해보았지. 하지만 판단을 내릴 수 없었어. 그뿐만 아니라 그렇게 행동하는 이유도 나로서는 이해할 수 없었네. 그 이유를 찾다 못한 나는 모든 죄를 여자라는 단어에 덮어씌우기도 했지. 분명 여자이기 때문에 저러는 거다, 어차피 여자는 어리석기 마련이다. 나는 생각이 막힐 때면 언제나 그런 식으로 결론을 내리곤 했네.

그 정도로 여자를 업신여긴 나였지만, 아가씨만은 도저히 그렇게 생각할 수 없었네. 그녀 앞에서는 나의 논리도 무기력할 정도로 제 구실을 못했어. 나는 그녀에게 거의 신앙에 가까운 애정을 품고 있었지. 젊은 여자에 대한 마음을 종교적으로 표현한 것에 대해 자네가 의아하게 생각할지는 모르겠지만, 지금도 그 믿음에는 변함이 없네. 진정한 사랑과 신앙심은 별반 다르지 않다고 나는 굳게 믿고 있으니까. 나는 그녀를 볼 때마다 나 자신이 점점 아름다워지는 기분이었네. 그녀를 생각하면 그녀의 고상한 기운이 내게 고스란히 전해지는 것 같았어. 만일 사랑이라는 불가사의한 감정에 양 끝이 존재하고, 그 높은 쪽은 신성함이, 낮은 쪽은 성욕이 차지하고 있다면 나의 사랑은 높은 쪽 끄트머리에 자리하고 있었을 거야. 나 역시 인간이기에 육체적 굴레에서 완전히 벗어날 수는 없었지만, 그녀를 바라보는 나의 눈과 그녀를 생각하는 나의 마음은 욕정과는 무관한 순수한 것이었네.

내가 사모님에게는 반감을 품으면서도 아가씨에게는 애정을 키워갔기 때문에 우리 세 사람의 관계도 처음과는 달리 점점 복잡하게 얽히게 되었네. 물론 그런 변화는 거의 내면적으로만 진행되었을 뿐 밖으로 드러나지는 않았지. 그러던 중에 나는 어떤 우연한 일을 계기로 이제껏 사모님을 오해하고 있었던 게 아닐까 하고 생각하게 되었네. 나를 대하는 사모님의 모순된 태도는 거짓이 아닐 거라는 생각이 든 것이었어. 그리고 두 가지 상반된 생각이 번갈아 사모님의 마음을 지배하는 게 아니라 언제나 양쪽이 동시에 존재하고 있는 거라고 생각하게 되었지. 딸을 내게 접근시키는 것과 나를 경계하는 것이 서로 모순된 행동인 것 같지만, 그렇다고 어느 한쪽을 잊거나 생각을 바꾼 것은 아니었네. 사모님은 나를 경계할 때도 여전히 자신의 딸과 가까워지기를 원하고 있었네. 단지 자신이 인정하는 적정 수준 이상으로 두 사람이 밀착하는 것을 꺼렸을 뿐이지. 나는 아가씨에게 육체적으로 접근할 생각이 전혀 없었기에 그것은 부질없는 걱정이라고 생각했네. 그리고 그 뒤로 더는 사모님을 의심하지 않았어.

15

　― 나는 사모님의 태도를 여러모로 종합해보고 내가 그 집에서 충분히 신뢰받고 있다는 것을 확인했네. 게다가 처음 만났을 때부터 나를 신뢰해왔다는 증거까지 발견했지. 그 발견은 타인을 믿지 못했던 내 가슴에 약간 기이한 느낌을 안겨주었네. 남자에 비하면 여자가 그만큼 직관적이라는 생각이 들면서 여자가 남자에게 속는 것도 그 때문일 거라는 생각이 들었지. 사모님을 그렇게 생각한 내가 똑같이 직관적으로 아가씨를 바라보았으니, 지금 생각해도 희한한 일이더군. 남은 절대 믿지 않겠다고 다짐하면서도 아가씨만은 절대적으로 믿고 있었으니까. 그러면서도 나를 믿고 있는 사모님을 기이하게 여겼으니까.

　나는 고향에 대해서는 그다지 얘기하지 않았네. 특히 숙부와 관련된 일에 대해서는 일체 언급하지 않았어. 그 일은 머릿속에 떠올리기만 해도 불쾌했으니까. 나는 가급적이면 내 얘기를 하기보다는 사모님의 얘기를 들으려고 했네. 하지만 사모님은 그것을 허락하지 않았어. 사모님은 기회가 있을 때마다 내 집안 사정에 대해 물어보더군. 나는 결국 모든 것을 얘기하고 말았지. 돌아가도 부모님의 묘 외에는 아무것도 없다. 내가 그렇게 말하자 사모님은 크게 공감하는 눈치였고, 아가씨는 눈물까지 보이더군. 나는 얘기하길 잘했다고 생각했네. 얘기를 들어준 그들이 고맙기도 했고.

내 얘기를 전부 듣고 난 사모님은 역시 자기 생각이 적중했다는 듯한 표정을 지었네. 그 뒤로 나를 자신의 친척뻘 되는 젊은이처럼 격의 없이 대해주더군. 나는 그다지 싫지 않았어. 오히려 편안하게 생각했지. 그런데 얼마쯤 지나자 내 안에서 타인을 의심하는 마음이 다시 고개를 들더군.

내가 사모님을 의심하기 시작한 것은 아주 사소한 일 때문이었네. 하지만 그런 일이 거듭되는 사이에 의혹은 점점 깊이 뿌리를 내렸지. 어느 때인가 문득 사모님이 숙부와 비슷한 의도로 내게 딸을 접근시키는 게 아닐까 하는 생각이 들더군. 그러자 이제껏 친절해 보이던 사람이 갑자기 교활해 보이기 시작하는 거야. 나는 분한 마음에 입술을 깨물었네.

처음에 사모님은 식구가 적어 적적하니까 하숙생을 들이는 거라고 했네. 나도 그것을 거짓말이라고 생각지는 않았지. 점차 친해지면서 내게 스스럼없이 들려주었던 얘기들도 모두 사실이었을 거라고 생각하네. 하지만 그 집의 경제 사정은 그다지 풍족한 편이 아니더군. 금전적인 측면에서 생각하면 나와 가족 관계를 맺는 것은 그쪽에게 결코 손해될 일이 아니었어.

나는 다시 사모님을 경계하기 시작했네. 하지만 앞서 말했듯이 딸에게 깊은 애정을 품고 있는 내가 그 어머니를 경계한다는 게 얼마나 모순된 일이겠나. 나는 스스로를 비웃었지. 바보 같은 나 자신에게 욕을 퍼부은 적도 있었어. 하지만 그 정도의 모순이라면 내가 아무리 바보였더라도 그렇게 괴로워하지는 않았을 거야. 나의 번민은 아가씨도 사모님처럼 내게 의도적으로 접근한 게 아닐까 하는 의문에서 비롯된 것이라네. 두 모녀가 몰래 모의한 뒤에 나를 상대하는 것이라고 생각하면 괴로워서 견딜 수가 없더군. 불쾌한 정도가 아니라 헤어날 수 없는 막다른 궁지에 몰린 심정이었네. 그러면서도 마음 한편으로는 아가씨를 굳게 믿고 있었지. 그러니까 나는 믿음과 의심의 중간에 선 채 전혀 움직일 수 없게 된 거야. 내게는 양쪽 모두 상상이었으며 또 양쪽 모두 진실이었지.

16

— 학교는 여전히 잘 다니고 있었네. 하지만 강의하는 교수님의 목소리는 멀리서 희미하게 울리는 것 같더군. 공부도 마찬가지였어. 눈에 들어오는 활자는 머릿속으로 전해지기도 전에 연기처럼 사라져버렸지. 게다가 나는 말수도 줄었네. 친구 두세 명이 그런 나를 오해하고 다른 친구들에게 내가 명상가가 된 것처럼 얘기했네. 나는 굳이 해명하려고 하지 않았어. 내게 마침 적당한 가면을 빌려

준 것 같아 오히려 다행스럽게 생각했지. 하지만 가끔은 그것도 마음이 놓이지 않아서 발작하듯 떠들며 돌아다니는 바람에 그들을 놀라게 하기도 했네.

하숙집은 사람들의 출입이 뜸한 편이었네. 친척도 많지 않은 것 같더군. 가끔 아가씨의 학교 친구가 놀러 오기는 했지만, 방에 사람이 있는지 없는지 모를 만큼 작은 목소리로 속삭이다가 돌아갔네. 성격이 예민한 나도 그것이 나를 배려한 행동일 거라고는 미처 생각지 못했지. 나를 찾아오는 친구들은 심하게 떠들지는 않았지만, 그렇다고 집안사람들을 어려워한 것도 아니었으니까. 말하자면 하숙생인 나하고 집주인인 아가씨의 입장이 서로 뒤바뀐 셈이었네.

하지만 이것은 그저 생각난 김에 쓴 것일 뿐 별로 중요한 일은 아니라네. 단 한 가지 마음에 걸리는 일이 있기는 했지. 다실인지 아가씨의 방인지는 확실치 않지만, 안에서 난데없이 남자의 목소리가 들리는 것이었네. 그 목소리는 나를 찾아오는 친구들과는 다른, 상당히 낮은 목소리였어. 그래서 무슨 말을 하는지 전혀 알아들을 수가 없었지.

그럴수록 내 신경은 더욱 날카롭게 곤두섰고, 나는 방에 앉아서 혼자 안절부절못했네. 나는 우선 저 남자가 친척인지, 아니면 그냥 아는 사이인지 생각해보았네. 그리고 젊은 남자인지, 아니면 나이든 사람인지도 생각해보았지. 하지만 가만히 앉아서 어떻게 그런 것을 알 수 있겠나. 그렇다고 달려가서 방문을 열어볼 수도 없는 노릇이고. 나의 신경은 내 가슴에 단순한 진동이 아닌, 커다란 파동을 일으키며 나를 괴롭혔네. 나는 손님이 돌아가고 나면 어김없이 그 사람이 누구인지 묻곤 했지. 그럴 때마다 아가씨나 사모님은 아주 짧게 대답하더군. 나는 두 모녀의 대답에 불만스러운 표정을 지었지만, 그렇다고 끝까지 캐물을 용기는 없었네. 물론 내게는 그럴 권리도 없었고. 나는 품위를 중시하는 교육에서 비롯된 자존심과 당장의 궁금증을 풀고 싶어 하는 욕구를 동시에 모녀 앞에 드러낸 셈이었지. 그들은 웃더군. 그것이 비웃음의 의미가 아닌 호의의 웃음인지, 또 호의적으로 보이기 위한 웃음인지 분간할 수 없을 만큼 나는 이미 침착함을 잃고 있었네. 그리고 한참 지난 뒤에도 혼자 속으로 바보 취급을 당했다느니 어쨌느니 하는 말을 몇 번이고 되풀이했지.

나는 자유로운 몸이었네. 내가 학교를 다니든 말든, 또 어디에서 어떻게 살든, 혹은 어디 사는 누구와 결혼하든 상관할 사람은 아무도 없었지. 나는 그사이 사모님에게 아가씨를 달라고 직접 얘기해볼 생각도 여러 번 했었네. 하지만 그때마다 망설이다가 끝내 말을 꺼내지 못했어. 거절당하는 게 두려워서가 아니네. 만약 거절당하면 내 운명이 어떻게 바뀔지는 알 수 없지만, 대신 다른 곳에서 새로운 세상을 내다볼 수 있을 테니, 마음만 먹으면 그 정도의 용기는 낼 수 있었지. 하지만 나는 타인의 꾐에 빠지기가 싫었네. 남의 손

에 놀아나는 것은 무엇보다도 견디기가 힘든 일이었어. 숙부에게
배신당한 나는 앞으로 무슨 일이 있어도 남에게 속지 않겠다고 결
심했던 거네.

17

— 내가 책만 사는 것을 보고 사모님이 옷도 좀 사 입으라고 하더
군. 사실 나는 시골에서 짠 무명옷밖에 갖고 있지 않았어. 그 당시 학
생들은 비단이 섞인 옷은 입지 않았네. 내 친구 중에 요코하마에서
크게 장사하는 집안의 아들이 있었는데, 언젠가 고향에서 비단으로
된 방한용 속옷을 보낸 적이 있었네. 그것을 본 친구들은 다들 웃음
을 터뜨렸지. 그 친구는 쑥스러워하며 이런저런 변명을 늘어놓더니
모처럼 집에서 보내준 그 옷을 고리짝에 쑤셔 박은 채 입지 않더군.
그러자 짓궂은 친구들이 우르르 몰려가 일부러 그 옷을 입혔어. 그
런데 운이 나쁘게도 그 속옷에 이가 잔뜩 꾀어든 거야. 그 친구는 오
히려 잘됐다고 생각했는지 화젯거리였던 그 옷을 둘둘 말아 산책하
러 나간 길에 네즈에 있는 큰 개천에 내버렸지. 그때 함께 산책했던
나는 다리 위에서 그 친구의 행동을 웃으며 지켜보았는데, 나도 그
것이 아깝다는 생각은 전혀 들지 않더군.

그 무렵에 비하면 나도 꽤 어른스러워졌네. 하지만 아직 스스로 외출복을 장만해야겠다고 생각할 정도는 아니었지. 나는 졸업해서 수염을 기를 때까지는 복장에 신경 쓸 필요가 없다는 약간 엉뚱한 생각을 갖고 있었네. 그래서 사모님에게 책은 필요하지만 옷은 필요 없다고 했더니 내가 책을 얼마나 사는지 알고 있는 사모님은 그 책들을 전부 읽느냐고 묻더군. 내가 산 책들 중에는 물론 사전도 있었지만, 아직 첫 장도 넘기지 않은 책들도 있었기에 자신 있게 대답할 수 없었네. 그리고 어차피 쓰지 않을 물건이라면 그게 책이든 옷이든 마찬가지라는 생각이 들었지. 게다가 나는 여러모로 신세를 지고 있다는 구실을 내세워 아가씨에게 마음에 드는 오비나 옷감을 사주고 싶었어. 그래서 모든 것을 사모님에게 맡기려고 했지.

사모님은 혼자서는 가지 않겠다며 내게 함께 가자고 하더군. 그리고 아가씨도 같이 가야 한다고 했어. 요즘과는 다른 분위기에서 자란 우리 세대는 학생의 신분으로 젊은 여자와 함께 돌아다니는 것을 무척 어색하게 생각했네. 그 무렵의 나는 지금보다 더 관습에 얽매여 있었기 때문에 약간 주저하기는 했지만 큰맘 먹고 따라나섰지.

아가씨는 요란하게 치장을 했더군. 살결도 하얀데다가 분까지 잔뜩 발랐으니 얼마나 눈에 잘 띄었겠나? 거리를 오가는 사람들이 빤히 쳐다보며 지나갔는데, 그녀를 쳐다본 사람은 희한하게도 어김없이 내 쪽으로 시선을 돌리더군.

우리 세 사람은 니혼바시에 가서 물건을 샀네. 물건을 고를 때도 수시로 마음이 바뀌어서 생각했던 것보다 시간이 오래 걸렸네. 사모님은 이것저것 고르면서 일일이 내게 의향을 물어보더군. 이따금 옷감을 아가씨의 어깨에서 가슴으로 늘어뜨리고 내게 두세 걸음 물러서서 봐달라고 하기도 했네. 그럴 때마다 나도 그건 어색하다느니, 그건 잘 어울린다느니 하며 한마디씩 건넸지. 그런 일로 시간이 지체되어 물건을 사고 나니 저녁때가 되었네. 사모님은 내게 답례하는 뜻에서 뭔가 대접하겠다며 기하라다나라는 연예장이 있는 좁은 골목으로 나를 데리고 갔네. 골목길도 좁았지만 식당들도 좁더군. 그 근방의 지리에 어두웠던 나는 사모님이 그런 골목 구석까지 알고 있다는 게 놀라울 뿐이었지.

　　우리는 밤이 되어서야 집으로 돌아왔네. 그 다음 날은 일요일이라 나는 종일 방 안에 틀어박혀 있었네. 그리고 월요일에 학교에 갔더니 아침부터 친구 하나가 나를 놀려대더군. 언제 장가를 갔느냐고 짓궂게 묻더니 부인이 상당히 미인이라며 칭찬까지 하는 것이었네. 내가 두 모녀와 함께 니혼바시에 갔을 때 그 친구가 어디선가 우리를 봤던 모양이야.

18

― 나는 집으로 돌아와 사모님과 아가씨에게 학교에서 있었던 일을 얘기해주었네. 사모님은 웃음을 보이면서도 입장이 많이 곤란하겠다며 내 얼굴을 바라보더군. 나는 그때 속으로 여자는 이런 식으로 남자의 마음을 떠보는 건가, 하고 생각했네. 사모님의 눈빛이 그것을 말해주고 있었지. 그때 내 생각을 솔직하게 털어놓았다면 좋았을지도 모르지만 나는 여전히 상대에 대한 의심을 떨치지 못하고 있었어. 나는 솔직하게 얘기하려다가 이내 생각을 바꾸었네. 그리고 의도적으로 화제를 돌렸지.

나는 가장 중요한 내 얘기는 빼버린 채 아가씨의 결혼에 대한 사모님의 의중을 살폈네. 사모님은 두세 번 아가씨의 혼담이 있었다고 솔직하게 말해주더군. 하지만 아직은 학교에 다니는 어린 나이라서 그렇게 서두르지는 않는다고 했네. 사모님은 직접 말하지는 않았지만, 아가씨의 외모를 무척 자랑스러워하는 것 같았어. 마음만 먹으면 언제든지 결혼할 수 있다는 식으로 말하기도 했지. 하지만 자식이 딸 하나밖에 없기 때문에 쉽게 떠나보내지는 못하는 것 같더군. 때로는 딸을 시집보낼 것인지, 데릴사위를 맞이할 것인지조차 결정하지 못하고 있다는 생각도 들었네.

사모님과 이야기를 나누는 동안 나는 많은 정보를 얻은 기분이었네. 하지만 그 때문에 나는 좋은 기회를 놓친 꼴이 되고 말았지. 내 생각에 대해서는 끝내 한 마디도 꺼내지 못했으니까. 나는 적당히 이야기를 마무리하고 내 방으로 돌아가려고 했네.

조금 전까지 옆에서 한마디씩 거들며 웃고 있던 아가씨는 어느새 저편 구석으로 옮겨 가 등을 돌리고 앉아 있었네. 자리에서 일어나면서 돌아보니 그 뒷모습이 눈에 들어오더군. 하지만 뒷모습만으로 어떻게 사람의 마음을 읽을 수 있겠나? 아가씨가 이 문제에 대해서 어떻게 생각하는지 나로서는 짐작도 할 수 없더군. 아가씨는 장롱을 마주 보고 앉아 있었네. 문이 한 자쯤 열려 있는 장롱 안에서 뭔가를 꺼내 무릎 위에 올려놓고 바라보는 것 같았어. 그 문틈으로 그저께 산 옷감이 눈에 보이더군. 내 옷과 함께 장롱 속에 나란히 포개져 있었지.

내가 아무 말 없이 자리에서 일어나려고 하자 사모님이 갑자기 정색을 하며 내게 어떻게 생각하느냐고 묻더군. 사모님의 그 질문은 무엇에 대해 어떻게 생각하는 거냐고 반문하지 않으면 모를 만큼 갑작스러운 것이었네. 사모님이 아가씨를 빨리 시집보내는 것이 좋겠느냐는 뜻으로 물어본 것임을 확인하고 나서야 나는 가능하면 서두르지 않는 게 좋겠다고 했지. 사모님은 자신도 그렇게 생각한다고 하더군.

사모님과 아가씨, 내가 그런 관계를 이어갈 무렵 또 한 명의 남자가 끼어들게 되었네. 그가 집에 들어오면서 내 운명은 커다란 변화를 맞이했지. 만약 그가 내 인생에 끼어들지 않았다면 아마 자네에게 이렇게 긴 편지를 남길 일도 없었을 거야. 나는 아무 대책도 없이 악마가 지나가는 길목에 서 있으면서도 그 그림자가 한순간에 내 인생을 어둠 속으로 몰아넣을 것이라는 사실을 알아채지 못했네. 사실 그 사내를 집으로 끌어들인 것은 나였어. 물론 사모님에게 허락을 받아야 했기에 나는 처음부터 사실대로 밝히며 사모님에게 부탁했지. 그런데 사모님은 그를 데려오지 말라고 하더군. 내게는 그를 데려와야 할 이유가 충분했지만, 사모님에게는 그를 거절할 만한 이유가 전혀 없었지. 그래서 나는 내 생각대로 끝까지 밀어붙였네.

19

— 나는 지금부터 그 친구를 K라고 부르겠네. 나와 K는 어렸을 때부터 단짝이었어. 어렸을 때부터라고 했으니 굳이 설명할 필요도 없겠지만, 그는 고향 친구였네. K는 정토종파 스님의 아들이었는데 장남이 아니라 둘째라서 어느 의사 집안에 양자로 들어갔지. 내가 태어난 지방은 혼간 사本願寺(정토진종의 본산)의 세력이 강한 곳이라서 정토종파 스님은 다른 곳에 비해 물질적으로 풍족한 편이었

네. 한 가지 예를 들면 만일 스님에게 혼기가 다 된 딸이 있으면 공양주들이 서로 의논해 적당한 곳으로 시집을 보내주는데 그 비용조차 스님이 대는 것이 아니었지. 그런 연유로 정토종파의 절들은 대부분 재정이 넉넉했어.

K가 태어난 곳도 재정적으로 여유가 있는 절이었네. 하지만 차남을 도쿄에서 공부시킬 만큼의 여유가 있었는지는 모른다네. 또 그런 조건 때문에 양자로 보낸 것인지도 알 수 없고. 어쨌든 K는 어느 의사 집안에 양자로 들어갔네. 그것은 우리가 아직 중학생일 때의 일이었지. 선생님이 교실에서 출석을 부르는데 K의 성이 갑자기 바뀌어서 깜짝 놀랐던 기억이 있네.

K가 양자로 들어간 곳도 상당히 부유한 집이었어. K는 양부모가 대주는 학비로 도쿄에서 학교에 다녔지. 도쿄에 올라온 시기는 나와 다르지만, 올라온 뒤에는 같은 하숙집에서 지냈네. 그 당시에는 한 방에 두세 명씩 책상을 늘어놓고 함께 생활하곤 했는데, K와 나도 둘이서 한 방을 썼네. 산에서 붙잡힌 짐승이 우리 안에서 서로를 의지한 채 외부 세계를 경계하듯이 우리 두 사람은 도쿄와 도쿄 사람들을 두려워했네. 그러면서 다다미 여섯 장짜리 방 안에서는 세상에 나갈 기회만 노리고 있는 것처럼 떠들어댔지.

하지만 우리는 진지했네. 실제로 훌륭한 사람이 되려고 했지. 특히 K는 그런 생각이 강했어. 절에서 태어난 그는 정진精進이라는 말을 자주 사용했고 그의 행동거지도 모두 그 정진이라는 말로 표현할 수 있을 정도였지. 나는 마음속으로 항상 그를 높이 평가하고 있었네.

K는 중학교 때부터 종교나 철학 같은 어려운 문제로 나를 곤혹스럽게 했네. 그것이 부친에게 영향을 받은 것인지, 아니면 그가 태어난 집, 즉 절이라는 특별한 환경에 영향을 받은 것인지는 모르겠지만, 어쨌든 그는 일반 스님보다도 더 스님 같은 성격을 지니고 있었어. 원래 K의 양부모는 그를 의사로 만들려고 도쿄에 보낸 것인데, 완고한 그는 의사는 되지 않겠다고 작심하고 도쿄에 올라온 것이었네.

내가 그에게 그것은 양부모를 속이는 게 아니냐고 따지듯이 물었는데 그는 그저 담담하게 그렇다고 하더군. 도道를 위해서라면 그 정도는 상관없다는 것이었어. 그때 그가 도라는 말의 의미를 정확히 알고 사용한 것은 아니라고 생각하네. 물론 나도 제대로 이해하지 못했지. 하지만 젊은 우리에게는 그 막연한 단어가 무척 의미심장하게 들렸다네. 그 뜻을 제대로 이해하지는 못했지만, 왠지 고상한 느낌이 들더군. 그렇게 큰 뜻을 품고 나아가려는 마당에 다른 사소한 일들이 눈에 들어올 리가 있겠나.

나는 K의 뜻에 찬성했네. 나의 동의가 K에게 얼마나 힘이 되었는지는 모르겠네. 그는 외골수라서 설령 내가 반대했더라도 결코 자신의 소신을 굽히지는 않았을 거야. 하지만 만일 문제가 생길 경우, 그에게 동조한 나도 일정한 책임을 져야 한다는 것쯤은 아직 어리지만 잘 알고 있었네. 설령 그만한 각오는 없었더라도 어른이 된 뒤에 과거를 돌아볼 일이 생기면 내게 주어진 만큼의 책임은 당연히 감수하겠다는 심정으로 그의 뜻에 동의했던 것일세.

20

― K와 나는 같은 학과에 입학했네. K는 양부모가 보내주는 학비로 버젓이 자신이 원하는 길을 걸어가기 시작했지. 부모님은 알 리가 없다는 생각에서 비롯된 안도감과 알아도 상관없다는 배짱이 그의 마음속에 함께 존재했다고 볼 수밖에 없었네. K는 나보다 더 느긋했어.

대학의 첫 여름방학 때 K는 고향에 내려가지 않았네. 고마고메에 있는 어느 절에서 방 한 칸을 빌려 공부하겠다고 하더군. 내가 도쿄에 올라온 것은 9월 초순이었는데, 그는 정말로 대관음상이 있는 사찰 옆의 지저분한 절간에 틀어박혀 있었네. 그의 거처는 본당 바로 옆에 있는 조그만 방이었는데 그곳에서 자기 계획대로 공부할 수 있었다며 만족스러워하더군. 나는 그때 그가 점점 스님처럼 되어가는 것을 느낄 수 있었네. 그는 손목에 염주를 걸치고 있었지. 그것을 무엇 때문에 갖고 있느냐고 묻자 그는 숫자를 세듯 엄지손가락으로 하나, 둘 돌리기만 하더군. 하루에도 몇 번이나 그렇게 염주를 돌리는 것 같았네. 하지만 나는 그 의미를 알 수 없었어. 둥근 원으로 된 염주를 한 알씩 세어 간다면 끝이 없지 않나? K는 어느 순간에 어떤 마음으로 염주를 굴리던 손을 멈추었을까? 그다지 중요한 것은 아니지만 나는 자주 그런 생각이 들었네.

나는 그의 방에서 성서도 봤네. 이제껏 그가 불경에 대해 말하는 것은 여러 번 들었지만, 기독교에 대해서는 일언반구도 하지 않았기에 약간 놀랐네. 나는 그가 성서를 갖고 있는 연유를 묻지 않을 수 없었지. K는 별다른 이유는 없고, 수많은 사람들이 즐겨 읽는 책이라면 한번쯤 읽어보는 게 당연하다고 하더군. 게다가 그는 기회가 되면 코란도 읽어볼 생각이라고 했네. 그는 '마호메트와 검'(마호메트가 설교할 때 양손에 코란과 검을 들고 있었다는 데서 비롯된 말)이라는 말에 상당히 흥미를 느끼는 것 같았네.

두 번째 여름방학 때는 그도 부모님의 성화에 못 이겨 고향에 내려갔네. 자기 전공에 대해서는 아무 말도 하지 않은 것 같았네. 고향에서도 아직 눈치 채지 못했다더군. 자네도 학교에 다닌 사람이니 잘 알겠지만, 일반인들은 학생들의 생활이나 교칙에 대해서는 놀라울 정도로 무지하다네. 우리에게는 당연한 일이 바깥에서는 전혀 통하지 않을 때도 있지. 또한 우리는 학교를 중심으로 생활하면서 교내에서 일어난 일은 전부 바깥세상으로 전해질 것이라고 생각하는 경향이 있네. 그런 점에서 보면 K는 나보다 세상을 더 잘 알고 있었던 것 같아. 태연한 얼굴로 도쿄에 올라왔으니까. 고향을 떠날 때도 함께 있었기 때문에 나는 기차를 타자마자 K에게 어떻게 됐느냐고 물었네. K는 아무 일도 없었다고 하더군.

세 번째 맞이한 여름은 내가 부모님의 묘소가 있는 고향을 영원히 떠나기로 결심한 해였네. 그때 나는 K에게 같이 고향에 내려가자고 했지만 그는 거절했네. 그렇게 해마다 내려가서 뭐 하냐고 하더군. 그는 도쿄에 남아 공부할 생각이었던 것 같아. 나는 하는 수 없이 혼자 내려가기로 했네. 그때 고향에서 보낸 두 달이 내 운명을 어떻게 바꾸어놓았는지는 앞서 얘기했으니 되풀이하지 않겠네. 나는 불평과 우울과 홀로 된 외로움을 가슴에 품은 채 9월에 다시 K를 만났네. 그런데 그의 운명 역시 나와 비슷한 변화를 보이고 있더군. 그는 내가 모르는 사이에 양부모에게 편지를 보내 사실을 밝혔네. 처음부터 그럴 생각이었다고 하더군. 양부모의 입에서 이제는 어쩔 수 없으니 네가 원하는 대로 하라는 말이 나오기를 기대하고 있었던 걸까? 아무튼 대학에 들어가서까지도 양부모를 속일 생각은 아니었던 것 같았네. 어쩌면 속이려고 해도 그리 오래가지 못할 거라고 생각했는지도 모르지.

21

　──K의 편지를 본 양아버지는 크게 노했네. 부모를 속이는 괘씸한 놈에게는 학비를 대줄 수 없다며 엄하게 꾸짖는 내용의 답장이 곧바로 날아들었지. K는 그 편지를 내게 보여주었네. 그리고 비슷한 시기에 친가에서 보내온 편지도 보여주었어. 그 편지에도 양아버지의 편지에 뒤지지 않을 만큼 엄격하게 꾸짖는 말들이 담겨 있었네. 양부모에 대한 죄스러운 마음에서 그랬겠지만, 친가에서는 일체 관여하지 않겠다고 씌어 있더군. K가 그 때문에 다시 친가로 들어갈지, 아니면 다른 타협책을 찾아내 계속 양부모 밑에 머물지는 차후 문제였고, 당장은 다달이 들어가는 학비가 문제였네.

　나는 그 문제에 대해 K에게 뭔가 대책이 있는지 물어보았네. K는 야간학교 교사라도 해보겠다고 하더군. 당시는 요즘에 비해 의외로 세상살이에 여유가 있는 편이라서 부업거리를 구하기는 자네가 생각하는 것만큼 어렵지 않았네. 나는 K가 그 일을 하면 충분히 생활할 수 있으리라 생각했네. 하지만 내게도 책임은 있었지. K가 양부모의 기대를 저버리고 자신이 원하는 길을 가려고 했을 때 나도 옆에서 동조했으니까. 나는 모른 체하고 있을 수만은 없었네. 그 자리에서 물질적으로 도와주겠다고 했지. 그러자 K는 단번에 내 제안을 거절했네. 그의 성격상 친구에게 도움을 받기보다는 힘들더라도 스스로 해결하는 편이 훨씬 낫다고 생각했던 모양이야. 그는 사내라면 대학에 들어온 이상 자기 몸 하나쯤은 건사할 수 있어야 한다고 말하기도 했네. 나는 내 책임만을 생각하다가 K의 마음에 상처를 준 꼴이었지. 그래서 그가 자기 뜻대로 할 수 있도록 더는 관여하지 않기로 했네.

얼마 후 K는 자신이 원하던 일자리를 얻었네. 하지만 시간을 소중히 여기는 그가 얼마나 힘들어했을지는 굳이 상상할 필요도 없는 일이었지. 그는 새로운 짐을 짊어졌지만 이전과 다름없이 학업의 끈을 늦추지 않고 열심히 공부했네. 나는 그의 건강이 마음에 걸렸어. 하지만 의지가 강한 그는 그저 웃기만 할 뿐 내 충고에는 귀를 기울이지 않더군.

그러는 동안 그와 양부모의 관계는 점점 더 악화되었네. 시간적 여유가 없어진 그와 전처럼 자주 얘기할 기회가 없어서 그 상황을 자세히 전해 듣지는 못했지만 상황이 점점 어려워지고 있다는 것만은 알고 있었네. 누군가가 중간에서 화해시키려고 했다는 것도 알고 있었지. 그 사람은 편지로 K에게 고향에 내려오라고 권했지만, K는 도저히 그럴 수 없다며 응하지 않았네. K는 학기 중이라서 내려갈 수 없다고 했지만, 상대방의 눈에는 고집을 피우는 것으로 보였겠지. 그 고집스러운 면이 사태를 더 악화시킨 것 같았어. 그는 양부모의 감정을 건드리면서 친아버지의 노여움까지 사게 되었지. 내가 걱정스러운 마음에 양쪽을 화해시키려고 편지를 썼을 때는 이미 늦었더군. 나는 아무런 답장도 받지 못한 채 그대로 무시당하고 말았네. 나도 화가 나더군. 이제까지 정황을 살피며 K를 동정했던 나도 그 뒤로는 잘잘못을 떠나 무조건 K의 편에 서게 되었지.

결국 K는 다시 친가로 호적을 옮기기로 했네. 그동안 양부모가 대준 학비는 친가에서 모두 변상하기로 했고. 그 대신 친아버지로부터 앞으로 상관하지 않을 테니 멋대로 살라는 얘기를 들었네. 말하자면 의절을 당한 셈이지. 그 정도까지는 아니었을지도 모르지만, 본인은 그렇게 받아들였네. K에게는 어머니가 안 계셨네. 그의 성격 중 일부분은 계모 밑에서 자란 결과라고 볼 수도 있을 것 같아. 만일 그의 친어머니가 살아 있었다면, 그와 친가와의 관계가 그렇게까지 악화되지는 않았으리라 생각하네. 물론 그의 부친은 승려였네. 하지만 그 우직한 성격을 보면 오히려 무사에 가깝다는 생각이 들더군.

22

— K의 일이 일단락된 후 나는 그의 매형에게서 장문의 편지를 받았네. K가 양자로 들어갔던 집은 그 매형의 친척집이라서 양자로 주선했을 때도, 다시 친가의 호적에 올릴 때도 그의 의견이 크게 작용

했다는 얘기를 K에게 들은 적이 있었지.

편지에는 K가 어떻게 지내고 있는지 알려달라고 씌어 있더군. 누나가 걱정하고 있으니 가능한 한 빨리 답장을 보내달라는 부탁도 함께 말이야. K는 아버지의 절을 이어받은 형보다 출가한 누나를 더 좋아했네. 모두 한배에서 난 남매들이지만 K는 누나와 나이 차이가 꽤 많이 났어. 그래서 K는 어렸을 때부터 계모보다는 오히려 누나를 어머니처럼 여겼다더군.

나는 K에게 편지를 보여주었네. K는 아무 말도 하지 않다가 자기도 누나에게 비슷한 내용의 편지를 두세 번 받았다고 털어놓더군. K는 그때마다 걱정하지 않아도 된다는 내용의 답장을 보냈다고 했네. 그 누나는 안타깝게도 살림이 넉넉지 못한 집으로 출가해서 아무리 K를 도와주고 싶어도 물질적으로 아무 도움을 줄 수 없는 형편이었지.

나는 매형 앞으로 K가 보낸 것과 비슷한 내용의 답장을 보냈네. 그 편지에는 만일 무슨 일이 생기면 내가 어떻게든 도울 테니 안심하라는 뜻을 강하게 내비쳤지. 그것은 원래부터 내가 생각하고 있던 것이었네. 물론 K의 앞날을 걱정하는 누나를 안심시키려는 마음도 있었지만, 나를 무시했다고 생각할 수밖에 없는 그 친가나 양부모의 태도에 오기가 나기도 했네.

K가 다시 친가로 호적을 옮긴 것은 1학년 때였네. 그때부터 2학

년 중반까지 약 1년 반 동안 그는 혼자 힘으로 학업을 이어갔지. 그렇게 무리하다 보니 육체적으로나 정신적으로 점점 지쳐가고 있었어. 물론 양부모와 인연을 끊느냐 마느냐 하는 복잡한 문제도 그를 지치게 하는 데 한몫했을 테고. 그는 점점 감상적으로 변해갔네. 이따금 세상의 모든 불행을 혼자 짊어진 사람처럼 말하기도 했지. 그리고 내가 그 말을 부정하면 금방 화를 내곤 했네. 자신의 미래를 밝히는 빛이 점점 멀어지기라도 하는 듯 안절부절못하더군. 처음 학교에 입학할 때는 누구나 원대한 포부를 안고 새로운 여정에 오르기 마련이지. 하지만 1년이 지나고 2년이 지나고 졸업할 날이 다가오면 문득 자신의 발걸음이 둔해진 것을 깨닫고 실망하는 것이 대부분이야. K도 그런 경우이긴 하지만 그의 초조함은 다른 사람들에 비해 유난히 심했지. 나는 일단 그의 마음을 안정시키는 것이 급선무라고 생각했네.

나는 그에게 이제 일은 그만두라고 했네. 그리고 당분간 휴식하며 지내는 것이 장래를 위해서도 득이라고 충고했지. 고집이 센 그가 쉽게 내 말을 따르리라고는 생각지 않았네. 하지만 실제로 말을 꺼내보니 그를 설득하기가 생각했던 것보다 훨씬 더 힘들더군. K는 단지 학문만이 자신의 목표가 아니라고 했네. 의지력을 키워 강인한 사람이 되고 싶다더군. 그러려면 가능한 한 궁핍하게 지내야 한다는 게 그의 생각이었네. 보통 사람의 입장에서 보면 정말 유별난 사람이었지. 게다가 궁핍한 처지에 놓인 그의 의지도 본인의 생각과는 달리 전혀 강해지지 않았어. 강해지기는커녕 오히려 신경쇠약에 걸릴 지경이었지. 나는 하는 수 없이 그에게 적극 동조하는 듯한 모습을 보였네. 나도 그런 방향으로 세상을 살아갈 생각이라고 말했지. 사실 아주 빈말은 아니었네. K의 말을 듣다 보면 나도 모르게 점점 빨려 들어갔으니까. 그러고는 그에게 함께 살면서 함께 정진하고 싶다는 말을 꺼냈네. 나는 그의 고집을 꺾기 위해 그에게 고개를 숙이고 다가갔던 것이야. 그렇게 해서 겨우 그를 내가 사는 하숙집으로 데리고 왔지.

23

― 내 방에는 다다미 넉 장짜리 방 하나가 여분으로 딸려 있었네. 현관에서 올라와 내 방으로 들어오려면 반드시 그 방을 지나야 하기 때문에 실제로 사용하기에는 상당히 불편한 방이었지. 나는 K에게 그 방을 내주었네. 처음에는 다다미 여덟 장짜리 내 방에 책상 두 개를 나란히 놓고 옆방을 함께 쓸 생각이었는데, K가 비좁아도 혼자 지내는 게 낫다며 스스로 그 방을 선택했네.

앞서 말했듯이 사모님은 내가 친구를 데려오는 것에 반대했네. 일반 하숙집 같았으면 한 명보다는 두 명을, 두 명보다는 세 명을 받는 게 이득이겠지만, 장삿속으로 하는 게 아니니 가급적이면 데려오지 말라고 하더군. 내가 데려올 친구는 결코 남에게 폐를 끼치는 사람이 아니니 염려하지 않아도 된다고 하자 사모님은 속마음을 알 수 없는 사람은 싫다는 것이었네. 그것은 지금 신세를 지고 있는 나도 마찬가지가 아니냐고 따지자 내 됨됨이는 처음부터 잘 알고 있었다는 식으로 둘러대더군. 나는 그 말을 듣고 쓴웃음을 지었지. 그러자 사모님은 또 다른 구실을 내세웠네. 그런 사람을 데려오면 내게도 좋지 않을 테니 그만두라는 것이었어. 내게 나쁠 게 뭐가 있느냐고 묻자 이번에는 사모님이 쓴웃음을 짓더군.

사실 나도 굳이 K와 함께 지낼 필요는 없었네. 하지만 매달 생활비를 돈으로 직접 건네주면 그는 분명히 받지 않을 거라고 생각했지. 그는 독립심이 강한 사내였으니까. 그래서 나는 그를 하숙집에 데려온 뒤, 그가 모르게 사모님에게 두 사람분의 식비를 건네주려고 했던 것이네. 하지만 사모님에게 K의 경제 사정을 밝히고 싶지는 않았어.

나는 주로 K의 건강에 대해 얘기했네. 혼자 놔두면 성격도 점점 비뚤어질 것이라고 했지. 그와 관련해 K가 양부모와 사이가 좋지 않고 친가와도 의절했다는 등의 이야기를 들려주며, 나는 물에 빠진 사람을 건져내 내 몸의 온기를 나눠준다는 각오로 K를 데려오려는 것이라고 했네. 그러니 사모님과 아가씨도 그를 따뜻하게 보살펴달라고 부탁하자 그제야 겨우 사모님의 허락이 떨어지더군. 하지만 내게 아무런 말도 듣지 못한 K는 그런 사정을 전혀 모르고 있었지. 나는 오히려 다행이라고 생각하며 이삿짐을 들고 온 K를 담담한 얼굴로 맞이했네.

사모님과 아가씨는 친절하게 그의 짐을 정리해주었네. 내 얼굴을 봐서 그런 거라고 생각한 나는 속으로 무척 기뻤지. K는 여전히 무뚝뚝한 표정이었지만 말이야.

내가 K에게 새로운 거처에서 지내는 기분이 어떠냐고 물었을 때 그의 대답은 나쁘지 않다는 한마디뿐이었네. 내가 보기에는 나쁘지 않은 정도가 아니었어. 그가 지금까지 지내던 곳은 눅눅한 냄새가 나는 북향의 지저분한 방이었네. 식사도 그 방에 걸맞게 형편없었지.

우리 하숙집으로 이사한 것은 깊은 골짜기에 갇혀 있던 새가 높은 나무 위로 보금자리를 옮긴 것이나 마찬가지였네. 그런데도 그가 그런 기색을 내비치지 않은 것은 그의 고집스런 성격 때문이기도 하겠지만, 그가 추구하는 사상과도 무관하지 않았네. 불교 집안에서 자란 그는 의식주에 관련된 사치는 전부 부도덕한 것으로 생각하고 있었지. 옛 고승이나 성인의 전기를 즐겨 읽는 그는 정신과 육체를 분리해서 생각하곤 했네. 육체에 채찍질을 가하면 영혼은 더 빛날 것이라고 생각했는지도 모르지.

나는 되도록 그와 부딪치지 않기로 했네. 나는 얼음을 양지에 내놓고 천천히 녹이려고 했던 거라네. 언젠가 녹아서 따뜻한 물이 되면 그 스스로 깨달을 것이라고 믿고 있었지.

24

— 나도 사모님이 따뜻하게 대해주었기에 점점 밝은 성격으로 바뀌게 된 것이네. 그것을 실감하고 있던 나는 K에게도 그 방법을 적용해볼 생각이었지. K와 내 성격이 많이 다르다는 것은 오랜 교제를 통해 잘 알고 있었지만, 내가 이 집에 들어온 뒤로 어느 정도 마음이 누그러진 것처럼 K도 이곳에서 지내다 보면 언젠가 안정을 되찾을 수 있으리라 생각했네.

K는 나보다 의지가 강한 친구였네. 공부도 두 배쯤 더 열심히 했을 걸세. 게다가 머리도 나보다 훨씬 좋았지. 대학 때는 전공이 달랐으니 뭐라고 말할 수 없지만, 중고등학교 때는 항상 나보다 성적이 좋았네. 내가 무엇을 하든 K를 앞지르기는 힘들 거라고 생각했을 정도였으니까. 하지만 K를 의도적으로 하숙집에 끌어들였을 때는 내가 더 사리에 밝다고 믿고 있었네. 내가 보기에 그는 고집과 인내를

제대로 구별하지 못하는 것 같았어. 이것은 특히 자네에게 들려주고 싶은 말이니 잘 새겨듣게. 육체적인 것이든 정신적인 것이든 우리의 모든 능력은 외부의 자극으로 발달하기도 하고 파괴되기도 하지. 그 과정에서 자극은 점점 더 강해지기 마련인데, 그때 제대로 정신을 차리지 않으면 그릇된 방향으로 흘러가면서도 자신은 물론이며 주변 사람들까지 전혀 알아채지 못하는 수가 있네. 의사의 말에 따르면 인간의 위만큼 변덕스러운 것도 없다고 하더군. 매일 죽만 먹다 보면 그보다 더 단단한 음식을 소화할 능력은 금방 사라져버린다는 거야. 하지만 이것이 단순히 익숙해진다는 뜻은 아니라고 생각하네. 자극이 점점 강해짐에 따라 영양기관의 저항력도 강해진다는 뜻으로 봐야 할 걸세. 그것은 반대로 위의 기능이 점점 약해졌을 때의 결과를 상상해보면 금방 알 수 있는 일이지. K는 나보다 뛰어난 사람이었지만, 거기까지는 미처 생각하지 못했던 것이네. 단순히 어려운 상황에 익숙해져버리면 그 어려움도 아무런 문제가 되지 않는다고 생각했던 것 같아. 고행을 거듭할수록 공덕이 쌓여 언젠가는 고행을 고행으로 여기지 않을 때가 오리라고 확신하고 있었던 것 같네.

나는 K를 설득할 때 그 점을 분명히 짚고 넘어가고 싶었네. 하지만 그런 얘기를 꺼내면 그는 틀림없이 반발했을 테지. 또 옛사람들의 사례를 들먹였을 게 분명하네. 그렇게 되면 나도 그 성인들과 K의 차이점을 명확히 지적해주어야 하는데 그쯤에서 K가 내 말에 수긍해주면 다행이지만, 그의 성격상 얘기가 거기까지 진행되면 쉽게 물러서지 않았을 거야. 아니, 오히려 더 앞으로 나아가려고 했겠지. 그리고 자신의 입에서 나온 말을 직접 실천에 옮기려고 했을 테고. 그런 면에서 보면 정말 지독한 사내였네. 대단했지. 자기 자신을 파괴하면서 앞으로 나아갔으니까. 결과로 보면 그저 고집스럽게 자신의 길을 걸어갔을 뿐이지만, 그래도 결코 평범한 사람은 아니었네. 그의 성격을 잘 알고 있는 나는 끝내 아무 말도 할 수 없었지. 게다가 내가 보기에 그는 앞서 말했듯 약간 신경쇠약에 걸려 있는 것 같았네. 만약 내가 그를 설득시키려고 했다면 그는 틀림없이 감정이 격해졌을 걸세.

그와 다투는 것은 두렵지 않았지만, 고독에 몸부림쳤던 나의 지난날을 돌이켜보니 차마 그 친구를 그런 고독한 상황에 처하게 할 수가 없더군. 그를 그런 상황으로 내몰기는 싫었던 거지. 그래서 나는 그를 하숙집으로 데려온 뒤로도 한동안 별다른 말은 하지 않았네. 다만 주변 환경이 그에게 미치는 결과를 차분히 지켜보기로 했네.

25

― 나는 사모님과 아가씨에게 되도록 K와 자주 대화를 나누어달

라고 은밀히 부탁했네. 대화 없는 생활이 그를 그렇게 만든 것이라고 믿고 있었지. 철을 방치해두면 녹이 스는 것처럼 그의 마음도 그렇게 녹슬었다고 밖에는 생각할 수 없었네.

사모님은 그가 좀처럼 말을 붙일 기회를 안 준다며 웃었네. 아가씨는 일부러 일전에 있었던 일까지 예로 들며 얘기하더군. 화로에 불이 있느냐고 묻자 K는 짧게 없다고만 대답했다는 거야. 그럼 불을 넣겠다고 하니까 필요 없다고 거절했다더군. 춥지 않으냐고 물으니까 춥지만 필요 없다고 하고는 더 이상 대꾸하지 않았대. 나는 그냥 쓴웃음만 짓고 있을 수는 없었지. 미안한 마음에 무슨 말이든 둘러대야 했어. 사실 그때는 봄이었으니 굳이 화롯불을 지필 필요도 없었지만, 어쨌든 K와 대화하기 어렵다는 얘기가 나오는 것도 무리는 아니었지 싶네.

그래서 나는 중간에서 어떻게든 두 모녀와 K를 가까워지게 하려고 했네. K와 내가 대화하는 자리에 두 모녀를 부르거나 내가 두 모녀와 함께 있는 자리에 K를 끌어들이는 등, 그때그때 상황에 맞춰 그들을 한자리에 모이게 했네. 물론 K는 그런 자리를 별로 달가워하지 않았지. 어떤 때는 금방 일어나 방 밖으로 나가기도 했고, 어떤 때는 아무리 불러도 방으로 들어오지 않았네. K는 그런 쓸데없는 잡담이 뭐가 재미있느냐고 하더군. 나는 그냥 웃기만 했지. 하지만 마음속으로 K가 그 때문에 나를 가볍게 생각하고 있다는 것도 잘 알고 있었네.

어쩌면 그렇게 생각하는 게 당연한 것인지도 몰라. 그의 눈높이는 나보다 훨씬 높은 곳에 있었을 테니까. 나도 그것을 부정하는 것은 아니네. 하지만 다른 것과 균형을 이루지 못하고 눈만 높은 것은 불구자나 다름없지. 나는 그때 그에게 인간미를 찾아주는 게 급선무라고 생각했네. 그의 머릿속에 위대한 사람들의 이미지가 가득 차 있어도 그 자신이 훌륭해지지 않으면 아무 소용이 없다는 것을 깨달았기 때문이지. 그를 인간적으로 만드는 첫 번째 수단으로 우선 이성 옆에 가까이 앉히기로 했네. 그를 그런 분위기에 노출시켜서 녹슬어가는 그의 혈액을 새롭게 바꾸어볼 생각이었지.

그리고 차츰 효과가 나타나기 시작했네. 처음에는 융합하기 어려워 보였던 것이 점차 한 덩어리가 되어갔지. 그는 자신의 세계 외에 또 다른 세계가 있다는 것을 조금씩 깨달아가는 것 같았네. 어느 날 그는 내게 여자라고 무조건 업신여겨서는 안 된다는 식으로 말하더군. 처음에 K는 여자에게도 나와 비슷한 수준의 지식과 학문을 기대하고 있었던 것 같네. 그리고 그 기대에 어긋나면 즉시 경멸의 대상으로 여겼던 것 같더군. 이제껏 그는 성별을 고려하지 않고 모든 남녀를 동일한 시선으로 바라보았던 거야. 나는 그에게 만일 남자인 우리끼리만 계속 대화를 나눈다면 한쪽 방향으로만 나아가게 될 거라고 했지. 그도 내 말에 동의했네. 나는 그 무렵 아가씨에게 어느 정도 관심을 갖고 있었기에 자연스레 그렇게 말할 수 있었던 것 같아. 하지만 그런 속사정에 대해서는 그에게 한마디도 하지 않았지.

지금까지 책으로 성벽을 쌓고 그 안에 틀어박혀 있던 K가 조금씩 마음을 열기 시작했네. 그런 모습을 바라보는 것이 내게는 무엇보다 기쁜 일이었어. 처음부터 그런 목적으로 그를 데려왔던 나로서는 당연히 기쁠 수밖에 없었지. K에게는 말하지 않았지만, 사모님과 아가씨에게는 내가 느낀 대로 얘기해주었네. 두 사람 모두 만족스러워하는 표정이더군.

26

─ K와 나는 같은 학과였지만 전공이 달랐기 때문에 등교 시간이나 귀가 시간도 자연히 다를 수밖에 없었네. 내가 먼저 귀가할 때는 그가 없는 빈 방을 그냥 지나갔지만, 늦게 귀가할 때는 간단한 인사말을 건네고 내 방으로 들어가는 게 보통이었지. 내가 방문을 열고 들어가면 K는 책에서 눈을 떼고 나를 쳐다보았네. 그러고는 항상 "지금 오는 거야?"라고 물었지. 나는 말없이 고개만 끄덕일 때도 있었고, "응." 하고 대답하며 지나갈 때도 있었네. 어느 날 나는 간다에 볼일이 있어서 평소보다 늦게 귀가해서 빠른 걸음으로 집에 돌

아와 현관의 격자문을 드르륵 열었네. 그런데 문을 열자마자 아가씨의 목소리가 들리더군. 그 목소리는 분명 K의 방에서 나는 것 같았네. 현관에서 곧장 들어가면 다실과 아가씨의 방이 있고, 거기서 왼쪽으로 돌면 K의 방과 내 방이 있는 구조였으니, 그 집에서 오랫동안 신세를 지고 있는 나는 어디서 들리는 누구의 목소리인지 정도는 쉽게 가늠할 수 있었지. 나는 곧 격자문을 닫았네. 그러자 이내 아가씨의 목소리도 끊기더군.

나는 그때 끈 달린 서양식 구두를 신고 있었는데, 내가 허리를 굽혀 구두끈을 푸는 동안 K의 방에서는 아무 소리도 나지 않았네. 나는 내 귀를 의심하면서 어쩌면 내가 잘못 들은 것인지도 모른다고 생각했어. 하지만 평소처럼 K의 방을 지나가려고 장지문을 열자 거기에 두 사람이 함께 앉아 있더군. K는 여느 때처럼 지금 오는 거냐고 물었고, 아가씨도 자리에 앉은 채 "이제 오세요?"라며 인사를 했는데, 내 기분 탓인지 그 짧은 인사가 약간 딱딱하게 들렸네. 왠지 부자연스럽게 말이야. 나는 아가씨에게 사모님은 안 계시냐고 물었네. 별다른 뜻은 없었어. 집 안이 평소보다 조용한 것 같아 물어봤을 뿐이지.

사모님은 집에 없었네. 하녀와 같이 외출했다더군. 그러니까 집에는 K와 아가씨밖에 없었던 것이네. 나는 약간 의아한 생각이 들었지. 이제까지 그 집에서 그렇게 오래 지냈어도 사모님이 아가씨와 나만 남겨두고 외출한 적은 없었으니까. 나는 무슨 급한 일이라도 생겼느냐고 아가씨에게 물어보았네. 그녀는 그저 웃기만 하더군. 나는 여자의 헤픈 웃음을 싫어했네. 그것이 젊은 여자들의 공통점인지는 모르겠지만, 어쨌든 아가씨도 아무것도 아닌 일에 곧잘 웃곤 했지. 하지만 아가씨는 내 표정을 보더니 곧바로 평소의 표정으로 돌아와서 급한 일은 아니지만 잠깐 볼일이 있어 나갔다고 진지하게 대답하더군. 하숙생인 나로서는 더 이상 캐물을 수가 없었지. 나는 아무 대꾸도 하지 못했네.

옷을 갈아입고 잠시 앉아 있으려니 사모님과 하녀가 돌아왔고, 이윽고 모두가 얼굴을 마주하는 저녁식사 시간이 되었네. 처음 그 집에 들어갔을 때는 항상 손님으로 대하며 식사 때마다 하녀가 밥상을 들고 내 방으로 왔는데, 그것이 언제부터인가 바뀌어서 함께 식사를 하게 되었네. K는 새로 이사 왔을 때부터 내가 그를 동등하게 대해달라고 주장해서 함께 식사하게 되었고. 그 대신 나는 사모님에게 얇은 판자로 만든 예쁜 접이식 식탁을 선물했네. 지금이야 어느 가정에서나 흔히 사용하고 있지만, 당시에는 그런 식탁에 둘러앉아 식사하는 집이 거의 없었지. 내가 오차노미즈에 있는 가구점까지 찾아가 직접 주문한 맞춤형 식탁이었네.

저녁 식탁에서 사모님은 언제나 같은 시간에 오던 생선장수가 오지 않아 먹을거리를 장만하러 시내에 다녀오는 길이라고 하더군.

하숙을 치는 입장에서는 당연한 일이라고 생각하고 있는데, 아가씨가 내 얼굴을 쳐다보며 또 웃다가 사모님에게 꾸지람을 듣고서야 웃음을 그쳤네.

<h1 style="text-align:center">27</h1>

— 일주일쯤 지난 뒤 나는 또 K와 아가씨가 함께 이야기하고 있는 방을 지나가게 되었네. 그때 아가씨는 내 얼굴을 보자마자 웃기 시작하더군. 그 자리에서 왜 웃느냐고 물었으면 좋았을 텐데, 나는 말없이 곧장 내 방으로 들어가 버렸네. 그러니 K도 여느 때처럼 이제 왔느냐는 말을 건넬 틈이 없었지. 아가씨는 곧 그 방에서 나와 다실로 들어간 것 같았네.

저녁식사 때 아가씨는 내가 좀 이상한 것 같다고 했네. 나는 그때도 왜 그렇게 생각하는지 묻지 않았지. 단지 사모님이 아가씨에게 눈을 흘긴 것만은 알고 있었네.

나는 식사 후 K에게 산책하러 가자고 했네. 우리는 덴즈인 절 뒤편의 식물원 거리를 빙 돌아 다시 도미자카 비탈길을 내려갔지. 산책치고는 짧은 거리가 아니었지만, 우리가 주고받은 말은 몇 마디뿐이었네. 나도 말이 많은 편은 아니지만 K는 나보다 더 말수가 적었어. 하지만 나는 산책하면서 그에게 이런저런 말을 걸어보았네. 주로 하숙집 식구에 대한 이야기였지. 나는 그가 사모님과 아가씨에 대해 어떻게 생각하고 있는지 알고 싶었던 것이네. 그런데 그는 좋다는 것인지 싫다는 것인지 도무지 분간할 수 없게 대답하더군. 게다가 그 대답도 지극히 짧았어. 어쨌든 그는 하숙집의 두 여자보다도 전공과목에 더 관심을 갖고 있는 것 같았네. 물론 그때는 2학년 기말시험이 코앞에 닥쳤을 때였으니, 다른 사람들의 눈에는 나보다 그가 더 학생다워 보였을 거야. 게다가 그는 스베덴보리Emanuel Swedenborg(스웨덴의 철학자)가 어쩌고저쩌고하면서 무지한 나를 놀라게 했네.

우리가 무사히 시험을 치르고 나자 사모님은 둘 다 앞으로 1년만 더 고생하면 된다며 기뻐해주었네. 사모님의 가장 큰 자랑거리인 아가씨의 졸업도 얼마 남지 않았지. K는 내게 여자들은 아무 생각도 없이 학교에 다니는 것 같다고 했네. 그는 아가씨가 학교 공부 외에 배우는 바느질이나 고토, 꽃꽂이는 안중에도 없는 듯하더군. 나는 그의 고지식한 사고방식을 비웃었네. 그리고 여자의 가치는 그런 데 있는 게 아니라며 예전에 했던 말을 다시 끄집어냈지. 그는 아무런 반박도 하지 않네. 그렇다고 내 말에 수긍한 것도 아니었어. 나는 그런 점을 오히려 다행스럽게 생각했지. 그의 무관심한 태도가 여전히 여자를 업신여기고 있는 것처럼 보였기 때문이었으니까. 지금 돌이켜보면 나는 그때 이미 K를 질투하고 있었던 것 같네.

나는 여름방학 때 어디로 놀러 갈지 K와 의논했네. K는 가고 싶지 않다는 듯이 말하더군. 물론 그는 어디든 마음대로 갈 수 있는 형편이 아니었지만, 내가 데려가 주기만 하면 어디를 가든 상관없는 입장이었네. 내가 그에게 왜 가고 싶지 않은지 물어보았더니 별다른 이유는 없다고 하더군. 집에서 책을 읽는 게 더 편하다는 거야. 내가 시원한 피서지에서 공부하는 게 나을 거라고 하자, 그럼 혼자 가면 되지 않느냐고 하더군. 하지만 나는 K를 남겨두고 혼자 떠나고 싶지는 않았네. K와 주인집 식구들이 점점 친해지는 것을 보고 있자면 마음이 편치가 않았거든. 처음에 바랐던 대로 됐는데 왜 마음이 편치가 않았느냐고 묻는다면 할 말이 없네. 내가 어리석었기 때문이겠지.

우리가 좀처럼 결론을 내지 못하고 있자 곁에서 듣다 못한 사모님이 끼어들었네. 결국 우리는 보슈房州(지바 현의 남부 지방)에 가기로 했네.

28

— K는 여행을 자주 다니는 사람이 아니었네. 나도 보슈는 처음

이었고. 우리는 아무 정보도 없이 무작정 배가 맨 처음 도착한 곳에서 내렸네. 아마 호타라는 곳이었을 거야. 지금은 어떻게 바뀌었는지 모르겠지만, 당시에는 형편없는 어촌 마을이었네. 사방에서 비린내가 진동했지. 그리고 바다에 들어가면 파도에 떠밀리는 통에 손이며 발이며 다 까졌네. 주먹만 한 커다란 돌이 파도에 휩쓸려 이리저리 굴러다니고 있더군.

나는 그곳에 금세 싫증이 났네. 하지만 K는 좋다고도 싫다고도 하지 않더군. 적어도 얼굴 표정만큼은 편안해 보였어. 그러면서도 바다에 들어가면 어딘가 꼭 상처를 입고 나왔지. 나는 결국 그를 설득해 도미우라로 갔다가 그곳에서 다시 나코로 이동했네. 당시에도 그 바닷가는 주로 학생들이 몰려드는 곳이라 우리가 머물기에는 안성맞춤이었지. K와 나는 자주 해안가 바위 위에 걸터앉아 먼 바다의 빛깔이나 가까운 바닷속을 바라보았네. 바위 위에서 내려다본 바다는 유난히 아름답더군. 시장에서는 흔히 볼 수 없는 붉은빛이나 쪽빛을 띤 작은 물고기들이 투명한 물속에서 이리저리 헤엄치고 있었지.

나는 그곳에 앉으면 으레 책을 펼쳤네. K는 아무것도 하지 않고 그냥 말없이 앉아 있을 때가 많았어. 나는 그가 생각에 잠긴 것인지 경치를 즐기고 있는 것인지, 혹은 좋아하는 뭔가를 상상하고 있는 것인지 전혀 알 수가 없었네. 나는 가끔 책에서 눈을 떼고 K에게 뭘 하고 있느냐고 물어보면 K는 아무것도 안 한다는 말뿐이었지. 나는 간혹 내 곁에 이렇게 가만히 앉아 있는 사람이 K가 아니라 아가씨였으면 좋을 텐데, 하는 생각을 했었네. 그뿐이라면 괜찮은데, 때로는 K도 나와 똑같은 생각을 하고 있는 게 아닐까 하는 의심까지 하게 되더군. 그러면 차분히 책을 들여다보고 있을 수가 없었지. 나는 갑자기 벌떡 일어나 목청껏 크게 소리를 질렀네. 그런 상황에서 근사한 시나 노래를 읊어댈 수는 없지 않은가. 나는 그저 야만인처럼 소리만 질러댔네. 언젠가는 내가 뒤에서 갑자기 그의 목덜미를 꽉 붙잡은 적도 있었네. 그러고는 이대로 바다로 떠밀면 어떻게 하겠느냐고 물었지. K는 꿈쩍도 하지 않고 태연히 "마침 잘됐군. 그렇게 해주게."라고 대답하더군. 나는 곧바로 목덜미를 잡았던 손을 놓았네.

그 무렵 K의 신경쇠약증은 많이 좋아진 것 같았네. 그와 반대로 나는 점점 더 예민해지고 있었지. 나보다 안정된 K가 부럽기도 했지만, 한편으로는 밉살스럽기도 했네. 그가 나를 경쟁상대로는 전혀 생각하지 않는 것 같았기 때문이지. 내 눈에는 그런 태도가 일종의 자신감으로 비쳤네. 하지만 설령 그가 그것을 자신감이라고 인정했더라도 나는 결코 만족할 수 없었을 거야. 나는 한걸음 더 나아가 그것이 어디에서 비롯된 자신감인지 확인하고 싶었네. 그는 학문이든 사업이든 자신이 나아가야 할 길에서 다시금 희망을 되찾은 것일까? 단지 그뿐이라면 K와 나는 서로 충돌할 이유가 없을 것이네. 나는 오히려 그를 돌봐준 보람을 느끼며 기쁘게 생각하겠지. 하지만 만일 그의 자신감이 아가씨에게서 비롯된 것이라면 나는 그를 용서할 수 없을 걸세. 희한하게도 그는 내가 아가씨를 사랑하고 있다는 것을 전혀 눈치 채지 못한 것 같았네. 물론 나도 그가 알아챌 정도로 티 나게 행동하지는 않았지. K는 원래 그런 일에는 둔감한 편이었네. 나는 처음부터 K라면 괜찮을 거라고 생각했기에 안심하고 하숙집에 데려왔던 것일세.

29

— 나는 아가씨에 대한 내 마음을 K에게 솔직하게 밝히려고 했네. 사실 그것은 한순간에 결정한 일은 아니었어. 여행을 떠나기 전부터 그럴 생각이었지만, 속내를 털어놓을 기회도 잡지 못했고, 그런 기회를 만들어낼 재주도 없었지. 지금 생각해보면 당시 내 주변에 있던 사람들은 다들 묘한 성격이었네. 여자에 대해 이러니저러니 얘기하는 사람이 아무도 없었어. 개중에는 얘깃거리가 없는 사람도 있었겠지만, 설령 있더라도 입 밖에 내지 않는 게 보통이었지. 비교적 개방적인 분위기에서 생활하고 있는 자네 같은 젊은이들은 아마 이해하기 힘들 거야. 그것이 유교적 교육 때문이었는지 수줍음 때문이었

는지, 그 판단은 자네에게 맡기겠네.

여하튼 K와 나는 무엇이든 얘기할 수 있는 사이였네. 이따금 사랑이나 연애 문제에 대해서도 얘기하기는 했지만, 언제나 추상적인 이론으로 빠지고 말았지. 그런 얘기를 꺼내는 것 자체도 드문 일이었네. 대개는 책과 학문에 관한 이야기, 그리고 장래 계획과 포부와 정신 수양에 관한 이야기들뿐이었지. 아무리 친한 사이라도 그렇게 진지한 분위기에서 갑자기 사적인 얘기를 꺼내기는 쉽지 않다네. 우리는 그런 진지한 대화를 통해 친해진 사이였지. 나는 K에게 아가씨에 대한 내 마음을 밝히겠다고 생각한 뒤로 얼마나 가슴이 답답했는지 모르네. 나는 K의 머리 한 곳에 구멍을 뚫어 부드러운 공기를 불어넣고 싶은 심정이었네.

자네가 보기에는 우습기 짝이 없는 일이겠지만, 당시의 나로서는 정말 힘든 일이었네. 나는 여행지에서도 하숙집에서와 마찬가지로 여전히 소심하게 굴었네. 수시로 기회를 엿보며 K를 관찰했지만, 그의 초연한 태도만은 도저히 극복할 수 없었지. 이를테면 그의 심장은 검은 옻칠로 두텁게 뒤덮여 있는 것 같았네. 내가 부어넣으려는 피는 그의 심장 속으로 한 방울도 들어가지 않고 전부 밖으로 흘러내리고 말았지.

어떤 때는 K의 태도가 너무나 강경하고 고고해서 오히려 안심이 된 적도 있었네. 그럴 때는 그를 의심했던 것을 후회하며 속으로 사과했지. 그러면서 나 자신이 너무 천박하게 느껴져서 기분이 우울해지곤 하더군. 하지만 얼마쯤 지나면 또다시 의심이 되살아나 내 마음을 뒤흔들었네. 모든 것이 의심에서 출발했기 때문에 모든 것을 내가 불리한 쪽으로 생각하게 되었지. 외모도 나보다는 K가 여자에게 더 인기가 있을 것 같았네. 성격도 나처럼 소심하지 않아서 여자들이 좋아할 거라고 생각했고. 어딘가 멍해 보이면서도 어딘가 확실해 보이는 남자다운 면모도 나보다 뛰어나 보였지. 전공은 다르지만 학교 성적 면에서도 나는 K의 적수가 못 된다는 것을 잘 알고 있었네. 이렇게 그가 나보다 나은 부분들만 떠올리다 보면 나는 금방 다시 불안해지기 시작했네.

K는 불안해하는 내 모습을 보고 이곳이 싫으면 그만 도쿄로 돌아가도 괜찮다고 하더군. 그런 말을 듣자 오히려 돌아가고 싶던 마음이 갑자기 사라졌네. 어쩌면 나는 K가 도쿄로 돌아가는 게 싫었는지도 모르지. 우리는 보슈 지방을 빙 돌아 반대편으로 갔네. 햇볕이 따가워 걷기는 힘들었지만 거의 다 왔다는 말에 속아가며 꾸역꾸역 걸음을 옮겼네. 한참을 걷다 보니 왜 이렇게 걸어야 하는지 모르겠더군. 내가 K에게 농담조로 그렇게 말하자 K는 다리가 있기 때문에 걷는 거라고 했네. 그리고 더워지면 바다에 들어가자며 어디에서든 바다에 뛰어들었지. 그런 다음 다시 뜨거운 햇볕 아래를 걷다 보니 내 몸은 지칠 대로 지쳐 녹초가 되었네.

30

― 그런 식으로 걷다 보면 더위와 피로로 자연히 몸에 이상이 생기기 마련이네. 물론 병에 걸린 것과는 다르네. 내 영혼이 갑자기 타인의 몸속으로 옮겨간 듯한 느낌이더군. 나는 K와 평소처럼 얘기하면서도 왠지 보통 때와는 다른 기분이었네. 그에 대한 친근함도 미움도 여행 중에 생겨난 특별한 감정이라는 생각이 들었지. 말하자면 우리는 더위와 바닷물, 그리고 강행군으로 인해 그전과는 다른 새로운 관계가 될 수 있었던 거야. 그때의 우리는 길동무가 된 도붓장수처럼 가벼운 얘기들만 주고받았네. 이런저런 얘기를 나누었지만 평소와는 달리 머리를 쓰는 진지한 얘기는 꺼내지 않았어.

우리는 그 상태로 조시까지 걸어갔는데, 도중에 딱 한 번 심각한 얘기가 오갔던 적이 있었네. 그 일은 지금도 잊을 수가 없어. 우리는 보슈를 떠나기 전에 고미나토라는 곳에서 다이노우라(도미가 떼 지어 다니는 것으로 유명한 해안) 해안을 구경했네.

오래전의 일인데다가 그다지 흥미도 느끼지 못해 정확히 기억나지는 않지만, 어쨌든 그 마을은 니치렌日蓮(일본 불교 종파의 하나인 니치렌종을 연 사람)이 태어난 곳이라고 하더군. 니치렌이 태어나던 날, 도미 두 마리가 해변으로 밀려왔다는 이야기가 전해지고 있었네. 그 뒤로 마을 어부들이 도미 잡이를 삼갔기 때문에 앞바다에는 도미가 많다더군. 우리는 작은 배를 빌려 일부러 도미를 구경하러 나갔네.

그때 내 시선은 줄곧 바다를 향하고 있었네. 그 파도 속에서 움직이는 보랏빛이 감도는 도미를 신기한 듯 하염없이 바라보았지. 하지만 K는 그다지 흥미를 못 느끼는 것 같더군. 그는 도미보다는 오히려 니치렌에 관심을 갖는 것 같았어. 마침 그 마을에 단조 사誕生寺라는 절이 있었네. 니치렌이 태어난 마을이라서 그런 이름을 붙인 모양인데, 절을 꽤 근사하게 지었더군. K는 그 절에 찾아가 주지 스님을 만나보겠다고 했네. 사실 그때 우리의 차림새는 엉망이었네. 특히 K는 모자가 바람에 날아가 바다에 빠지는 바람에 삿갓을 사서 쓰고 있었어. 때에 찌든 우리 옷에서는 땀내까지 진동하고 있었고. 나는 스님을 만나겠다는 그를 만류했네. 고집이 센 K는 내 말을 듣지 않았지. 만나기 싫으면 혼자 밖에서 기다리라고 하더군. 나는 어쩔 수 없이 함께 절 안으로 들어가기는 했지만, 속으로는 분명 문전박대를 당할 거라고 생각했지. 그런데 스님이 의외로 친절한 분이라서 넓고 깨끗한 객실에서 우리를 흔쾌히 맞아주더군. 나는 K와 생각이 많이 달랐기 때문에 두 사람의 대화를 자세히 듣지는 않았지만, K는 니치렌에 대해 스님에게 끊임없이 질문했던 것 같네. 니치렌은 초草 니치렌이라고 불릴 정도로 초서에 능하다고 스님이 말했을 때 글씨가 서툰 K가 시시하다는 듯한 표정을 짓던 것을 나는 아직도 기억하고 있네. 그런 것보다는 니치렌의 깊은 사상을 알고 싶었던 것이겠지. 그 점에서 스님이 K를 만족시켰는지는 모르겠지만 경내를 빠져나온 뒤로 K는 줄곧 니치렌에 대해 얘기하더군. 더위에 지친 나는 진지하게 대화할 기분이 아니었기에 입으로만 적당히 장단을 맞추었네. 나중에는 그것도 귀찮아서 아예 입을 다물고 말았지만.

그 다음 날 밤의 일이었던 것으로 기억하네. 우리가 숙소에 도착해서 식사를 끝내고 잠자리에 들 준비를 하다가 갑자기 심각한 얘기를 나누게 되었네. K는 전날 자기가 니치렌에 대해 말할 때 내가 진지하게 상대해주지 않았던 게 서운했던 모양이야. 정신적으로 발전하려는 마음이 없는 자는 어리석은 자라며 은근히 나를 천박한 사람으로 몰고 가더군. 가뜩이나 아가씨에 대한 일로 그에게 감정이 상해 있던 나는 모욕에 가까운 그 말을 그냥 웃어넘길 수가 없었지. 나도 나름대로 반론하기 시작했네.

31

— 그때 나는 '인간답다'라는 말을 자주 사용했네. K는 내가 자신의 모든 약점을 그런 말로 표현하는 것이라고 했네. 나중에 생각해보니 역시 K의 말이 맞더군. 나는 인간답지 않은 게 어떤 의미인지 K에게 납득시키려고 그 말을 쓰기 시작했지만, 이미 그 출발점부터

반항적이었기 때문에 나 자신을 반성할 여유가 없었어. 나는 내 주장을 굽히지 않았네. 그러자 K는 자신의 어떤 점이 인간답지 않다는 거냐고 묻더군. 나는 그에게 말했네.

"너는 인간다워. 어쩌면 지나치게 인간다운 건지도 몰라. 하지만 입으로는 인간답지 않게 말하고 있어. 또 인간답지 않은 것처럼 행동하려고 해."

그러자 그는 자신의 수양이 부족해 남에게 그렇게 보이는 거라고만 대답했을 뿐 내 말에 대해 전혀 반박하지 않았네. 맥이 풀렸다기보다는 왠지 미안한 생각이 들더군. 나는 그쯤에서 얘기를 끝냈네. 그의 기세도 점차 수그러들었지. 그는 만약 내가 옛사람에 대해 자신만큼 알고 있다면 그런 식으로 공격하지는 않았을 거라며 서운한 표정을 지었네. 그가 말하는 옛사람이란 물론 영웅도 아니고 호걸도 아니네. 영혼을 위해 육신을 학대하고 도를 위해 몸에 채찍을 가하는 사람, 이른바 고행의 길을 걷는 사람을 가리키는 거지. K는 자신이 그 길을 걷기 위해 얼마나 괴로워하고 있는지 내가 몰라주는 것 같아 유감스럽다고 하더군.

우리는 그 얘기를 끝으로 잠자리에 들었네. 그리고 다음 날부터 다시 도붓장수로 돌아가 땀을 흘리며 힘겹게 걸음을 옮겼지. 그렇게 걷다 보니 문득 지난밤의 일이 떠오르더군. 내게는 더없이 좋은 기회였는데 왜 그냥 지나쳐버렸는지 후회스러웠네. 인간답다는 식의 추상적인 말 대신 K에게 좀 더 직접적이고 단순한 말로 내 속내를 밝혔으면 좋았을 텐데 말일세. 내가 그렇게 말한 것도 아가씨에 대한 감정에서 비롯된 것이니 사실을 걸러낸 이론 따위를 K의 귀에 불어넣기보다는 있는 그대로를 그에게 드러내는 편이 내게는 더 나았을 것일세. 내가 그렇게 하지 못한 것은 학문적 교류를 바탕으로 이루어진 그와의 친근함에 익숙해져 있어서 과감히 그것을 깨뜨릴 용기가 없었기 때문이네. 너무 허세를 부렸다거나 허영심이 문제였다고 할 수도 있겠지. 여기서 내가 말하는 허세나 허영은 일반적으로 생각하는 그것과는 약간 다르다네. 자네가 그것을 이해해주면 좋겠어.

우리는 새카맣게 탄 얼굴로 도쿄로 돌아왔네. 도쿄에 도착했을 때는 내 기분도 바뀌어 있었네. 인간답다느니 인간답지 않다느니 하는 말들도 내 머릿속에 거의 남아 있지 않았지. K에게도 종교에 심취한 듯한 모습은 전혀 찾아볼 수 없었네. 영혼이니 육신이니 하는 문제는 이미 그의 마음에서 사라져버린 것 같았어. 우리는 이방인 같은 얼굴로 바쁘게 움직이는 도쿄를 여기저기 둘러보았네. 그리고 료고쿠에 가서 더운 날이었는데도 샤모(싸움닭의 일종으로 식용으로도 이용) 요리를 먹었네. K는 기왕 여기까지 왔으니 하숙집까지 걸어가자고 하더군. 체력이라면 나도 자신이 있었기에 곧바로 그러자고 했지.

하숙집에 들어서자 사모님이 우리를 보고 깜짝 놀라더군. 새카맣게 탄 피부에 장시간을 걷다 보니 많이 야윈 우리의 얼굴을 봤으니 놀라는 것도 당연했겠지. 사모님은 그래도 건강해진 것 같다며 칭찬해주었네. 아가씨는 사모님이 앞뒤가 안 맞는 말을 한다며 또 웃음을 터뜨렸고. 여행을 가기 전에는 때때로 그녀의 웃음이 싫었지만, 상황이 상황인 데다 오랜만에 들어보는 웃음소리라 그런지 나도 그때만은 기분이 좋았네.

32

― 그뿐만 아니라 나는 아가씨의 태도가 이전과 달라졌다는 것도 알게 되었네. 긴 여행에서 돌아온 우리가 다시 원래의 생활을 되찾으려면 여러모로 여자의 손길이 필요했는데, 우리를 돌봐주는 사모님이야 그렇다 치고, 아가씨는 모든 일에서 K보다는 나를 먼저 챙기는 것 같았어.

노골적으로 그렇게 행동하면 내 입장도 난처해지고, 경우에 따라서는 오히려 불쾌감을 느낄 수도 있었겠지. 하지만 아가씨는 티 내지 않고 요령껏 처신해서 나를 기쁘게 했네. 말하자면 아가씨는 나만 알 수 있도록 내게 은근히 친절을 베풀어주었던 것이야. 그러니까 K도 별다른 불평 없이 지낼 수 있었지. 나는 속으로 남몰래 쾌재를 불렀네.

어느덧 여름도 다 지나고 9월 중순부터 우리도 다시 학교에 나가게 되었네. K와 나는 강의 시간이 다르다 보니 등하교 시간도 달랐네. 내가 K보다 늦게 귀가하는 날은 일주일에 세 번 정도였는데, 언제 돌아와도 K의 방에서는 아가씨의 모습을 볼 수 없었네. K는 언제나 그랬듯 나를 돌아보며 "지금 오는 거야?"라고 말했지. 나도 거의 기계처럼 형식적으로 간단히 대꾸했네.

아마 10월 중순쯤의 일이었지 싶네. 내가 늦잠을 자는 바람에 평상복 차림으로 서둘러 학교에 간 적이 있었네. 구두끈을 묶을 시간도 없어서 조리(일본식 샌들)를 아무렇게나 신고 뛰어나갔지. 그날은 강의 시간표로 보면 내가 K보다 먼저 귀가하는 날이었네. 나는 수업을 마치고 집에 돌아와 당연히 내가 먼저 왔다고 생각하며 현관문을 드르륵 열었네. 그런데 뜻밖에 K의 목소리가 들리더군. 그와 동시에 아가씨의 웃음소리가 내 귓전을 울렸네. 그날은 신발 끈을 풀지도 않고 곧장 안으로 들어가 방문을 열었지. K는 여느 때처럼 책상 앞에 앉아 있었네. 하지만 아가씨는 이미 그곳에 없더군. 나는 K의 방에서 도망치듯 빠져나온 그녀의 뒷모습만 얼핏 확인할 수 있었네. 나는 K에게 왜 이렇게 일찍 왔느냐고 물었네. K는 몸이 안 좋아서 쉬었다고 하더군. 내 방으로 들어가 멍하니 앉아 있자 머잖아 아가씨가 차를 갖고 왔네. 아가씨는 그때서야 비로소 "오셨어요?" 하고 내게 인사를 하더군. 나는 조금 전 왜 그렇게 도망치듯 방을 나갔느냐고 웃으며 물어볼 만큼 화통한 사내는 아니었네. 혼자 속으로만 끙끙 앓는 성격이었지. 아가씨는 곧 자리에서 일어나 툇마루를 통해 다실 쪽으로 가버렸네. 그러더니 이내 K의 방 앞으로 돌아와 방문을 사이에 두고 서로 몇 마디 주고받더군. 조금 전에 미처 끝내지 못한 얘기를 하는 것 같은데, 앞의 내용을 모르는 나로서는 무슨 얘기를 하는지 알아들을 수가 없었지.

그 뒤로 K를 대하는 아가씨의 태도도 점점 자연스러워졌네. K와 내가 함께 집에 있을 때도 자주 K의 방 앞에 와서 그의 이름을 부르더군. 그리고 그의 방에 들어가 한참 얘기를 나누기도 했지. 물론 우편물을 갖다 주거나 세탁물을 두고 가는 경우도 있을 테니 한집에 살면서 그 정도의 교류는 당연한 것으로 생각해야 되겠지. 하지만 아가씨를 독차지하고 싶은 열망에 사로잡혀 있는 나로서는 도저히 당연한 일로 받아들일 수가 없었네. 어떤 때는 아가씨가 일부러 나를 피하고 K만 만난다는 생각까지 들 정도였으니까. 이렇게 얘기하면 자네는 왜 K를 그 집에서 내보내려고 하지 않았느냐고 하겠지? 하지만 그렇게 하면 K를 끌어들인 내 입장이 어떻게 되겠나? 나는 도저히 그럴 수가 없었네.

33

— 비가 내리는 11월의 추운 어느 날이었네. 나는 여느 때처럼 곤냐쿠엔마(염라대왕을 모신 사당)를 지나 좁은 언덕길을 따라 비를 맞으며 집으로 돌아왔네. K의 방은 텅 비어 있었지만, 새로 지핀 화롯불이 방을 따뜻하게 데워주고 있더군. 나도 얼른 내 방으로 들어가 따뜻한 화롯불에 시린 손을 쬐려고 방문을 열었네. 그런데 내 방의 화로에는 차갑게 식은 재만 하얗게 덮여 있을 뿐 불씨조차 보이지 않더군. 갑자기 기분이 나빠졌네.

그때 내 발소리를 들은 사모님이 방으로 찾아왔네. 사모님은 말없이 방 한가운데에 서 있는 나를 보고 가엾다는 듯이 손수 외투를 벗기고 평상복으로 갈아입게 해주었지. 그리고 내가 춥다고 하자 얼른 K의 방에 있는 화로를 갖다 주었네. 내가 K는 벌써 들어왔냐고 묻자 들어왔다가 다시 나갔다고 하더군. 그날도 K의 수업이 나보다 늦게 끝나는 날이었기 때문에 나는 어찌 된 일인지 궁금했네. 사모님은 무슨 볼일이 있지 않았겠느냐고 하더군.

나는 잠시 방에 앉아 책을 읽었네. 정적이 감도는 방에 혼자 앉아 있으려니 초겨울의 쌀쌀함과 외로움이 몸으로 파고드는 것 같더군. 나는 곧바로 책을 덮고 자리에서 일어났네. 문득 번화한 곳에 가고 싶어졌기 때문이지. 다행히 비는 그친 것 같았는데 하늘은 여전히 차가운 납덩이처럼 무거워 보이더군. 나는 만약을 대비해 우산을 어깨에 메고 병기공장 뒤편의 토담을 따라 동쪽 비탈길로 내려갔네. 당시에는 아직 도로가 제대로 정비되지 않아서 비탈길이 지금보다 훨씬 가팔랐네. 도로 폭도 좁고 그렇게 곧게 난 길도 아니었지. 게다가 아래로 내려가면 남쪽이 높은 건물로 막혀 있는데다가 배수 사정도 좋지 않아서 길바닥이 질퍽질퍽했네. 좁은 돌다리를 지나 야나기초로 가는 길목이 특히 심하더군. 굽 높은 나막신을 신었든 장화를 신었든 함부로 걸음을 옮길 수가 없을 정도였으니까. 모두가 길 한가운데에 자연스럽게 생긴 진흙이 없는 좁은 길을 조심조심 걸어가야 했네. 그 폭이 불과 한두 자밖에 되지 않았으니 길에 깔아놓은 오비를 밟고 지나가는 셈이나 마찬가지였지. 모두가 길게 한 줄로 늘어서서 조심스럽게 걸어갔네. 나는 바로 그 좁은 길에서 K와 딱 마주쳤네. 발치에만 신경 쓰고 있던 나는 그가 내 앞에 다가올 때까지 전혀 눈치 채지 못했네. 길이 막혀 무심코 고개를 들어 보니 눈앞에 K가 서 있더군. 나는 그에게 어디 갔다 오느냐고 물었네. K는 "그냥 잠깐 근처에."라고만 대답하더군. 그는 여느 때처럼 건성으로 대답했네. K와 나는 좁은 길 위에서 서로 엇갈려 지나갔어. 그 순간 K의 바로 뒤에 젊은 여자 하나가 서 있는 것이 보였네. 근시인 나는 그때까지 얼굴을 알아보지 못했는데 K가 지나간 뒤에 가까이 다가온 그 여자의 얼굴을 보니 바로 아가씨더군. 나는 적잖이 놀랐고, 아가씨는 약간 발그레한 얼굴로 내게 인사했네. 그 당시의 트레머리는 요즘처럼 앞머리가 튀어나오지 않고 정수리에 뱀이 똬리를 틀 듯 빙글빙글 말아 올린 모양이었지. 나는 멍하니 아가씨의 머리를 쳐다보다가 불현듯 어느 쪽으로든 길을 내주어야 한다는 생각이 들더군. 나는 곧바로 한쪽 발을 진흙탕 속으로 내디뎠네. 그렇게 그녀가 비교적 지나기기 수월한 쪽으로 길을 내주었지.

막상 야나기초에 나가 보니 어디로 가야 할지 막막하더군. 어디로 가든 마음이 편치 않을 것 같았네. 나는 흙탕물이 튀는 것도 아랑곳하지 않고 거침없이 진흙탕 속을 걸었네. 그러고는 곧바로 하숙집으로 돌아왔어.

34

― 나는 K에게 아가씨와 함께 외출한 거냐고 물었네. K는 아니라며 마사고초에서 우연히 만나 함께 들어온 거라고 하더군. 더 이상 깊이 캐묻지는 못했네. 하지만 식사 시간에 아가씨에게 다시 똑같은 질문을 던지고 말았지. 그러자 아가씨는 내가 싫어하는 그 특유의 웃음을 보이면서 어디에 다녀왔는지 알아맞혀보라고 하더군. 그때만 해도 금방 짜증내는 성격이었던 나는 젊은 여자가 장난하듯 대

꾸하자 은근히 화가 났네. 그런데 같은 식탁에 앉아 있는 사람들 중에서 그런 내 변화를 눈치 챈 사람은 사모님뿐이었지. K는 오히려 태연했어. 아가씨는 일부러 그러는 것인지 정말로 몰라서 그러는 것인지 분간하기가 모호한 태도를 보이고 있었고. 아가씨는 젊은 사람 치고는 사려가 깊은 편이었지만, 내가 싫어하는 그 또래 아가씨들의 공통점도 몇 가지 갖고 있었네. 그리고 그런 부분은 K가 들어온 뒤에야 비로소 내 눈에 띄었네. 그것을 K에 대한 나의 질투심 탓으로 돌려야 할지, 아니면 아가씨가 내게 기교를 부렸기 때문이라고 생각해야 할지 판단하기가 쉽지 않았네. 나는 지금도 결코 그때의 내 질투심을 부정할 생각은 없네. 여러 번 말했듯이 사랑의 이면에는 그런 감정이 존재한다는 것을 분명히 인식하고 있었으니까. 게다가 그런 감정은 남이 보기에 아주 사소한 일에까지 고개를 들곤 했으니까. 이것은 여담이지만, 그런 질투도 사랑의 일면이 아닐까 생각하네. 나는 결혼한 뒤로 질투심이 점점 줄어드는 것을 느꼈네. 그와 동시에 애정도 열기가 식어가더군.

나는 그때까지 망설이며 드러내지 못했던 속마음을 상대에게 과감히 털어놓을 생각도 해보았네. 그 상대란 아가씨가 아닌 사모님이네. 사모님에게 아가씨를 달라고 확실하게 담판을 지을 생각이었지. 하지만 그렇게 결심했으면서도 선뜻 실행에 옮기지 못하고 하루하루 뒤로 미루었네. 자네에게는 내가 우유부단한 사람으로 보이겠지? 그거야 상관없지만 사실 내가 실행하지 못한 것은 의지력이 부족했기 때문이 아닐세. K가 들어오기 전에는 남에게 이용당하기 싫다는 생각에 사로잡혀 한 발자국도 앞으로 나아갈 수 없었네. 그리고 K가 들어온 뒤로는 혹시 아가씨가 그에게 마음이 있는 게 아닐까 하는 의심이 끊임없이 나를 짓눌렀네. 나는 만약 아가씨의 마음이 K 쪽으로 기울어 있다면 내 연정을 밖으로 드러내지 않을 생각이었어. 창피 당할까 봐 두려워서 그랬던 것만은 아니네. 내가 아무리 좋아하더라도 다른 사람에게 사랑의 눈길을 보내는 여자와는 평생을 함께하고 싶지 않았을 뿐이야. 세상에는 자신의 일방적인 사랑만으로 아내를 맞이하고 기뻐하는 사람도 있겠지만, 그들은 우리보다 더 세상의 때가 묻었거나 아니면 사랑에 대해 잘 모르는 아둔한 사람이라고 생각했던 걸세. 이상적인 사랑을 추구하는 나로서는 일단 아내로 맞아들이면 그럭저럭 살아가기 마련이라는 식의 논리는 받아들일 수 없었네. 말하자면 나는 지극히 고상한 사랑의 이론가였지. 그와 동시에 너무나 비현실적인 사랑의 실천가이기도 했네.

오랫동안 한집에 살면서 아가씨에게 직접 내 마음을 털어놓을 기회도 여러 번 있었지만, 일부러 그런 얘기는 하지 않았네. 일본의 관습상 그런 일은 허락되지 않는다는 생각이 내 머릿속에 강하게 자리하고 있었기 때문이지. 하지만 나를 속박한 것은 결코 그것만이 아니었네. 일본인, 특히 일본의 젊은 여자가 상대에게 고백을 받고 스스럼없이 자신의 생각을 밝힐 만큼 용기가 있다고는 생각할 수 없었지.

35

— 그런 이유로 나는 어느 쪽으로도 나아가지 못하고 제자리걸음만 하고 있었네. 몸이 좋지 않을 때 낮잠을 자다가 눈을 뜨면 주변에 있는 물체들이 또렷이 보이는데도 도무지 손발이 움직이지 않을 때가 있지 않나. 나는 가끔 남몰래 그런 고통을 느끼곤 했네.

그러는 동안 해가 바뀌어 봄이 되었네. 어느 날 사모님이 K에게 가루타(일본 고전 시구가 적힌 카드로 한 사람이 앞의 문장을 읽으면 다른 사람이 뒷문장이 적힌 카드를 찾아내는 놀이) 놀이를 할 친구를 데려오라고 한 적이 있네. 그러자 K는 친구가 한 명도 없다고 하더군. 그 말을 듣고 사모님이 깜짝 놀랐지. 실제로 K에게는 친구라고 할 만한 사람이 아무도 없었네. 길에서 만났을 때 가볍게 인사를 나누는 정도의 사람들은 몇 명 있지만, 함께 가루타 놀이를 할 만큼 친한 사이는 아니었지. 사모님은 다시 내게도 똑같이 말했지만, 나 역시 그런 놀이를 할 기분이 아니라서 건성으로 적당히 대답하며 흘려 넘겼네. 하지만 저녁때 결국 K와 나는 아가씨에게 불려나가고 말았네. 손님도 없이 한집 식구들끼리만 하는 가루타 놀이라서 그런지 무척 조용하더군. 게다가 그런 놀이에 취미가 없는 K는 꼭 팔짱을 낀 구경꾼 같았네. 나는 K에게 백인일수(백 명의 시를 한 수씩 골라놓은 것. 이 시들로 카드를 만들어서 누군가 첫 구절을 읽으면 다음 구절이 적힌 카드를 재빨리 찾아내는 놀이)를 알기나 하냐고 물었네. K는 잘 모르겠다고 하더군. 아마도 아가씨는 내가 K를 무시한다고 생각했던 모양인지 그 뒤로 눈에 띄게 K의 편을 들기 시작했네. 나중에는 두 사람이 한패가 되어 나를 공격하는 것 같았어. 만약 K의 태도까지 눈에 거슬렸다면 정말 싸웠을지도 모르네. 다행히 그의 태도는 처음 놀이를 시작했을 때와 다르지 않았지. 그의 표정에서 득의만만한 기색을 찾아볼 수 없었던 나는 별일 없이 그 놀이를 끝마칠 수 있었네.

그로부터 이삼일 뒤의 일이었네. 사모님과 아가씨가 이치가야에 있는 친척 집에 간다며 아침 일찍 나갔네. K와 나는 아직 방학 중이라서 집을 지키는 신세가 되었지. 나는 책을 읽기도 싫고, 산책을 나가기도 귀찮아서 화로 가장자리에 팔꿈치를 얹고 턱을 괸 채 멍하니 앉아 있었네. K가 있는 옆방에서도 아무런 인기척이 없었어. 양쪽 방 모두 사람이 있는지 없는지 모를 정도로 조용했지. 사실 우리 사이에는 그런 일이 드물지 않았기에 특별히 신경이 쓰이지는 않았네.

열 시쯤 되자 K가 불쑥 방문을 열고 얼굴을 내밀었네. 그는 문지방을 밟고 서서 내게 무슨 생각을 하고 있느냐고 물었지. 물론 나는 아무 생각도 없이 앉아 있었네. 만일 그때 뭔가 생각하고 있었다면 여느 때처럼 아가씨와 관련된 일이었겠지. 아가씨와 관련된 일에는 항상 사모님이 찰싹 달라붙어 있지만 그즈음에는 K도 떼어낼 수 없는 존재가 되어 내 머릿속을 어지러이 맴돌고 있었네. 나는 그때까지 어렴풋이 그를 걸림돌로 인식하기는 했지만, 명확히 단정 지을 수는 없었지. 나는 잠시 K의 얼굴을 말없이 바라보았네. 그러자 그는 성큼성큼 방으로 들어와 내가 턱을 괴고 있는 화로 앞에 앉더군. 나는 곧바로 화로에서 팔꿈치를 떼고 K 쪽으로 약간 밀어주었네.

그런데 K가 뜻밖의 이야기를 꺼내더군. 사모님과 아가씨가 이치가야에 누구를 찾아간 것이냐고 묻는 것이었어. 나는 아마 숙모님 댁에 갔을 거라고 했고, K는 다시 그 숙모는 어떤 분이냐고 물었네. 나는 사모님처럼 군인의 부인이라고 했지. 그러자 여자들은 대개 정월 보름 이후에 세배를 다니는데 왜 그렇게 빨리 찾아간 걸까? 하고 내 의견을 물었네. 나는 그저 잘 모르겠다고 대답할 수밖에 없었어.

36

— K는 사모님과 아가씨에 관한 질문을 멈추지 않았네. 나중에는 나도 대답하지 못할 사사로운 것까지 물어보더군. 나는 귀찮다기보

다는 왠지 이상하다는 느낌이 들었네. 이전에 내가 두 모녀에 대해 얘기할 때 그가 보인 반응을 생각하면 그의 태도가 달라진 것은 금방 알아챌 수 있었네. 나는 그에게 오늘 따라 왜 그런 얘기만 하느냐고 물었지. 그러자 갑자기 입을 다물더군. 하지만 나는 그의 굳게 다문 입 주변의 근육이 실룩거리는 것을 주시했네. 그는 원래 말이 없는 편이었네. 게다가 평소에 말할 때면 먼저 입가를 움직이는 버릇이 있었지. 그의 입술은 그의 의지에 반항하듯 쉽게 벌어지지 않았지만, 그렇기 때문에 그의 말에 무게를 실어주었네. 일단 입 밖으로 튀어나온 말은 보통 사람보다 두 배나 강한 힘을 지니고 있었지.

나는 그의 입가를 보고는 또 뭔가 말하려고 한다는 것을 알았지만, 그의 입에서 무슨 말이 나올지는 전혀 예측할 수 없었네. 그래서 더욱 놀랐던 것일세. 과묵한 그의 입에서 아가씨에 대한 애틋한 사랑 고백이 나왔을 때의 내 모습을 한번 상상해보게. 그의 마법의 지팡이가 나를 단번에 돌덩어리로 만들어버린 것 같았네. 나는 입을 우물거리기도 어려울 정도였어.

그때는 두려움에 몸이 굳었다고 할까, 아니면 괴로움에 몸이 굳었다고 할까. 어쨌든 내 몸은 단단한 덩어리로 변해버렸네. 머리에서 발끝까지 순식간에 돌이나 쇠처럼 굳어버린 것이네. 숨쉬기조차 힘들 만큼 몸이 굳어버렸지. 다행히도 그런 상태는 오래가지 않았네. 나는 다시 본래의 모습으로 되돌아왔네. 그리고 곧 뭔가 잘못됐다고 생각했네. 내가 한발 늦었다는 생각이 들었지.

하지만 앞으로 어떻게 해야겠다는 생각은 하지 못했네. 그럴만한 여유가 없었던 거겠지. 나는 겨드랑이 밑으로 흐르는 끈적한 땀이 셔츠에 스며들고 있어도 꾹 참고 움직이지 않았네. 그러는 동안에도 K는 그 무거운 입으로 조금씩 자신의 마음을 털어놓고 있었지. 나는 괴로워서 견딜 수가 없었네. 아마도 그 괴로움은 대형 광고판에 새겨진 글자처럼 내 얼굴에 확연하게 드러났을 거라고 생각하네. K도 충분히 눈치 챌 수 있었겠지만, 그는 자신의 고백에 집중하느라 내 표정을 살필 겨를이 없었을 걸세. 그는 처음부터 끝까지 똑같은 어조로 일관하고 있었네. 묵직하고 느릿느릿한 만큼 웬만해서는 흔들리지 않을 것 같은 느낌이었지. 나는 그의 고백을 들으면서도 한편으로 내가 어떻게 해야 할지 정신없이 생각하느라 세세한 내용까지 귀담아들을 수는 없었네. 그래도 그의 어조만은 강하게 내 가슴에 와 닿았네. 그 때문에 나는 앞서 말한 고통뿐만 아니라 두려움까지 느끼게 된 것이네. 말하자면 상대방이 나보다 강하다고 생각하자 두려움이 싹트기 시작한 걸세.

K의 이야기가 전부 끝난 뒤에도 나는 아무 말도 할 수 없었네. 나도 그에게 내 마음을 고백하는 게 나을까? 아니면 밝히지 않는 게 나을까? 이렇게 득실을 따지느라 침묵을 지켰던 것은 아니네. 그저 아무 말도 할 수 없었을 뿐이네. 또한 말할 기분도 아니었지.

점심때 K와 나는 하녀가 차려준 식탁에 마주 앉았네. 나는 그 어느 때보다 맛없는 점심을 먹었어. 우리는 식사하는 동안 거의 한마디도 하지 않았지. 사모님과 아가씨는 언제 돌아올지 알 수 없었네.

37

─ 우리는 각자의 방에 들어간 뒤로 더는 얼굴을 마주하지 않았네. K의 방은 오전과 마찬가지로 매우 조용했네. 나도 한동안 생각에 잠겨 있었고.

나는 당연히 K에게 내 마음을 밝혀야 한다고 생각했지만 그러기에는 이미 때가 늦었다는 생각도 들었네. 왜 아까 K의 말을 가로막고 내가 먼저 선수를 치지 못했는지 후회막급이었지. K가 얘기를 끝냈을 때라도 곧바로 내 마음을 밝혔더라면 좋았을 텐데, 하는 생각도 들었네. 그러나 K가 다 고백하고 난 마당에 내가 다시 똑같은 얘기를 꺼내는 것은 아무리 생각해도 이상한 일이었네. 나는 그 부자연스러운 상황을 극복할 자신이 없었지. 내 머리는 후회와 한탄으로 어지러이 흔들리고 있었네.

나는 K가 다시 방문을 열고 들어와주기를 바랐네. 내 입장에서 보면 오전에는 느닷없이 기습을 당한 것이나 마찬가지였지. 나는 K에게 대응할 준비가 전혀 되어 있지 않았으니까. 나는 오전에 잃은 것을 다시 되찾고 싶었네. 그래서 가끔 고개를 들고 방문을 바라봤지만 아무리 기다려도 그 문은 열리지 않더군. K의 방에서는 여전히 아무 소리도 들리지 않았어.

어느덧 그 고요함이 점점 내 머릿속을 어지럽히기 시작했네. 지금 K가 방문 저편에서 무슨 생각을 하고 있는지 궁금해서 견딜 수가 없더군. 평소에도 그렇게 방문 하나를 사이에 두고 말없이 지내는 경우가 많았는데, K의 방이 조용하면 그의 존재까지 잊어버리는 게 보통이었네. 그러니까 그때는 내 상태가 상당히 불안했다고 볼 수 있겠지. 그렇다고 내가 먼저 방문을 열 수는 없었네. 일단 말할 기회를 놓친 나는 K가 먼저 행동하기를 기다릴 수밖에 없었어.

결국 나는 더 이상 가만히 앉아 있을 수가 없었네. 억지로 참고 앉아 있다가는 K의 방으로 뛰어들 것만 같았지. 나는 하는 수 없이 자리에서 일어나 툇마루로 나갔네. 그리고 다실로 들어가 괜스레 쇠주전자의 뜨거운 물을 찻잔에 따라 홀짝였네. 그러고는 현관으로 나가 일부러 K의 방을 거치지 않고 빙 돌아서 거리로 나갔네. 물론 목적지가 있는 것은 아니었어. 단지 가만히 앉아 있을 수가 없었을 뿐이네. 나는 정월의 거리를 발길 닿는 대로 정처 없이 돌아다녔네. 아무리 돌아다녀도 내 머릿속에는 온통 K에 대한 생각뿐이었네. 나도 그에 대한 생각을 떨쳐버리려고 돌아다닌 것은 아니었네. 오히려 그의 모습을 천천히 떠올리며 돌아다니고 있었지.

하지만 나는 아무리 생각해도 그의 행동을 이해할 수 없었네. 왜 갑자기 내게 그런 얘기를 한 걸까? 또 어떻게 그렇게 내게 고백할 정도로 그녀에게 깊은 연정을 느끼게 된 걸까? 평소와 다른 그의 모습은 어떻게 생겨난 걸까? 모든 것이 내게는 풀기 어려운 문제들이 었네. 나는 그의 의지가 강하다는 것을 알고 있었네. 또한 그가 진지하다는 것도 알고 있었지. 나는 앞으로 취할 태도를 결정하기 전에 그에 대해 많은 것을 알아내야 한다고 생각했네. 이제부터 그를 상대해야 한다고 생각하니 왠지 마음이 편치 않더군. 정신없이 거리를 돌아다녔지만 내 눈앞에는 자기 방에 조용히 앉아 있을 그의 모습이 끊임없이 떠올랐네. 게다가 아무리 돌아다녀봐야 그의 마음을 움직일 수 없다는 소리까지 어디선가 들려오는 것 같았어. 그를 요사스런 존재로 생각했기 때문인지도 모르지. 혹시 그에게 저주를 받는 게 아닐까 하는 생각까지 들었네.

내가 지쳐서 집으로 돌아왔을 때 그의 방은 여전히 쥐 죽은 듯 조용했네.

38

— 내가 집에 들어간 지 얼마 안 돼 인력거 소리가 들렸네. 당시에는 지금 같은 고무바퀴가 없었기에 멀리서도 덜그럭덜그럭하는 거친 소리가 들렸지. 인력거는 곧 대문 앞에서 멈췄네.

내가 저녁 식탁에 불려나간 것은 그로부터 30분쯤 지난 뒤였는데, 식당 옆방에 사모님과 아가씨의 나들이옷이 아무렇게나 나뒹굴고 있었네. 두 사람은 제때 저녁식사를 준비하려고 일부러 서둘러 돌아왔다고 하더군. 하지만 사모님의 그런 배려도 K와 나에게는 아무 의미가 없었네. 나는 말을 아끼려는 사람처럼 식탁에 앉으면서 무뚝뚝하게 인사만 했네. K는 나보다 더 말이 없었어.

모처럼 함께 외출하고 돌아온 두 모녀의 기분이 평소보다 훨씬 좋았던 만큼 K와 나의 표정은 금방 눈에 띄었네. 사모님은 내게 무슨 일 있느냐고 물었네. 나는 약간 기운이 없는 것 같다고 했어. 사실 내가 기운이 날 상황은 아니었지. 그러자 이번에는 아가씨가 K에게 똑같은 질문을 던졌네. K는 나처럼 기운이 없다고 대답하지는 않았네. 그저 말하고 싶지 않을 뿐이라고 했지. 아가씨는 왜 말하고 싶지 않느냐고 추궁하듯 물었고, 나는 눈을 들어 K의 얼굴을 쳐다봤네. K가 뭐라고 대답할지 궁금했으니까. K의 입술이 약간 떨리고 있었네. 모르는 사람이 봤다면 그가 대답을 망설이고 있는 거라고 생각했을 걸세. 아가씨는 웃으면서 "또 뭔가 심각한 일을 생각하는 모양이네요."라고 하더군. K의 얼굴이 약간 발그스름해졌네.

그날 밤 나는 평소보다 일찍 잠자리에 들었네. 저녁식사 때 내가 했던 말이 마음에 걸렸는지 사모님이 열 시쯤 메밀당수를 갖고 왔네. 하지만 내 방은 이미 불이 꺼져 있었지. 사모님은 "벌써 자나?" 하며 방문을 살짝 열었네. K의 책상을 비치는 희미한 램프 불빛이 문틈으로 비스듬히 스며들었네. K는 아직 안 자고 있는 것 같았어. 사모님은 내 머리맡에 앉아 아무래도 감기에 걸린 것 같으니 몸을 따뜻하게 해야 한다며 내게 사발을 내밀었네. 나는 마지못해 사모님이 지켜보는 가운데 걸쭉한 당수를 떠먹었네.

나는 어두운 방에서 늦게까지 많은 생각을 했네. 물론 생각이 계속 겉돌기만 할 뿐 아무런 결론을 내리지 못했지. 나는 문득 K가 옆방에서 무엇을 하고 있는지 궁금해졌네. 나는 거의 무의식적으로 그를 불렀네. 그러자 그쪽에서도 "으응." 하고 대꾸하더군. 그도 아직 안 자고 있었던 것일세. 나는 방문 저편에 있는 그에게 왜 여태 안 자느냐고 물었네. 이제 잘 거라고 하더군. 내가 다시 뭐 하고 있었느냐고 묻자 이번에는 아무 대답이 없었네. 그리고 5, 6분쯤 후 드르륵 벽장을 열고 이부자리를 펴는 소리가 선명히 들리더군. 나는 지금 몇 시나 됐느냐고 물어봤네. 그는 한 시 이십 분이라고 했네. 이윽고 훅 하고 램프를 불어 끄는 소리가 났고 집 안은 이내 어둠과 적막에 싸였네.

하지만 내 눈은 그 어둠 속에서 더욱더 말똥말똥해졌네. 나는 또다시 거의 무의식적으로 K를 불렀네. K도 이전과 다름없는 어조로 "으응." 하고 대답했네. 마침내 나는 그에게 오전의 그 문제에 대해 조금 더 얘기하고 싶은데 어떠냐고 먼저 말을 꺼냈네. 물론 방문을 사이에 두고 그런 얘기를 나누고 싶지는 않았지만, K의 대답만큼은 즉시 들을 수 있으리라 생각했던 거지. 그런데 이번에는 방금 전 두 번이나 순순히 대답한 것과는 다른 태도를 보였네. 그는 낮은 목소리로 "글쎄." 하며 머뭇거리더군. 나는 또 가슴이 철렁 내려앉았네.

39

─ 건성으로 대답하는 K의 모호한 태도는 다음 날도, 그 다음 날도 자주 눈에 띄었네. 그가 스스로 나서서 그 문제에 대해 얘기할 것 같은 기미는 보이지 않았지. 사실 그럴 기회도 없었네. 사모님과 아가씨가 함께 집을 비워야만 우리도 차분하게 그런 이야기를 나눌 수 있었으니까. 그것을 잘 알고 있으면서도 마음은 자꾸 초조해지기 시작했네. 결국 K가 먼저 다가오기를 기다리며 은밀히 준비하던 나는 기회만 되면 내가 먼저 얘기를 꺼내기로 결심하게 되었지.

그리고 동시에 묵묵히 하숙집 식구들의 동태를 살폈네. 하지만 사모님의 태도나 아가씨의 행동에서 평소와 다른 점은 발견할 수 없었네. K가 고백한 시점을 전후로 그들의 행동에 아무런 변화가 없는 것을 보면 단지 내게만 밝혔을 뿐 당사자인 아가씨에게나 그 보호자인 사모님에게는 아직 밝히지 않은 게 분명했네. 그렇게 생각하니 약간 마음이 놓이더군. 그러자 무리하게 기회를 마련해 내가 먼저 얘기를 꺼내기보다는 자연스레 기회가 생길 때까지 기다리는 편이 낫겠다는 생각이 들어서 일단은 그 문제에서 손을 떼고 잠시 그냥 놔두기로 했네.

이렇게 말하면 무척 간단한 것처럼 들리겠지만, 그렇게 마음먹기까지는 밀물과 썰물 같은 심한 감정의 기복이 있었네. 나는 K가 행동에 옮기지 않는 이유에 대해 여러모로 추측해보았네. 사모님과 아가씨의 말과 행동을 관찰하면서 과연 그들의 마음이 겉으로 드러난 그대로일까 하고 의심해보기도 했네. 또한 인간의 가슴속에 장치된 복잡한 기계가 과연 시곗바늘처럼 거짓 없이 명료하게 계기판 위의 숫자를 가리킬 수 있을까 하는 생각도 했지. 말하자면 동일한 문제를 이렇게도 생각해보고 저렇게도 생각해본 끝에 겨우 안정을 찾은 셈이었어. 엄밀히 따지면 안정을 찾았다는 표현은 그 상황에 적당하지 않을지도 모르지.

얼마 후 새 학기가 시작되었네. 우리는 시간이 맞는 날은 함께 집을 나섰네. 집에 돌아올 때도 마찬가지였지. 다른 사람의 눈에는 우리가 이전과 다름없이 친한 것처럼 보였을 게야. 하지만 속으로는 틀림없이 각자 다른 생각을 하고 있었을 걸세.

어느 날 나는 K와 함께 길을 걷다가 그에게 대뜸 질문을 던졌네. 나는 우선 지난번에 내게 했던 얘기를 사모님이나 아가씨에게도 했느냐고 물었지. 나는 그의 대답에 따라 앞으로 내가 취할 태도를 정해야 한다고 생각했던 것이네. 그러자 그는 아직 누구에게도 밝히지 않았다고 하더군. 내가 기대했던 대답이었기에 내심 기뻤네. 나는 K가 나보다 대담하다는 것을 잘 알고 있었지. 내가 그의 배짱을 따라갈 수 없다는 것도 알고 있었어. 그러면서 마음 한편으로는 희한하게도 그를 믿고 있었네. 그는 학비 때문에 3년이나 양부모를 속이긴 했지만, 내 믿음을 저버린 적은 한 번도 없었네. 나는 그것 때문에 오히려 그를 신뢰하게 되었지. 그러니 내가 아무리 의심이 많기로서니 어떻게 그의 명쾌한 대답을 의심할 수 있었겠나.

나는 다시 그에게 앞으로 어떻게 할 생각이냐고 물었네. 단순히 고백으로 끝낼 것인지, 아니면 구체적인 실행으로 이어갈 것인지 물었던 것일세. 그런데 그 질문에 대해서는 아무런 대꾸도 하지 않더군. 땅만 쳐다보며 말없이 걷고 있었지. 나는 그에게 숨기지 말고 솔직히 얘기해달라고 부탁했네. 그는 내게 아무것도 숨기는 게 없다고 분명히 말했어. 하지만 내가 알고 싶어 하는 얘기는 한 마디도 들려주지 않더군. 나도 길거리에서 그를 붙잡고 계속 캐물을 수는 없었네. 결국 그것으로 얘기를 끝낼 수밖에 없었지.

40

― 어느 날 나는 오랜만에 학교 도서관에 갔네. 나는 넓은 책상 한 구석에서 창문으로 비치는 햇살을 받으며 새로 들어온 외국 잡지를 이리저리 뒤적이고 있었지. 지도 교수가 다음 주까지 전공과목과 관련된 어떤 내용을 조사해오라고 했기 때문이었네. 하지만 필요한 내용이 좀처럼 눈에 띄지 않아서 몇 번씩 다른 잡지들을 대출해야 했네. 그러다가 겨우 내게 필요한 논문을 찾아내 열심히 읽기 시작했지. 그때 갑자기 그 폭 넓은 책상의 맞은편에서 누군가가 낮은 목소리로 내 이름을 부르더군. 고개를 들어 보니 K가 서 있었네. 상반신을 책상 위로 내밀며 내게 얼굴을 가까이 들이대고 있었지. 자네도 알겠지만 도서관에서는 타인에게 피해가 가지 않도록 목소리를 낮춰야 하니 K의 그런 동작은 전혀 이상할 게 없었네. 하지만 그때 나는 약간 이상한 기분이 들었네.

K는 낮은 목소리로 공부하는 거냐고 묻더군. 나는 조사할 게 좀 있다고 했지. 그렇게 말했는데도 K는 여전히 내 얼굴을 빤히 쳐다보

왔네. 그러더니 다시 낮은 목소리로 함께 산책하지 않겠냐고 하더군. 나는 잠시 기다려달라고 했지. 그는 기다리겠다며 바로 내 앞의 빈자리에 앉았네. 그러자 그가 신경이 쓰여 잡지를 제대로 읽을 수가 없었네. 그가 나하고 뭔가 담판을 지으러 온 게 아닐까 하는 생각도 들었고. 나는 도저히 안 되겠다 싶어서 막 읽기 시작한 잡지를 덮고 자리에서 일어났네. K는 태연한 얼굴로 벌써 끝낸 거냐고 묻더군. 나는 나중에 해도 상관없다고 하고는 곧바로 잡지를 반납하고 K와 함께 도서관을 빠져나왔네.

우리는 딱히 갈 곳도 없어서 다쓰오카초에서 이케노하타로 걸어나와 우에노 공원으로 들어갔네. 그때 그가 갑자기 지난번 일에 대해 말을 꺼내더군. 전후 상황을 종합해보니 K는 그 얘기를 하려고 일부러 나를 불러낸 것 같았네. 하지만 그의 태도는 아직 실질적인 방향으로 나아가지 못하고 있었네. 그는 내게 막연히 어떻게 생각하느냐고 묻더군. 사랑의 늪에 빠져버린 자신을 어떻게 생각하느냐고 물었던 걸세. 한마디로 그는 현재의 자신에 대해 내게 의견을 구한 것 같았네. 거기서 나는 평소와 다른 그의 모습을 확인할 수 있었네. 앞서도 언급했지만, 그는 천성적으로 타인의 시선을 두려워할 만큼 나약한 사람이 아니었네. 자신이 옳다고 믿으면 혼자 거침없이 나아갈 수 있는 배짱과 용기를 지닌 사내였지. 양부모와의 일을 통해 그의 성격을 누구보다 잘 알고 있는 내가 그런 질문을 받고 의아하게 생각하는 것은 당연한 일이었네.

내가 K에게 무엇 때문에 내 의견을 묻는 거냐고 하자, 그는 평소와는 다른 자신 없는 말투로 나약한 자신이 너무나 부끄럽다고 했네. 그리고 너무 망설이다 보니 스스로 판단하기가 어려워져서 내게 객관적인 의견을 구하는 것이라고 하더군. 나는 즉시 망설인다는 말이 무슨 뜻인지 캐물었네. 그는 나아가야 할지 물러서야 할지 몰라서 망설이고 있다고 했네. 나는 곧바로 한 걸음 더 나아가 물러서야 한다면 물러설 수 있겠느냐고 물었지. 그러자 그는 아무 대답도 하지 못했네. 단지 괴롭다는 말뿐이었어. 실제로 그의 얼굴에는 괴로워하는 기색이 역력했네. 만약 그 상대가 아가씨가 아니었다면 나는 그에게 메마른 땅을 적시는 단비 같은 말을 해주었을지도 모르네. 나는 그 정도의 아름다운 동정심은 갖고 태어난 인간이라고 스스로 믿고 있네. 하지만 그때는 사정이 달랐지.

41

— 나는 마치 무술 시합을 벌이는 사람처럼 K를 주의 깊게 살폈네. 나는 나의 눈, 나의 마음, 나의 몸과 같은 내 안의 모든 것에 한 치의 빈틈도 보이지 않으며 K를 상대하고 있었네. 아무것도 모르는 K는 빈틈

투성이라기보다는 활짝 열어놓았다는 표현이 어울릴 정도로 무방비 상태였네. 나는 그가 간직하고 있던 요새의 지도를 넘겨받아 그의 앞에서 찬찬히 살펴볼 수 있게 된 셈이었네.

K가 이상과 현실 사이에서 방황하며 휘청거리고 있다는 것을 알게 되자 한 방에 그를 쓰러뜨릴 수 있다는 생각이 들었네. 그리고 곧바로 그의 허점을 파고들었지. 나는 그에게 새삼 엄숙한 표정을 지어 보였네. 물론 의도적인 것이기도 하지만 실제로 그에 상응하는 긴장감도 있었기에 우습다거나 수치스럽다는 생각은 들지 않았네. 나는 먼저 "정신적으로 발전하려는 마음이 없는 자는 어리석은 자."라고 단언하듯 말했네. 이 말은 보슈 지방을 여행할 때 K가 내게 했던 말이지. 나는 그가 했던 말을 그와 비슷한 어조로 그에게 다시 되돌려준 것이네. 하지만 결코 복수하려고 그런 것은 아니네. 나는 복수보다 더 잔혹한 뜻으로 그렇게 말했다는 것을 자네에게 고백하고 싶네. 나는 그 한마디로 K의 앞에 펼쳐질 사랑의 행로를 차단하려고 했네.

K는 정토종파의 절에서 태어난 사람이네. 하지만 중학교 때부터 그의 사상은 본가의 교리와는 거리가 멀었지. 교리에 대해 잘 모르니 함부로 말할 수는 없지만, 남녀 간의 문제와 관련된 점(정토종의 대처승 제도를 가리키는 말)만큼은 그렇게 인식하고 있었네.

K는 예전부터 정진이라는 말을 좋아했네. 나는 그 말에 금욕의 의

미도 담겨 있는 것으로 받아들이고 있었네. 나중에 얘기를 들어보니 놀랍게도 그보다 훨씬 더 엄격한 의미를 지니고 있더군.

도를 위해서는 모든 것을 희생해야 한다는 게 그의 첫 번째 신조였네. 식욕이나 금욕은 물론이고 설령 욕정과는 거리가 먼 사랑일지라도 그 자체가 도를 닦는 데 방해가 된다는 걸세. K는 자취 생활을 할 때 내게 자주 그런 얘기를 들려주었네. 하지만 나는 그 무렵부터 아가씨를 마음에 두고 있었기에 그의 주장에 반대할 수밖에 없었지. 내가 반대하면 그는 항상 가엾다는 듯이 나를 쳐다보았네. 그것은 동정보다는 모멸에 가까운 눈빛이었네.

우리 사이에 그런 과거가 존재하고 있었기 때문에 정신적으로 발전하려는 마음이 없는 자는 어리석은 자라는 말이 K에게는 충격이었을 테지. 하지만 앞서 말했듯이 나는 그가 공들여 쌓아올린 탑을 무너뜨리려고 그렇게 말한 것은 아니네. 오히려 지금까지 해왔던 것처럼 계속 쌓아가기를 바라고 있었지. 그 탑이 도의 경지에 도달하든 하늘에 닿든 나는 상관하지 않았네. 나는 그저 K가 갑자기 삶의 방향을 바꾸어 나와 충돌하는 것만을 우려했을 뿐이네. 말하자면 나의 말은 순전히 이기심의 발현이었네.

"정신적으로 발전하려는 마음이 없는 자는 어리석은 자다."

나는 다시 한 번 그 말을 되풀이했네. 그리고 그 말이 K에게 어떤 영향을 미치는지 지켜보았네.

이윽고 그가 대꾸했네.

"그래, 맞아. 난 어리석은 자야."

K는 그 자리에 우뚝 선 채 움직이지 않았네. 가만히 땅바닥을 응시하고 있었지. 그 모습을 보니 왠지 섬뜩했네. 나는 한순간 K가 도둑질을 하다가 들켜 강도로 돌변하는 게 아닐까 하는 느낌이 들었네. 하지만 그렇게 생각하기에는 너무나 기운 없는 목소리였네. 그의 눈빛을 살피고 싶었지만 끝내 나를 돌아보지 않더군. 그리고 다시 천천히 걸음을 옮기기 시작했네.

42

— 나는 K와 나란히 걸으면서 그의 입에서 다음 말이 나오기를 은근히 기다렸네. 어쩌면 기회를 노리고 있었다고 하는 편이 적당할지도 모르지. 그때 나는 여차하면 K를 속일 생각까지 하고 있었네. 하지만 나도 교육을 받은 만큼의 양심은 있었으니까, 만약 누군가가 내게 비겁하다고 한마디 속삭여주었다면 곧바로 정신을 차리고 본래의 모습으로 되돌아갔을지도 모르네. 만약 그 누군가가 K였다면 나는 아마도 그의 앞에서 얼굴을 들지 못했을 걸세. 하지만 K는 나를 꾸짖기에는 너무나 고지식했지. 너무나 순진하고, 너무나 선량

했어. 욕망에 눈이 먼 나는 그의 그런 면을 존경하기는커녕 오히려 그것을 이용해서 그를 쓰러뜨리려고 했네.

잠시 후 K가 내 이름을 부르며 돌아보았네. 이번에는 내가 먼저 자연스레 걸음을 멈추었고, K도 곧바로 멈춰 섰네. 나는 그제야 겨우 K의 눈을 똑바로 쳐다볼 수 있었네. K는 나보다 키가 컸기 때문에 나는 그의 얼굴을 올려다보아야 했지. 나는 그런 낮은 자세로 늑대 같은 마음을 품고 양처럼 순진한 K를 쳐다보았네.

"이제 그 얘기는 그만하자."라고 그가 말했네. 그의 눈빛과 목소리에는 어딘가 비통함이 서려 있었어. 나는 잠시 아무런 대꾸도 하지 못했네. 그러자 이번에는 "이제 그만해줘."라고 부탁하듯이 말하더군. 그때 나는 그를 잔인하게 몰아붙였네. 빈틈을 노리던 늑대가 양의 숨통을 향해 달려드는 것처럼.

"그만하자고? 그 얘기는 내가 아니라 네가 먼저 꺼냈잖아? 네가 그만두고 싶다면 그만둬도 상관없어. 하지만 진심으로 그만둘 각오가 되어 있어야지. 말로만 그만둔다면 무슨 소용이야? 대체 네가 평소에 주장하던 것들은 어떻게 할 생각이야?"

내가 그렇게 말하자 그의 큰 키가 내 앞에서 점점 작아지는 것 같았네. 앞서 말했듯이 그는 상당히 고집이 세지만 한편으로는 고지식하기도 해서 남에게 자신의 모순점을 지적당하면 한없이 위축되는 타입이었네. 나는 그의 그런 모습을 보니 마음이 놓였네. 그때 그가 불쑥 "각오?" 하고 내게 묻더군. 그러고는 내가 미처 대답하기도 전에 "각오는 어느 정도 돼 있어."라고 덧붙였네. 혼잣말처럼 중얼거리는 것 같았어. 마치 꿈속에서 말하는 것 같았지.

우리는 그것으로 얘기를 끝내고 고이시카와의 하숙집 쪽으로 걸음을 옮겼네. 비교적 바람이 없는 따뜻한 날이었지만, 그래도 겨울이라 공원 안은 쓸쓸했네. 특히 서리를 맞아 푸른빛을 잃은 다갈색 삼나무들이 거무스름한 하늘을 향해 나뭇가지를 뻗고 있는 모습을 보았을 때는 추위가 등을 파고드는 것 같았네. 우리는 해가 저무는 혼고다이를 빠른 걸음으로 빠져나와 건너편 언덕으로 올라가기 위해 고이시카와의 저지대로 내려갔네. 그곳에 이르러서야 겨우 외투 속의 몸이 따뜻해지는 것을 느낄 수 있었지.

발걸음을 재촉한 탓도 있겠지만, 우리는 집으로 돌아오는 길에 거의 말을 하지 않았네. 하숙집으로 돌아와 식탁에 앉자 사모님이 왜 이렇게 늦었느냐고 묻더군. 나는 K와 함께 우에노 공원에 다녀왔다고 했네. 사모님은 "이렇게 추운데?"라며 놀란 표정을 짓더군. 아가씨는 그 공원에 무슨 구경거리라도 있느냐고 물었네. 나는 구경하러 간 게 아니라 그냥 산책하러 간 거라고 했지. K는 평소에도 말수가 적었지만, 그때는 더 말이 없었네. 사모님이 말을 걸어도, 아가씨가 웃어도 전혀 아랑곳하지 않더군. 그는 밥을 삼키듯 급히 식사를 마치고 나를 식탁에 남겨둔 채 혼자 자기 방으로 가버렸네.

43

　―당시는 '각성'이나 '새로운 생활'이라는 말이 아직 생소했네. 하지만 K가 과거의 자신에 연연하며 새로운 방향으로 내달리지 못한 것은 현대적인 사고방식이 부족하기 때문은 아니라네. 그에게는 쉽게 내버릴 수 없는 고귀한 과거가 있었기 때문이지. 그는 그것 때문에 지금까지 살아왔다고 해도 과언이 아니네. 그러므로 K가 사랑의 대상을 향해 곧바로 돌진하지 않았다고 해서 그의 사랑이 미온적이었다고는 생각할 수 없네. 그는 아무리 열렬한 감정을 품고 있어도 함부로 행동할 수 없었지. 앞뒤를 분간하지 못할 정도로 강한 충동에 휩싸이지 않는 이상, K는 가던 걸음을 멈추고 자신의 과거를 돌아볼 수밖에 없었네. 그러면 지금까지 걸어왔던 것처럼 과거가 가리키고 있는 길을 걸어갈 수밖에 없게 된다네. 게다가 그는 요즘 사람들에게는 찾아보기 힘든 고집과 참을성이 있었지. 나는 그 두 가지만은 정확히 간파하고 있었다고 생각하네.

　우에노 공원에 다녀온 날 밤은 나도 약간 홀가분한 기분이었네. 나는 식사를 마치고 K가 방으로 들어가자 그의 책상 옆에 가 앉았네. 그러고는 두서없이 이런저런 잡담들을 늘어놓았지. 그는 귀찮아 하는 것 같았네. 아마도 그때 내 눈빛에는 승리의 기쁨이 담겨 있었을 걸세. 나 자신도 내 목소리에서 만족감을 느낄 수 있었으니까. 나는 잠시 K와 함께 화롯불을 쬐다가 내 방으로 들어갔네. 다른 일에서는 모두 그에게 뒤처졌던 나도 그때만큼은 두려울 게 없다는 자신감을 갖고 있었네.

얼마 지나지 않아 나는 곤히 잠에 빠져들었네. 그런데 갑자기 누군가가 내 이름을 불러서 그 소리에 눈을 떠 보니 두 자쯤 열린 방문 너머에 K의 검은 그림자가 서 있더군. 그의 방에는 초저녁 때와 마찬가지로 아직 불이 켜져 있었네. 갑자기 잠이 깬 나는 잠시 아무 말도 하지 못한 채 멍하니 쳐다보기만 했네.

그때 K는 내게 벌써 자는 거냐고 물었네. 그는 나보다 늦게 자는 편이었지. 나는 유령처럼 서 있는 그에게 무슨 일이냐고 물었네. K는 용건이 있는 것은 아니고 변소에 다녀오는 길에 그냥 내가 자는지 안 자는지 궁금해서 불러본 것이라고 하더군. K는 램프 불빛을 등지고 있어서 안색이나 눈빛은 확인할 수 없었네. 하지만 그의 목소리는 평소보다도 더 차분한 듯했네.

이윽고 K는 열었던 방문을 꼭 닫았네. 내 방은 다시 어두워졌고, 나는 그 어둠보다 더 고요한 꿈의 나라로 가기 위해 다시 눈을 감았네. 그리고 곧바로 잠이 들었지만 다음 날 아침에 지난밤의 일을 생각해보니 뭔가 이상하더군. 혹시 내가 꿈을 꾼 게 아닐까? 하는 생각도 들었네. 그래서 아침식사를 할 때 K에게 그 일에 대해 물어보았네. K는 지난밤에 방문을 열고 내 이름을 불렀다고 하더군. 내가 왜 그랬느냐고 묻자 확실한 대답을 피했네. 그러고는 도리어 내게 요즘에 잠은 잘 자느냐고 물었네. 나는 왠지 이상한 생각이 들었네.

그날은 마침 강의 시간이 같아 우리는 함께 집을 나섰네. 아침부터 지난밤의 일이 마음에 걸렸던 나는 학교 가는 길에 다시 K에게 그 일을 물어보았네. 하지만 K는 여전히 내가 만족할 만한 대답은 하지 않았네. 나는 아가씨에 대해 뭔가 얘기하려고 그랬던 거 아니냐고 다그쳐보았지만, K는 그런 게 아니라고 강한 어조로 잘라 말했네. 어제 공원에서 그 얘기는 이제 그만하기로 하지 않았느냐며 내게 주의를 주는 듯한 말투였지. 그런 점에서 보면 K는 상당히 자존심이 강한 사람이었어. 거기까지 생각이 미치자 문득 그가 말했던 '각오'라는 단어가 떠오르더군. 그러자 이제껏 전혀 신경 쓰지 않았던 그 두 글자가 묘하게 내 가슴을 짓누르기 시작했네.

44

— 나는 K가 과감한 성격이라는 것을 잘 알고 있었네. 그런 그가 이번 일에 대해서만큼은 우유부단한 태도를 취하고 있다는 것도 알고 있었지. 말하자면 나는 그의 일반적인 성격은 물론이며 예외적인 경우까지 충분히 파악했다며 자신만만해하고 있었던 걸세. 하지만 '

각오'라는 말을 머릿속으로 몇 번이고 되새기는 사이에 그 자신감은 점점 그 빛이 옅어지면서 서서히 흔들리기 시작했네. 나는 어쩌면 이번 일도 그에게는 예외적인 경우가 아닐지 모른다는 생각이 들었네. 모든 의혹과 번민과 고뇌를 단번에 해결할 마지막 수단을 가슴 깊숙이 간직하고 있는 게 아닐까 하고 의심하기 시작한 것이네. 나는 그런 새로운 방향으로 각오라는 두 글자를 다시금 되새겨본 순간 가슴이 섬뜩했네. 만약 내가 그때 그 각오라는 말의 의미를 반대 방향으로 다시 한 번 차분히 생각했다면 상황이 더 심각해지지 않았을지도 모르지만 유감스럽게도 나는 애꾸눈이었네. 나는 그의 말을 단지 아가씨를 향해 나아간다는 의미로만 해석했다네. 사랑을 위해 과감하게 행동할 각오가 되어 있다는 뜻으로 받아들였던 것이지.

나 역시 마지막 결단이 필요하다는 마음의 소리를 들었네. 그 목소리는 내게 용기를 불어넣어주었네. 나는 K보다 먼저, 그리고 K가 모르게 은밀히 일을 추진해야 한다고 생각했네. 나는 조용히 기회만 엿보고 있었지. 하지만 이틀이 지나고 사흘이 지나도 기회는 오지 않았네. 나는 K와 아가씨가 집에 없는 틈을 노려 사모님과 담판을 지을 생각이었네. 하지만 한쪽이 없으면 다른 쪽이 집에 있어서 좀처럼 적당한 기회를 잡을 수가 없더군. 나는 초조해지기 시작했네.

일주일 후 나는 더 이상 참을 수 없어서 꾀병을 부리기로 했네. 사모님과 아가씨, 그리고 K까지도 어서 일어나라고 재촉했지만, 나는 건성으로만 대답하고 열 시까지 이불 속에 누워 있었네. 나는 K와 아가씨가 나가고 집 안이 조용해진 뒤에야 이불 밖으로 나왔네. 사모님은 나를 보자마자 어디 아픈 거냐고 묻더군. 식사는 머리맡에 갖다 놓을 테니 더 누워 있으라는 말까지 해주었네. 나는 몸이 멀쩡하다 보니 더는 누워 있고 싶지 않아서 세수를 하고 여느 때처럼 다실에서 식사를 했네. 그때 사모님은 긴 목제 화로 저편에서 식사 시중을 들어주었네. 나는 아침도 점심도 아닌 어중간한 시간에 식사하면서 어떻게 말을 꺼내야 할지 골몰하고 있었네. 그런 모습이 어쩌면 정말로 몸이 안 좋은 것처럼 보였을지도 모르네.

나는 식사를 마치고 담배를 피웠네. 내가 일어서지 않으니까 사모님도 화롯가를 떠날 수가 없었지. 사모님은 하녀를 불러 상을 물린 뒤 쇠주전자에 물을 붓기도 하고 화롯가를 닦기도 하면서 내 주변을 떠나지 않았네. 나는 사모님에게 오늘 무슨 특별한 볼일이라도 있느냐고 물었네. 사모님은 없다고 하고는 곧바로 왜 그러느냐고 반문했네. 내가 사실 말씀드릴 게 좀 있다고 하자 사모님은 무슨 일이냐고 하면서 내 얼굴을 쳐다보았네. 내 기분과는 달리 사모님은 그다지 심각한 표정이 아니라서 나는 선뜻 말을 꺼내지 못했네.

나는 마지못해 적당히 이런저런 말을 꺼내던 끝에 최근에 K가 무슨 말을 하지 않았느냐고 물어보았네. 사모님은 영문을 모르겠다는 듯 "무슨 말이요?" 하고 되묻더군. 그리고 내가 대답하기도 전에 "그

학생이 뭐라고 하던가요?"라며 되레 내게 물었네.

45

— 나는 K가 고백한 것을 사모님에게 전하고 싶지 않아서 "아니요."라고 대답했지만, 거짓말을 했다는 생각에 마음이 편치 않았네. 그렇다고 K가 내게 뭔가 부탁한 것도 아니었기에 하는 수없이 그냥 K에 대한 얘기는 아니라는 말만 덧붙였네. 사모님은 "그래요?"라며 나의 다음 말을 기다렸네. 이제는 어떻게든 말을 꺼낼 수밖에 없어서 나는 대뜸 "사모님, 따님을 제게 주십시오."라고 말했네. 사모님은 내가 예상했던 것만큼 놀란 것 같지는 않았지만, 그래도 곧바로 대답하지 못하고 말없이 내 얼굴을 쳐다보더군. 그러나 일단 얘기를 꺼낸 나는 사모님의 시선을 신경 쓸 겨를이 없었네. 나는 곧바로 "부탁드립니다, 제게 주십시오. 따님을 아내로 맞이하고 싶습니다."라고 말했네. 사모님은 연장자인 만큼 나보다 훨씬 차분한 모습이었네. 사모님은 내게 "그거야 괜찮지만, 너무 서두르는 거 아닌가요?"라고 물었네. 내가 곧바로 "서둘러 아내로 맞이하고 싶습니다."라고 대답하자 사모님은 웃음을 터뜨리더군. 그러고는 "신중하게 생각한 건가요?"라며 재차 확인하듯 물었네. 나는 갑작스레 말을 꺼내긴 했

지만 즉흥적인 생각은 아니라는 것을 강한 어조로 설명했네.

그 뒤로 두세 가지 문답이 더 오갔는데, 그것까지는 기억나지 않는 다네. 남자처럼 호탕한 면이 있는 사모님은 보통 여자와는 달리 이런 경우에 무척 편안하게 대화할 수 있는 분이었네. 사모님은 "좋아요, 제 딸을 드리죠."라고 말하더니 나중에는 사모님 쪽에서 "사실 그렇게 선심 쓰듯 말할 처지도 아니에요. 모쪼록 잘 부탁드려요. 아시다시피 아버지 없이 자란 가엾은 아이에요."라고 오히려 내게 부탁했네.

그 이야기는 간단명료하게 정리되었네. 얘기를 나눈 시간은 아마 15분도 채 걸리지 않았을 걸세. 사모님은 아무 조건도 제시하지 않았네. 친척들과 의논할 필요도 없다더군. 나중에 알려주면 된다면서 무엇보다 본인들의 의향이 중요한 거라고 잘라 말했네. 그 말을 들으니 사모님보다 대학을 다닌다는 내가 오히려 더 형식에 얽매여 있다는 생각이 들더군. 내가 친척들은 그렇다 치더라도 당사자에게는 미리 얘기해 승낙을 얻는 게 순서인 것 같다고 하자 사모님은 "괜찮아요. 제가 본인이 싫어할 사람한테 딸을 주겠어요?"라고 말했네.

방으로 돌아온 나는 의외로 일이 너무 쉽게 풀리는 것 같아 오히려 이상한 기분이 들었네. 정말 괜찮은 걸까? 하는 의구심마저 들 정도였지. 하지만 내 미래의 운명이 이것으로 결정되었다고 생각하니 모든 게 새롭게 느껴졌네.

나는 점심때 다시 다실로 나가 사모님에게 아침에 했던 얘기를 아가씨에게 언제 전할 생각이냐고 물었네. 사모님은 자신만 알고 있으면 언제 얘기해도 상관없지 않느냐는 식으로 말하더군. 그 말을 듣고 보니 내가 왠지 남자답지 못하게 자꾸 보채는 것 같아 그냥 다시 내 방으로 돌아가려고 했네. 그때 사모님이 나를 불러 세우더니 만약 빨리 얘기하기를 원한다면 오늘이라도 학원에서 돌아오는 대로 바로 얘기하겠다고 하더군. 나는 그러는 게 좋겠다고 대답하고 다시 내 방으로 들어갔네. 하지만 책상 앞에 앉아 두 모녀의 소곤대는 얘기에 귀를 기울이고 있을 나를 상상해보니 도저히 그냥 앉아 있을 수가 없었네. 결국 나는 모자를 눌러쓰고 밖으로 나갔네. 그런데 언덕길 아래에서 또 아가씨와 마주치고 말았어. 아무것도 모르는 아가씨는 나를 보고 약간 놀란 표정이었네. 내가 모자를 벗으며 지금 오느냐고 하자 그녀는 벌써 병이 다 나은 거냐고 의아한 표정으로 묻더군. 나는 다 나았다는 말만 하고는 서둘러 스이도바시 쪽으로 발길을 돌렸네.

46

— 나는 사루가쿠초에서 진보초 거리로 나가 오가와미치 쪽으로

걸어갔네. 평소에는 헌책방을 기웃거리려고 그 부근을 돌아다녔지만, 그날은 손때 묻은 책들을 구경할 기분이 아니었네. 나는 길을 걸으면서 끊임없이 집에서 벌어질 일을 생각했네. 조금 전 사모님과 나눈 대화를 떠올렸고, 아가씨가 집으로 돌아간 이후의 일을 상상했네. 내 머릿속에는 오직 그 두 가지 생각뿐이었어. 나는 간혹 길 한가운데에서 나도 모르게 걸음을 멈추곤 했네. 그리고 지금쯤 사모님이 아가씨에게 그 얘기를 하고 있을 것이라고 생각했네. 또 어떤 때는 지금쯤 얘기가 끝났을 거라고 생각하기도 했지.

나는 만세이바시 다리를 건너 신사가 있는 언덕길을 올라가 혼고다이로 간 뒤 다시 기쿠자카 언덕길을 따라 고이시카와로 내려갔네. 그때 걸었던 길은 타원형 형태로 세 행정 구역에 걸쳐 있을 만큼 긴 거리였는데, 그렇게 오래 산책하는 동안 K에 대해서는 거의 생각하지 않았네. 지금 돌이켜보면 어떻게 그럴 수 있었는지 나 자신도 도무지 이해할 수가 없네. 정말 희한한 일이었지. K를 잊어버릴 정도로 긴장했던 거라고 생각하기도 어렵네. 내 양심이 그것을 허락할리 없었을 테니까.

K에 대한 내 양심이 되살아난 것은 내가 하숙집 격자문을 열고 현관에서 내 방으로 갈 때, 즉 평소처럼 그의 방을 지나갈 때였네. 그는 여느 때처럼 책상 앞에 앉아 책을 읽고 있었네. 그리고 여느 때처럼 책에서 눈을 떼고 나를 쳐다보았지. 하지만 이제 오느냐고 묻지

는 않더군. 그는 "몸은 좀 괜찮아? 병원에는 다녀온 거야?"라고 물었네. 그 순간 나는 그에게 무릎을 꿇고 용서를 빌고 싶었네. 내가 느낀 그때의 충동은 결코 가벼운 것이 아니었네. 만약 K와 내가 단둘이 광야의 한가운데에 서 있었다면 나는 분명 양심에 따라 그 자리에서 사죄했을 걸세. 하지만 집에는 다른 사람들이 있었네. 결국 내 양심은 밖으로 나오지 못하고 내 안에서 머물고 말았지. 그리고 슬프게도 영원히 밖으로 나오지 못했네.

저녁식사 때 K와 나는 다시 얼굴을 마주했네. 아무것도 모르는 K는 기분만 약간 가라앉았을 뿐, 별다른 의심의 눈빛은 찾아볼 수 없었네. 나만이 모든 사정을 알고 있었지. 나는 모래알을 씹는 기분이었네. 그때 아가씨는 평소와 달리 식탁에 나오지 않았네. 사모님이 재촉해도 옆방에서 금방 나가겠다는 대답만 할 뿐 좀처럼 나오지 않았지. K는 그런 아가씨의 태도를 의아해하며 사모님에게 왜 저러는 거냐고 물었네. 사모님은 아마 쑥스러워서 그럴 거라며 슬쩍 내 얼굴을 쳐다보았네. K는 더욱 의아한 표정으로 뭐가 쑥스러워서 저러는 거냐고 캐물었네. 그러자 사모님은 미소를 지으며 내 얼굴을 쳐다보았네.

나는 식탁에 앉았을 때부터 사모님의 표정을 보고 일이 어떻게 진행되었는지 대충 짐작할 수 있었네. 하지만 사모님이 내 앞에서 K에게 그 일을 낱낱이 얘기한다면 나는 고개를 들지 못했을 걸세. 사모님은 그 정도는 아무렇지도 않게 얘기할 수 있는 분이었기에 나는 더 가슴을 졸이고 있었네. 다행히 K는 이내 말이 없는 본래의 모습으로 돌아갔네. 평소보다 약간 더 기분이 좋아 보였던 사모님도 내가 염려하던 선까지는 넘지 않았네. 나는 안도의 숨을 내쉬며 내 방으로 돌아갔지만, 앞으로 K에게 어떤 태도를 취해야 할지 생각하지 않을 수 없었네. 나는 속으로 이런저런 변명들을 생각해보았네. 하지만 어떤 변명도 K를 납득시키기에는 부족하더군. 비겁한 나는 급기야 K에게 나 자신을 변명하는 것조차 꺼리게 되었네.

47

　─나는 그 상태로 이삼일을 보냈네. 그동안 K에 대한 끊임없는 불안이 내 가슴을 짓누르고 있었음은 말할 필요도 없을 걸세. 나는 그에게 사실대로 얘기하지 못한 것에 대해 죄책감을 느끼고 있었네. 게다가 사모님의 말투나 아가씨의 태도가 나를 쿡쿡 찌르듯 자극했기 때문에 더 괴로울 수밖에 없었네. 사모님은 약간 남자다운 성격이어서 언제라도 식탁에서 K에게 내 얘기를 밝힐 수 있는 상황이었네. 그 이후로 눈에 띄게 달라진 아가씨의 행동도 K의 마음을 더욱 심란하게 만들었으리라 생각하네. 나는 어떻게든 나와 그 집 식구

들 사이에 형성된 새로운 관계를 K에게 알려주어야 할 입장이었지만, 스스로 윤리적인 약점을 인정하고 있던 나로서는 결코 만만한 일이 아니었네.

달리 방법을 찾지 못한 나는 사모님에게 부탁해서 K에게 알릴까하는 생각도 해보았네. 물론 내가 없는 자리에서 알려주어야겠지. 하지만 사실을 있는 그대로 전한다면 직접과 간접의 차이만 있을 뿐 K에게 면목이 없기는 마찬가지였을 걸세. 그렇다고 사모님에게 꾸며서 얘기해달라고 부탁할 수도 없는 노릇이었지. 그 이유를 캐물을 게 분명했으니까. 만약 사모님에게 모든 사정을 밝히고 부탁한다면 나는 사랑하는 여자와 그 모친에게 내 약점을 고스란히 드러낼 수밖에 없네. 매사에 신중했던 나로서는 그것을 내 장래의 신뢰와 관련해서 생각할 수밖에 없었지. 결혼하기 전부터 연인에게 신뢰를 잃는 것은, 그 정도가 아무리 미미해도 내게는 견디기 어려운 불행처럼 보였네.

말하자면 나는 정직한 길을 걷는답시고 잘못된 길로 발을 내디딘 어리석은 인간이었네. 교활한 인간이라고도 할 수 있지. 그리고 지금까지 그런 사실을 아는 것은 오직 하늘과 나 자신뿐이었네. 어쨌든 나는 다시 정직한 길로 나아가려면 잘못된 길로 들어섰던 사실을 주변 사람들에게 알려야 하는 곤경에 빠진 걸세. 나는 어떻게든 내 잘못을 숨기고 싶었네. 그러면서도 어떻게든 앞으로 나아가야 했지. 나는 그 사이에 끼어 옴짝달싹 못하고 있었네.

그로부터 대엿새쯤 지난 뒤 사모님이 갑자기 K에게 그 일을 얘기했느냐고 물었네. 나는 아직 얘기하지 않았다고 했지. 그러자 왜 얘기하지 않았느냐고 따지듯이 묻더군. 나는 그 질문에 말문이 막히고 말았네. 그때 사모님이 나를 놀라게 한 말은 지금도 잊을 수가 없네.

"어쩐지 내가 얘기하니까 표정이 이상해지더라고요. 학생도 너무하네요. 평소에 그렇게 친하게 지내면서 말없이 시치미를 떼고 있다니."

나는 사모님에게 K가 아무 말도 하지 않았느냐고 물었네. 사모님은 별다른 말은 없었다고 하더군. 하지만 나는 좀 더 자세히 묻지 않을 수가 없었네. 물론 사모님은 굳이 내게 숨길 필요가 없었지. 별다른 말은 없었다면서 그때 K의 모습에 대해서 세세히 들려주었네.

사모님의 이야기를 종합해보면 K는 그 결정적인 타격을 최대한 침착하게 받아들인 것 같았네. K는 아가씨와 나 사이에 맺어진 새로운 관계에 대해 처음에는 "그렇습니까?"라는 한마디뿐이었다고 하더군. 하지만 사모님이 "학생도 축하해줘요."라고 말하자, 비로소 사모님에게 미소를 보이며 "축하드립니다."라고 말하고는 자리에서 일어났다는군. 그리고 다실의 방문을 열기 전에 다시 사모님을 돌아보고 "결혼식은 언제입니까?"라고 묻더니 "뭔가 축하 선물을 하고 싶은데, 돈이 없어서 그럴 수가 없네요."라고 말했다는 걸세. 사모님

앞에 앉아 있던 나는 그 얘기를 들으니 가슴이 미어지는 것 같았네.

48

— 날짜를 따져보니 사모님과 K가 그런 얘기를 주고받은 것은 이틀 전의 일이었네. 그 이후에도 K는 평소와 다름없이 나를 대해주었기 때문에 나는 전혀 눈치 채지 못하고 있었네. 그의 초연한 태도는, 설령 겉으로만 그렇게 행동했을지라도 존경할 만하다고 생각했네. 실제로 그와 나를 비교해보면 그가 훨씬 훌륭해 보였네. 계략을 써서 이기긴 했지만 인간으로서는 진 것이라는 생각이 내 머릿속을 어지럽히고 있었네. 나는 K가 나를 경멸하고 있을 거라는 생각에 얼굴이 화끈거렸지만, 이제 와서 K에게 용서를 구하는 것은 내 자존심이 허락지 않았네.

내가 그대로 나아갈 것인지 그만둘 것인지 고민하다가 일단 다음 날까지 기다려보기로 마음먹은 것은 토요일 밤이었네. 그런데 그날 밤 K가 자살하고 말았네. 나는 지금도 그 광경을 떠올리면 소름이 끼친다네. 언제나 머리를 동쪽으로 향하고 자던 내가 그날은 우연히 서쪽에 베개를 두고 이부자리를 깔았는데, 그것도 뭔가 관계가 있었는지 모르지. 나는 머리맡에서 스며드는 찬바람에 문득 잠이 깼네.

눈을 떠 보니 항상 닫혀 있는 K와 내 방 사이의 장지문이 요전날 밤처럼 열려 있더군. 하지만 그때와는 달리 K의 검은 그림자는 보이지 않았네. 나는 뭔가 암시를 받은 사람처럼 이부자리에 팔꿈치를 짚고 몸을 일으키면서 K의 방을 쳐다보았네. 램프가 흐릿하게 켜져 있고, 이부자리도 펴져 있더군. 하지만 이불은 발로 걷어찬 것처럼 아래쪽으로 젖혀져 있었네. 그리고 K는 반대편을 향해 엎드려 있었네.

나는 "어이." 하고 그를 불렀네. 하지만 아무 대답도 하지 않더군. 나는 다시 "어이, 무슨 일 있나?" 하고 그에게 말을 걸었네. 그래도 K는 전혀 움직이지 않았네. 나는 곧바로 일어나 문지방까지 다가갔네. 그리고 희미한 램프 불빛에 감싸인 그의 방을 둘러보았지.

그때 내가 받은 첫 느낌은 갑자기 K에게 사랑 고백을 들었을 때의 느낌과 거의 비슷한 것이었네. 그의 방을 둘러본 순간 내 눈은 유리로 만든 의안처럼 딱딱하게 굳어져버렸네. 나는 그 자리에서 한 발자국도 움직일 수 없었네. 한순간 그런 느낌에 휩싸이고 난 뒤에야 겨우 큰일이 났다는 생각이 들더군. 이제는 돌이킬 수 없다는 절망감이 순식간에 내 앞에 펼쳐진 인생을 뒤덮으며 뻗어나가고 있었네. 그리고 나는 부들부들 떨기 시작했지.

그래도 나는 끝까지 나를 포기할 수 없었네. 나는 곧 책상 위에 놓인 편지로 시선을 옮겼네. 그것은 예상했던 대로 내 앞으로 쓴 유서였네. 나는 지체 없이 봉투를 뜯어서 보았지만 내가 예상했던 내용은 전혀 씌어 있지 않았네. 나는 그 유서에 나를 원망하는 글들이 가득 채워져 있으리라 생각했던 걸세. 그리고 만약 사모님과 아가씨가 그 유서를 보면 나를 경멸할지도 모른다는 두려움도 갖고 있었지. 나는 대충 내용을 훑어보고 일단 다행이라고 생각했네. 물론 체면상 다행이라는 뜻으로, 그때는 그 체면을 굉장히 중요하게 여기고 있었네.

유서의 내용은 간단했네. 그리고 약간 추상적이었지. 자기는 의지가 약해 어려움을 이겨낼 자신도 없고 앞날에 대한 희망도 없기 때문에 자살한다는 내용이었네. 그리고 지금껏 내게 신세 진 것에 대해 간략하게 고맙다는 말을 덧붙였네. 신세 진 김에 사후 처리도 부탁한다고 적혀 있었네. 사모님에게 폐를 끼쳐서 죄송하니 대신 사과해달라는 말도 있었지. 내게 고향에 연락해달라고 부탁하기도 했네. 필요한 말은 한마디씩 전부 씌어 있었는데, 아가씨의 이름만은 어디에서도 찾아볼 수 없더군. 유서를 다 읽고 나니 K가 일부러 아가씨 얘기를 하지 않았다는 것을 금방 알 수 있었네. 하지만 내 가슴을 가장 울렸던 부분은, 먹물이 남아서 마지막에 한 줄 덧붙여 쓴 것 같은, 좀 더 일찍 죽었어야 하는데 왜 지금까지 살아 있었던 걸까? 라는 대목이었네.

나는 떨리는 손으로 유서를 둘둘 말아 다시 봉투에 집어넣었네. 그것을 사람들 눈에 잘 띄도록 일부러 다시 책상 위에 올려놓았지.

그리고 뒤돌아섰을 때 비로소 방문에 흩뿌려진 핏자국을 보았네.

49

— 나는 K의 머리를 양손으로 끌어안듯 살짝 들어 올렸네. 죽은 그의 얼굴을 한번 보고 싶었어. 하지만 엎어져 있는 그의 얼굴을 밑에서 들여다본 순간 이내 손을 떼고 말았네. 섬뜩했기 때문만은 아니네. 그의 머리가 굉장히 무겁게 느껴졌던 걸세. 나는 방금 만졌던 그의 차가운 귀와, 평소와 다름없이 짧게 깎은 짙은 머리를 잠시 내려다보았네. 슬프다는 생각은 들지 않더군. 단지 두려웠을 뿐이었지. 그것은 눈앞의 광경이 감각을 자극해서 생겨난 단순한 두려움이 아니었네. 나는 그의 갑작스러운 죽음이 암시하는 내 운명을 두려워하고 있었던 것이네.

나는 아무런 대책도 없이 다시 내 방으로 돌아왔네. 그리고 다다미 여덟 장짜리 방 안을 빙빙 돌기 시작했네. 무의미할지라도 잠시 그렇게 몸을 움직이고 싶었네. 나는 어떻게든 해야 한다고 생각했네. 동시에 이제는 어떻게 해볼 방도가 없다는 생각도 들더군. 나는 우리에 갇힌 곰처럼 방 안을 빙빙 도는 것 말고는 아무것도 할 수가 없었네.

나는 안채로 가서 사모님을 깨울 생각도 해봤지만 여자에게 이런 끔찍한 광경을 보일 수 없다는 생각이 나를 가로막았네. 또 아가씨를 놀라게 할 수는 없다는 생각도 내 발목을 붙잡았어. 나는 다시 방 안을 빙빙 돌기 시작했네.

나는 그사이에 내 방의 램프를 켰네. 그리고 수시로 시계를 쳐다봤지. 그때만큼 시간이 더디게 느껴진 적도 없었네. 내가 일어난 시간은 정확히 알 수 없지만 거의 동틀 무렵이었다는 것만은 분명하네. 방 안을 빙빙 돌면서 날이 밝기만을 애타게 기다리다 보니 어두운 밤이 영원히 지속되는 게 아닐까 하는 생각에 잠시 불안해지기도 했네.

우리는 보통 일곱 시 전에 일어나곤 했네. 수업이 대개 여덟 시부터 시작되기 때문에 그 시각에 일어나야 지각하지 않았으니까. 그래서 하녀는 여섯 시쯤에는 일어나야 했지. 하지만 그날 내가 하녀를 깨우러 간 것은 여섯 시가 되기 전이었네.

그런데 내 발소리에 잠이 깬 사모님이 오늘은 일요일이라고 하더군. 나는 사모님에게 일어나셨으면 잠시 내 방으로 와달라고 부탁했네. 사모님은 잠옷 위에 평상복을 걸치고 나를 따라왔네. 나는 방에 들어가자마자 열려 있던 장지문부터 닫았네. 그리고 사모님에게 낮은 목소리로 큰일 났다고 했네. 사모님은 무슨 일이냐고 물었고, 내가 턱으로 옆방을 가리키며 "놀라지 마십시오."라고 말하자 사모님의 얼굴이 창백해졌네. 내가 곧바로 "사모님, K가 자살했습니다."라고 말하자 사모님은 그 자리에서 굳어버린 듯 말없이 내 얼굴만 쳐다보더군. 나는 대뜸 사모님 앞에 무릎을 꿇고 머리를 숙였네. 그러고는 "죄송합니다. 제 잘못입니다. 사모님과 따님께 큰 죄를 지었습니다."라고 사죄했네.

나는 사모님과 얼굴을 마주하기 전까지만 해도 그렇게 말할 생각은 전혀 없었네. 하지만 사모님의 얼굴을 보니 나도 모르게 그런 말이 튀어나오고 말았네. K에게 용서를 빌지 못했기에 그렇게 사모님과 아가씨에게라도 사죄하지 않으면 견딜 수 없었던 거라고 생각해주게. 말하자면 내 양심이 평소의 나를 제치고 얼떨결에 참회하게만든 것이었네. 사모님이 내 말을 그다지 심각하게 받아들이지 않은 것이 나로서는 다행스러운 일이었네. 사모님은 창백한 얼굴로 "예기치 못한 일이니 어쩔 수 없잖아요."라고 나를 위로해주더군. 하지만 그 얼굴은 놀라움과 두려움으로 굳게 경직되어 있었네.

5 0

— 사모님에게는 죄스러운 일이지만 나는 다시 일어나 조금 전에 닫았던 장지문을 열었네. 어느새 램프에 기름이 떨어졌는지 그의 방

은 컴컴했네. 나는 내 방의 램프를 들고 방문 앞에 서서 사모님을 돌아보았네. 사모님은 몸을 숨기듯 내 뒤에 바짝 붙어 서서 방 안을 들여다보았네. 하지만 들어가려고 하지는 않더군. 사모님은 그 방은 그대로 놔두고 덧문을 열어달라고 했네.

그 뒤로 사모님은 역시 군인의 미망인답게 일을 능숙하게 처리해나갔네. 나는 의사를 부르러 갔네. 또 경찰서에도 갔네. 전부 사모님의 지시에 따른 일이었지. 사모님은 그런 절차를 마칠 때까지 아무도 K의 방에 들이지 않았네.

K는 작은 칼로 경동맥을 끊어 즉사했네. 그 밖의 다른 상처는 전혀 없었네. 내가 비몽사몽간에 희미한 불빛 속에서 보았던 장지문에 묻은 피는 그의 목덜미에서 흩뿌려진 것이었네. 나는 한낮의 밝은 빛으로 다시 그 핏자국을 보았네. 인간의 몸이 그렇게 거세게 피를 뿜어낸다는 것에 놀라지 않을 수 없었네.

사모님과 나는 가능한 모든 수단과 방법을 동원해 K의 방을 청소했네. 그의 피는 다행히 대부분 이불에 흡수되면서 다다미에는 별로 묻지 않아 뒤처리에는 어려움이 없었네. 우리는 그의 시신을 내 방으로 옮기고 평소 잠자는 모습대로 눕혀놓았네. 그런 다음 나는 그의 친가에 전보를 치러 나갔어.

내가 돌아왔을 때는 K의 머리맡에 향이 피워져 있었네. 향내가 진동하는 방에 들어서니 피어오르는 연기 속에 두 모녀가 나란히 앉아 있더군. 내가 아가씨의 얼굴을 본 것은 어젯밤 이후로 그때가 처음이었네. 아가씨는 울고 있었네. 사모님도 눈시울을 붉히고 있었지. 그 사건을 접한 뒤로 줄곧 울음을 잊고 있던 나는 그제야 비로소 슬픔을 느낄 수 있었네. 나는 그 슬픔으로 얼마나 마음이 편안해졌는지 모르네. 고통과 공포에 억눌려 있던 내 가슴을 촉촉이 적셔준 것은 바로 그때의 슬픔이었네.

나는 말없이 두 사람 곁에 앉아 있었네. 사모님이 내게 분향하라고 해서 나는 향을 피우고 다시 묵묵히 앉아 있었네. 아가씨는 내게 아무 말도 건네지 않았네. 이따금 사모님과 한두 마디씩 주고받기는 했지만 대부분 일처리에 관한 얘기뿐이었네. 아가씨는 아직 K의 생전 모습에 대해 얘기할 만한 정신적 여유가 없었을 걸세. 나는 그녀에게 어젯밤의 끔찍한 광경을 보여주지 않은 게 그나마 다행이라고 생각했네. 젊고 아름다운 그녀에게 그런 무서운 광경을 보이면 그 아름다움이 사라져버릴지도 모른다고 생각했던 걸세. 나는 두려움이 머리털 끝까지 도달했을 때조차 그런 생각을 도외시할 수 없었네. 죄 없는 아름다운 꽃을 함부로 짓밟는 것 같은 불쾌감은 느끼고 싶지 않았던 것이지.

고향에서 K의 아버지와 형이 올라왔을 때 나는 K의 유골을 묻을 장소에 대해 내 의견을 얘기했네. K는 생전에 나와 함께 조시가야 부근으로 자주 산책을 나갔네. K는 그곳을 무척 좋아했지. 그래서 나는 농담조로 나중에 죽으면 그곳에 묻어주겠다고 약속한 적이 있었네. 내가 그 약속대로 K를 조시가야에 묻어준들 무슨 공덕이 되겠느냐마는 그래도 이 세상에 살아 있는 동안은 한 달에 한 번씩 그의 묘 앞에 무릎을 꿇고 참회하고 싶었네. K의 아버지와 형은 이제껏 자신들이 제대로 돌보지 않았던 K를 내가 여러모로 도와주었다고 생각했기 때문인지 순순히 내 의견을 받아들여주었네.

51

— K의 장례식을 마치고 돌아오는 길에 그의 친구 중 한 명이 K가 왜 자살한 거냐고 물었네. 사건이 일어난 뒤로 몇 번이고 반복되는 그 질문에 내가 얼마나 괴로웠는지 모르네. 사모님과 아가씨는 물론이고 고향에서 올라온 K의 아버지와 형, 소식을 듣고 찾아온 K의 지인들, 그리고 K와 아무 연고도 없는 신문기자들까지 하나같이 내게 그 질문을 던졌네. 나는 그때마다 양심의 가책을 느끼며 괴로워했네. 그 질문을 받을 때마다 네가 죽였다고 어서 자백해! 라는 소리가 들리는 것 같았네.

그러나 누가 물어보든 내 대답은 한결같았네. 나는 K가 남긴 유서의 내용만 반복적으로 들려주었을 뿐 다른 말은 한마디도 하지 않앗네. 장례식을 마치고 돌아오면서 내게 똑같은 대답을 들은 K의 친구는 품에서 신문 한 장을 꺼내 보여주더군. 나는 걸어가면서 그 친구가 가리킨 부분을 읽었네. 거기에는 K가 부모형제에게 의절당한 뒤 세상을 비관해 자살했다는 내용의 기사가 씌어 있었네. 나는 아무 말 없이 신문을 접어 그 친구에게 돌려주었네. 그 친구는 K가 정신이상으로 자살했다고 보도한 신문도 있다고 하더군. 나는 그동안 신문을 읽을 겨를이 없어서 그런 내용은 모르고 있었지만, 속으로는 줄곧 신경을 쓰고 있던 일이었네. 무엇보다도 다른 식구들에게 폐가 될 만한 기사가 실리지 않을까 걱정하고 있었던 것이지. 특히 아가씨가 연루되어 신문에 이름이라도 오르내린다면 내가 견디지 못할 것 같았네. 나는 그 친구에게 또 다른 기사가 나온 신문은 없느냐고 물었네. 그 친구는 자기가 본 것은 그 두 종류뿐이라고 하더군.

내가 지금 사는 집으로 이사한 것은 그로부터 얼마 후의 일이었네. 사모님과 아가씨도 더는 그 집에서 살고 싶어 하지 않았고, 나도 그날 밤의 기억이 밤마다 떠올라 고통스러웠기 때문에 서로 상의한 끝에 이사하기로 결정한 것이네.

이사하고 두 달쯤 지나 나는 무사히 대학을 졸업했네. 그리고 졸업한 지 반년이 지나지 않아 마침내 아가씨와 결혼했네. 겉으로 보면 모든 게 예정대로 순조롭게 진행되었다고 할 수 있을 걸세. 사모님과 아가씨도 무척 행복해 보였고 나도 행복했네. 하지만 나의 행복에는 늘 검은 그림자가 따라다니고 있었네. 나는 그 행복이 언젠가 나를 슬픈 운명으로 이끌 도화선이 아닐까 싶더군.

결혼했을 때 아내가 — 이제는 결혼했으니 아내라고 하겠네 — 무슨 생각이 났는지 K의 묘지에 다녀오자고 했네. 괜스레 가슴이 뜨끔해진 내가 왜 갑자기 그런 생각을 했느냐고 묻자 아내는 우리가 함께 찾아가면 K가 무척 기뻐할 거라고 하더군. 나는 아무것도 모르는 아내의 얼굴을 뚫어지게 쳐다보다 아내에게 왜 그런 얼굴로 쳐다보느냐는 말을 듣고 나서야 겨우 정신을 차렸네.

나는 아내가 원하는 대로 함께 조시가야에 갔네. 나는 아직 깨끗한 K의 묘비에 물을 뿌려주었고, 아내는 향을 피우고 꽃을 꽂았네. 그리고 나란히 머리를 숙이고 합장했네. 아내는 필시 나와 결혼하게 된 경위를 들려주면 K가 기뻐하리라 생각했을 걸세. 나는 마음속으로 미안하다는 말만 되풀이했네.

그때 아내는 비석을 어루만지며 훌륭하다고 했네. 그다지 고급스러운 것은 아닌데 내가 석재상을 찾아가 직접 고른 비석이라서 아내가 그렇게 말해준 것 같더군. 나는 새로 세운 비석과 새로 맞은 아내, 그리고 땅속에 새로 묻힌 K의 유골을 비교하며 얄궂은 운명의 장난을 실감하지 않을 수 없었네. 나는 그 뒤로 아내와 함께 K의 묘를 찾아간 적이 없네.

52

　― 나는 좀처럼 K에 대한 죄책감에서 벗어나지 못했네. 사실은 처음부터 그것을 두려워했다네. 내가 오랫동안 꿈꾸던 결혼조차 불안감을 느끼며 식을 치러야 했네. 하지만 나도 자신의 앞날을 내다보지 못하는 인간이기에 어쩌면 그 결혼으로 심기일전해서 새로운 삶을 살 수 있을지도 모른다는 생각이 들더군. 그런데 막상 남편으로서 아내와 조석으로 얼굴을 마주하다 보니, 나의 헛된 희망은 냉엄한 현실 앞에서 힘없이 무너지고 말았네. 아내와 얼굴을 마주하고 있으면 갑자기 K의 얼굴이 떠오르곤 했네. 말하자면 아내가 중간에서 K와 나를 단단하게 이어주고 있는 셈이었지. 아내는 모든 면에서 부족함이 없는 여자였지만, 나는 그 한 가지 때문에 그녀를 멀리하려고 했네. 아내도 금방 그런 낌새를 알아챘지만, 그 이유가 무엇인지는 모르는 것 같았네. 그래서 이따금 내게 왜 그러느냐, 무엇이 마음에 들지 않느냐고 캐묻기도 했네. 아내는 내가 그런 태도를 보이면 대개는 웃어넘겼지만, 때로는 상당히 예민한 모습을 보이며 "저를 싫어하고 있군요."라거나 "제게 뭔가 숨기는 게 분명해요."라고 말했네. 나는 그런 말을 들을 때마다 마음이 괴로웠네.

　나는 아내에게 모든 사실을 밝히려고 한 적도 여러 번 있었네. 하지만 막상 그러려고 하면 갑자기 외부의 어떤 힘이 나를 가로막곤 했네. 자네는 나를 이해할 테니 굳이 설명할 필요는 없겠지만, 일단 꺼낸 얘기이니 마저 하겠네. 그때 나는 아내를 상대로 나 자신을 포장할 생각은 추호도 없었네. 만약 내가 죽은 K를 대하는 마음으로 아내에게 진실을 밝혔다면, 아내는 내 고백에 감사의 눈물을 흘리며 나를 용서해주었을 걸세. 그런데도 그렇게 하지 않은 것은 나 개인의 이해타산 때문이 아니네. 나는 단지 아내의 기억 속에 어두운 그림자가 드리워질까 봐 두려워서 밝히지 않았을 뿐이네. 새하얀 그녀의 마음에 잉크를 뿌린다는 게 나로서는 상당히 고통스러운 일이었다고 이해해주게.

1년이 지나도록 K를 잊지 못한 나는 늘 불안한 마음이었네. 나는 그 불안을 떨치기 위해 책에 몰두하기로 했네. 나는 맹렬한 기세로 공부하기 시작했네. 그리고 그 결과가 세상에 널리 알려지는 날이 오기를 기다렸네. 하지만 일부러 목적을 만들고 그 목적이 이루어질 날을 기다리는 것은 부자연스러운 일이었기에 항상 마음이 불편했네. 그래서인지 도무지 책 속에 빠져들지 못하겠더군. 나는 다시 세상사를 팔짱만 끼고 바라보기 시작했네.

아내는 그런 나에 대해 먹고사는 것이 곤란하지 않으니 마음이 느슨해진 것이라고 생각하는 것 같았네. 처갓집의 재산도 두 모녀가 그럭저럭 먹고살 만큼은 되고 나 역시 직업을 구하지 않아도 별 지장이 없는 처지였으니, 그렇게 생각하는 것도 당연한 일이었지. 사실 나도 약간 안이하게 생각하기는 했네. 하지만 내가 직업을 갖지 않는 주된 원인은 따로 있었네.

숙부에게 속았을 당시 내 마음은 타인에 대한 불신으로 가득했네. 그러면서도 나 자신만은 정직하다는 생각을 갖고 있었지. 세상이야 어찌 되었든 나만은 훌륭한 인간이라는 믿음이 마음속 어딘가에 있었던 걸세. 그 믿음이 K의 일로 맥없이 무너져버리면서 나 역시 숙부와 똑같은 부류의 인간임을 깨닫고 나니 갑자기 정신을 차릴 수가 없었네. 타인을 불신했던 나는 이제 나 자신까지 불신하게 되어 아무것도 할 수 없게 된 것이네.

53

― 책 속에 빠져들지 못한 나는 술로 영혼을 적시며 자신을 잊으려고 한 적도 있었네. 나는 술을 즐기는 편은 아니었네. 하지만 마시려고 들면 마실 수 있는 체질이라 술을 통해 마음의 위안을 얻으려고 한 것이네. 그런 일시적인 방편은 얼마 지나지 않아 나를 더욱 염세적으로 만들었네. 만취한 상태에서 내 처지를 돌아보니 일부러 술까지 마시면서 스스로를 속이려는 어리석은 인간이라는 생각이 들더군. 그럴 때면 몸서리가 나면서 눈도 마음도 술에서 깨어났네. 때

로는 아무리 마셔도 정신은 멀쩡하고 마음만 한없이 우울해지는 경우도 있었네. 설령 술로 마음을 달랬다 하더라도 그 뒤에는 어김없이 침울한 기분이 뒤따라오더군. 나는 내가 가장 사랑하는 아내와 장모님에게 걸핏하면 그런 모습을 보여주었네. 그런데 그들은 언제나 자신들의 입장에서 나를 해석하려고 들었네.

장모님은 간혹 아내에게 듣기 거북한 말을 하는 것 같았네. 아내는 그런 말은 내게 숨기고 있었지만 나름대로 더는 못 견디겠다 싶으면 나를 책망하기도 했네. 그렇다고 결코 심하게 얘기한 것은 아니네. 내가 아내에게 무슨 말을 듣고 화를 낸 적은 거의 없었으니까. 아내는 종종 내게 뭐가 마음에 들지 않는지 기탄없이 얘기해달라고 했네. 그리고 장래를 생각해 술을 끊으라고 충고하더군. 어떤 때는 울면서 "당신 요즘 변했어요."라고 말하기도 했지. 그 정도라면 그래도 괜찮겠는데 "K씨가 살아 있었으면 당신도 이렇게 되지는 않았을 거예요."라는 말까지 하더군. 나는 그럴지도 모른다고 대답한 적이 있는데, 내가 대답한 것과 아내가 받아들인 의미는 전혀 달랐네. 나는 내심 안타깝게 생각했네. 그래도 아내에게 그것을 설명하고 싶은 마음은 없었어.

나는 이따금 아내에게 미안하다고 말했네. 대부분 술에 잔뜩 취해 집에 늦게 들어간 다음 날 아침에 그렇게 말했지. 그러면 아내는 웃기만 할 뿐 아무 대꾸도 하지 않았네. 간혹 눈물을 주르르 흘리기도 했고. 나는 아내가 어떤 반응을 보이든 마음이 편치 않았네. 그러니까 내가 아내에게 사과하는 것은 곧 나 자신에게 사과하는 것이나 마찬가지였지. 나는 결국 술을 끊었네. 아내의 충고로 끊었다기보다는 스스로 싫어져서 끊었다고 하는 편이 맞을 걸세.

술은 끊었지만 뭔가 하고자 하는 의욕은 없었네. 어쩔 수 없이 책을 읽었지만 단지 읽는 것에 그칠 뿐이었네.

아내는 내게 무엇 때문에 공부하느냐고 여러 번 물었네. 나는 그저 웃기만 했지만 속으로는 세상에서 내가 유일하게 믿고 사랑하는 사람조차 나를 이해하지 못한다는 생각에 마음이 서글펐네. 이해시킬 방법이 있어도 이해시킬 용기를 내지 못하는 거라고 생각하니 더욱 서글퍼지더군. 나는 외로웠네. 세상의 모든 이들에게 외면당하고 나 혼자 살고 있는 듯한 느낌도 자주 들었지.

그와 동시에 나는 K의 자살에 대해서도 끊임없이 생각했네. 그 당시에는 내가 사랑에 눈이 멀었기 때문이기도 하겠지만, 내 생각은 상당히 단순하고 일방적이었네. K는 실연 때문에 죽은 거라고 간단히 결론을 내버렸던 걸세. 하지만 점차 마음을 가라앉히고 그 상황을 돌이켜보니 그렇게 간단히 생각할 문제가 아닌 것 같았네. 현실과 이상의 충돌로만 생각하기에는 뭔가 석연치 않은 부분이 있었던 게야. 나는 결국 K도 나처럼 혼자 외로워하다가 끝내 자살하기로 결심한 게 아닐까 하고 생각하게 되었네. 그렇게 생각하니 섬뜩해지더군. 나도 K가 걸어간 길을 똑같이 걸어갈 거라는 예감이 문득 바람처럼 내 가슴을 스치고 지나갔기 때문이라네.

54

— 그러던 중 장모님이 병에 걸렸네. 의사는 도저히 가망이 없다고 하더군. 나는 최선을 다해 정성껏 보살펴드렸네. 그것은 장모님과 사랑하는 아내를 위한 일이었지만, 더 큰 의미로 보면 결국 인간을 위한 일이었지. 나는 그때까지도 뭔가 하고픈 마음은 간절했지만, 아무것도 할 수 없기에 부득이 뒷짐을 지고 있었던 것 같네. 세상을 등지고 살던 나는 그때 처음으로 세상에 스스로 손을 내밀었고, 조금이나마 좋은 일을 했다는 보람을 느낄 수 있었네. 내 잘못을 속죄하는 기분이었어.

장모님은 끝내 돌아가셨네. 나와 아내만 남게 되었지. 아내는 이제 세상에서 의지할 수 있는 사람은 나밖에 없다고 하더군. 자기 자신조차 믿지 못하는 나는 아내의 얼굴을 보자 갑자기 눈물이 핑 돌면서 아내를 불행한 여자라고 생각했네. 실제로 아내에게 그렇게 말한 적도 있고. 아내는 왜 그렇게 생각하느냐고 물었네. 내 말뜻을 이해할 수 없었던 거지. 나도 그것을 설명해줄 수가 없었네. 아내는 눈물을 글썽이며 내가 평소에 비뚤어진 마음으로 자기를 바라보기 때문에 그렇게 말하는 거라고 나를 원망하더군.

장모님이 돌아가신 뒤로 나는 가능한 한 아내에게 자상하게 대해주려고 했네. 단지 아내를 사랑하기 때문만은 아니었네. 나의 그 자상함은 특정한 개인을 위해서가 아닌 좀 더 넓은 의미, 즉 장모님을 간호할 때와 비슷한 마음에서 비롯된 것 같더군. 아내는 만족스러워하는 것 같았네. 하지만 그 만족감의 한편에는 나를 이해할 수 없어서 생겨난 불만도 어렴풋이 자리하고 있었을 걸세. 사실 아내가 나를 이해했다고 해도 그런 불만은 여전했으리라 생각하네. 여자들은 인도주의적 차원에서 보내는 깊은 애정보다는 다소 도리에 어긋나더라도 자신에게만 애정이 집중되기를 바라는 마음이 남자보다 더 강한 법이니까.

언젠가 아내가 남자의 마음과 여자의 마음은 도저히 하나가 될 수 없는 것이냐고 묻더군. 나는 그저 젊은 시절이라면 가능하지 않겠느냐고 모호하게 대답했지. 잠시 자신의 지난날을 돌이켜보는 듯하던 아내가 이내 작은 한숨을 내쉬었네.

그때부터 이따금 내 가슴에 공포의 그림자가 찾아들기 시작했네. 처음에는 외부에서 불시에 찾아들었지. 나는 깜짝 놀랐네. 가슴이 섬뜩했어. 하지만 얼마쯤 지나자 그 그림자에 익숙해지게 되었네. 나중에는 태어날 때부터 가슴 깊숙한 곳에 그런 그림자가 자리하고 있었던 것 같은 생각도 들었네. 그럴 때마다 내 머리가 어떻게 된 건 아닐까 하고 의심해보았네. 하지만 나는 의사나 그 누구와도 상의하고 싶지 않았네.

나는 단지 죄책감을 느끼고 있었던 것뿐이네. 내가 매달 K의 묘에 찾아간 것도 그 죄책감 때문이지. 장모님을 정성껏 간호한 것도, 아내에게 자상하게 대한 것도 다 그 때문이네. 나는 그 죄책감 때문에 길 가는 낯선 사람에게 채찍질을 당하고 싶어 하기도 했네. 그런데 그런 단계를 거치다 보니 남에게 채찍질을 당하기보다 스스로에게 채찍질을 해야겠다는 생각이 들더군. 나중에는 채찍질을 하기보다는 스스로 자신을 죽여야 한다는 생각까지 들었지. 나는 하는 수 없이 죽은 목숨이라고 생각하며 살아가기로 했네.

그렇게 결심한 것도 벌써 몇 해 전의 일이야. 나와 아내는 다시 사이좋게 지냈네. 우리는 결코 불행하지 않았네. 행복했지. 하지만 아내는 내게 드리워진 그림자, 나로서는 쉽게 떨칠 수 없는 그 그림자를 항상 부담스러워하고 있었던 것 같네. 그 점에 대해서는 아내에게 상당히 미안하게 생각하고 있네.

55

　―죽은 셈치고 살아가기로 결심한 나는 이따금 외부의 자극에 마음이 흔들리기도 했네. 하지만 내가 어떤 방향으로 나아가려고 하면 곧바로 어디선가 엄청난 힘이 나타나 내 마음을 꽉 움켜쥐고 꼼짝도 할 수 없게 만들더군. 그리고 그 힘은 내게 억압적인 어조로 너는 뭔가를 할 자격도 없는 인간이라고 소리를 쳤네. 그러면 나는 그 한마디에 금방 주눅이 들어버렸고, 얼마쯤 지나 다시 일어서려고 하면 또 나를 옥죄어왔네. 내가 이를 악물고, 왜 나를 방해하느냐고 소리를 지르면 그 불가사의한 힘은 싸늘한 미소를 지으며 그건 네가 잘 알고 있지 않느냐고 하더군. 그러면 나는 또 움츠러들게 되고.

　우여곡절도 없이 단조롭게 살아가는 것 같은 나의 내면에서는 항상 그런 고통스러운 싸움이 벌어지고 있었다는 것을 알아주게. 나는 아내가 나를 보고 답답해하는 것보다 몇 배나 더 답답해하며 살아왔네. 그리고 그런 감옥에서 더는 견딜 수 없게 되자 내가 거기서 수월하게 벗어날 수 있는 방법은 자살밖에 없다는 생각이 들었네. 자네는 왜 자살을 선택했느냐며 놀랄지도 모르겠지만, 내 마음을 무섭게 옥죄어오는 그 불가사의한 힘은 나의 모든 활동을 가로막으면서도 죽음의 길만은 자유롭게 갈 수 있도록 터놓았네. 이대로 움직이지 않는다면 몰라도, 조금이라도 움직이려면 그 길로 나아갈 수밖에 없었지.

나는 이전에 이미 두세 번 운명이 이끌어주는 가장 수월한 길로 나아가려고 한 적이 있었네. 하지만 그때마다 아내가 마음에 걸리더군. 물론 아내까지 데리고 갈 용기는 없었네. 아내에게 사실대로 밝히지도 못하면서 어떻게 내 운명의 희생물로 삼아 그 생명을 빼앗을 수 있겠나. 그것은 생각만 해도 끔찍한 일이지. 나에게 나의 숙명이 있는 것처럼 아내에게도 아내의 운명이 있네. 우리 두 사람이 함께 불길에 뛰어든다는 것은 참혹함의 극치라고밖에 생각할 수 없었네.

그러면서 내가 떠난 뒤에 혼자 남을 아내를 상상해보니 애처롭기 그지없었네 장모님이 세상을 떠났을 때 이제 세상에 의지할 사람은 나밖에 없다던 그녀의 말을 나는 생생히 기억하고 있네. 나는 매번 그것 때문에 주저했네. 아내의 얼굴을 보고는 그만두길 잘했다고 생각할 때도 있었지. 그리고는 또 한동안 움츠러들었네. 그러면 이따금 아내는 불만스러운 시선으로 나를 바라보았네.

기억해주게. 나는 그렇게 살아왔네. 자네와 처음 가마쿠라에서 만났을 때도, 자네와 함께 교외로 산책을 나갔을 때도, 내 심경에 별다른 변화는 없었네. 내 뒤에는 늘 검은 그림자가 따라다니고 있었지. 나는 아내를 위해 목숨을 연장하며 살고 있었던 셈이네. 자네가 학교를 졸업하고 고향에 내려갈 때도 마찬가지였네. 하지만 9월에 다시 만나자고 한 말은 거짓이 아니었네. 정말로 그럴 생각이었지. 가을이 가고 겨울이 오고 그 겨울이 끝나더라도 자네와 다시 만날 생각이었네.

그런데 여름 더위가 한창 기승을 부릴 때 메이지 천황이 승하했네. 그때 나는 메이지 정신이 천황으로 시작해 천황으로 끝난 듯한 느낌이 들더군. 메이지 정신에 가장 많은 영향을 받은 우리가 계속 세상을 살아가는 것은 시대적 추세를 거스르는 일이라는 생각이 가슴을 파고들었네. 나는 아내에게 내 느낌을 솔직하게 얘기했네. 처음에는 웃기만 하던 아내가 갑자기 무슨 생각이 들었는지 그럼 순사殉死라도 하지 그러느냐며 나를 놀리더군.

56

― 나는 순사라는 말을 거의 잊고 있었네. 평소에는 거의 사용하지 않는 말이라서 기억 밑바닥에 가라앉은 채 잊혀져 갔던 것 같네. 아내의 농담을 듣고 나서야 비로소 그 말을 떠올렸는데 그때 나는 아내에게 만약 내가 순사한다면 그것은 메이지의 정신에 따른 것이라고 대답했네. 물론 나도 농담처럼 얘기했지만, 왠지 그 낯선 단어에서 새로운 의미를 발견한 듯한 느낌이 들더군.

그로부터 한 달쯤 지났을 때였네. 나는 천황의 국장이 거행되던

날 밤, 평소와 마찬가지로 서재에 앉아 예포 소리를 들었네. 내게는 메이지 시대가 영원히 사라졌다는 통보처럼 들렸네. 나중에 생각해 보니 그것은 노기 대장이 영원히 사라졌다는 통보이기도 했네. 나는 호외 신문을 손에 들고 나도 모르게 아내에게 "순사야, 순사."라고 말했네.

나는 신문에서 노기 대장이 자살하기 전에 남긴 글을 읽었네. 세이난 전쟁(1877년 일본 서남부의 가고시마에서 일어난 반정부 내란) 때 적에게 깃발을 빼앗긴 책임을 통감하고, 죽어야지 죽어야지 했는데 그만 지금까지 살게 되었다더군. 나는 그 글귀를 보고 무심코 그가 죽을 생각을 하면서 살아온 세월을 손가락으로 헤아려보았네. 그 전쟁은 1877년에 일어났으니까 이미 35년이라는 세월이 흘렀네. 노기 대장은 35년 동안이나 죽음을 생각하면서 기회를 기다리고 있었던 것 같네. 나는 그렇게 살아온 35년과 칼로 배를 찌르는 한순간 중 어느 쪽이 더 고통스러운지 생각해보았네.

그로부터 이삼일 후, 나는 드디어 자살을 결심했네. 내가 노기 대장이 자살한 연유를 잘 모르는 것처럼 자네 역시 내 자살을 충분히 납득하기 어려울 걸세. 하지만 그것은 서로 다른 시대를 살아온 데서 비롯된 차이이니 어쩔 수 없는 일이네. 각자가 타고난 성격의 차이라고 하는 편이 더 정확할지도 모르지. 나는 지금까지 이 글을 쓰면서 자네에게 나라는 기이한 존재를 이해시키려고 나름대로 최선을 다했다고 생각하네.

나는 아내를 남겨두고 떠나네. 내가 떠나도 의식주를 걱정할 필요는 없으니 그나마 다행스러운 일이지. 나는 아내에게 참혹한 광경을 보여주고 싶지 않네. 그래서 피를 보이지 않고 죽을 생각이네. 아내 모르게 조용히 세상에서 사라지려고 하네. 아내가 내 죽음에 대해 단순한 급사로 생각했으면 좋겠네. 정신이 이상해져서 자살한 거라고 생각해도 괜찮겠지.

내가 자살을 결심한 지도 벌써 열흘이 넘었네. 그 시간은 대부분 자네에게 남길 이 자서전 같은 긴 글을 쓰는 데 보냈네. 처음에는 자네와 직접 만나서 얘기할 생각이었네. 하지만 글을 쓰다 보니 직접 얘기하는 것보다 더 나를 명확히 드러낼 수 있었던 것 같아 오히려 다행이라는 생각이 들더군. 나는 글쓰기를 좋아해서 이 글을 쓴 것은 아니네. 내가 지닌 과거는 인간의 경험 중 일부분으로서 나 이외에는 어느 누구도 말할 수 없는 것이지. 그것을 거짓 없이 써서 남겨두려는 내 노력은 자네나 다른 사람들이 인간에 대해 파악하는 데 많은 도움이 되리라 생각하네. 일전에 와타나베 가잔(19세기, 사무라이 화가로 족적을 남긴 개화파 지식인)이 〈한단邯鄲〉이라는 그림을 그리기 위해 죽을 날을 일주일 미루었다는 얘기를 들은 적이 있네. 남들에게는 부질없는 일로 보일 수 있겠지만, 본인의 마음속에는 그만큼 절실한 요구가 있으니 그럴 수밖에 없었겠지. 내가 이렇게 글을 남기는 것도 단지 자네와의 약속을 지키기 위해서만은 아니네. 그보다는 내 마음의 요구에 따른 결과물에 더 가깝다고 할 수 있지.

이제 내 마음의 요구는 충족되었네. 더는 아무것도 할 게 없어. 자네가 이 편지를 받아볼 때쯤이면 나는 아마 이 세상에 없을 걸세. 이미 죽었겠지. 아내는 열흘 전부터 이치가야에 있는 숙모님 댁에 가 있네. 숙모님이 병이 났는데 돌봐줄 사람이 없다기에 내가 그리로 보냈네. 이 장문의 편지는 대부분 아내가 집을 비운 사이에 쓴 것일세. 가끔씩 아내가 집에 돌아오면 나는 얼른 편지를 감추었네.

나는 남들이 참고할 수 있도록 내 과거의 좋고 나쁜 모든 경험들을 세상에 알리려고 하네. 하지만 아내만큼은 예외라는 것을 알아주게. 아내에게는 아무것도 알리고 싶지 않네. 내 과거에 대한 아내의 기억은 가능한 한 순백의 상태로 남겨주고 싶은 게 내 유일한 희망이네. 그러니 내가 죽은 뒤에도 아내가 살아 있는 동안은 자네에게만 밝힌 비밀이라고 생각하고 모든 것을 가슴속에 묻어두길 바라네.

나쓰메 소세키 연보 ※연보에 표기된 나이는 만 나이.

1867
0세

- **1867년**(게이오慶応 3년)
  2월 9일(음력 1월 5일), 에도江戸 우시고메바바바下横町 시모요코초下横町(현재의 신주쿠 구 기쿠이초喜久井町 1번지)에서 아버지 나쓰메 고헤이 나오카쓰夏目小兵衛直克와 어머니 나쓰메 지에夏目千枝의 5남 3녀 중 막내로 태어남. 본명은 긴노스케金之助. 나쓰메 가는 대대로 명문가였지만 당시 가운이 기울고 양친이 고령인 데다 형제가 많은 탓에 그의 탄생은 환영받지 못했다. 고물상에 수양아들로 보내졌으나 불쌍히 여긴 누나에 의해 생가로 돌아옴.

1868
1세

- **1868년**
  11월, 신주쿠의 명문가 시오바라 쇼노스케塩原昌之助의 양자가 되어 시오바라 성을 따름.

1870
3세

- **1870년**
  천연두에 걸려 얼굴에 곰보가 남음.

1874
7세

- **1874년**
  4월, 양부의 여자관계로 가정불화. 양모와 함께 일시적으로 생가에 돌아왔다가 11월경 시오바라 가로 돌아옴. 그 무렵 공립 도다戸田 학교 부설 소학교 입학.

1876
9세

- **1876년**
  양부모가 이혼하자 소세키는 시오바라 가에 적을 둔 채 양모와 함께 생가로 돌아옴.
  5월, 공립 이치가야市谷 학교 부설 소학교로 전학.

1878
11세

- **1878년**
  2월, 회람지에 〈마사시게 론正成論〉 발표.
  4월, 이치가야 학교 부설 소학교 8학년 졸업.

10월, 긴카錦華 소학교(오차노미즈 소학교의 전신) 2학년 후기 졸업.

1879
12세

• **1879년**
3월, 도쿄 부립 제1중학교 정칙과正則科(히비야 고교의 전신) 7학년 입학.

1881
14세

• **1881년**
1월 21일, 생모 지에 사망.
그해 봄에 제1중학교 중퇴. 한학 공부(그는 한시를 애송할 정도로 한학에 일가견이 있었음)를 위해 사립 니쇼二松 학사로 전학.

1883
16세

• **1883년**
9월, 간다神田 스루가다이駿河台의 세이리쓰成立 학사에 입학.

1884
17세

• **1884년**
9월, 대학예비문大学予備門 예과豫科 입학(이미 영어공부에 열중하고 있었음). 같은 학년에 나카무라 요시코토中村是公, 하가 야이치芳賀矢一, 마사키 나오히코正木直彦, 하시모토 사고로橋本左五郎 등이 있었음.

1886
19세

• **1886년**
4월, 대학예비문이 제1고등중학교(훗날 제고등학교)로 명칭 변경.
7월, 복막염으로 낙제. 이 낙제가 전환점이 되어 졸업할 때까지 수석을 놓치지 않음.

1887
20세

• **1887년**
3월에 맏형이 6월에 둘째 형이 폐결핵으로 사망. 급성 과민성 결막염에 걸림.

1888
21세

• **1888년**
1월, 나쓰메夏目 가로 호적을 되돌림.
7월, 제1고등중학교 예과 졸업.

9월, 제1고등중학교 영문과 입학.

○ **1889년**
1889
22세

1월, 하이쿠 시인 마사오카 시키正岡子規와의 교우가 시작됨.
5월, 시키의 한시 문집인 《나나쿠사슈七草集》에 비평을 쓰면서 처음으로 소세키를 필명으로 사용함.

○ **1890년**
1890
23세

7월, 제1고등중학교 본과 졸업.
9월, 도쿄제국대학 문과대 영문과 입학. 문부성 장학생이 됨.

○ **1891년**
1891
24세

7월, 특대생特待生이 됨.
12월, 딕슨 교수의 의뢰로 일본의 고전인 《호조키方丈記》를 영역.

○ **1892년**
1892
25세

4월, 징병을 피하기 위해 홋카이도北海道의 평민이 됨.
5월, 도쿄 전문학교(현재의 와세다 대학교)의 강사가 됨.

○ **1893년**
1893
26세

7월, 도쿄제국대학 졸업, 대학원 입학.
10월, 고등사범학교(훗날 도쿄 고등사범학교)의 영어교사로 부임.
신경쇠약에 걸림.

○ **1894년**
1894
27세

2월, 결핵 징후가 있어서 요양에 전념.

○ **1895년**
1895
28세

4월, 친구인 스가 도라오菅虎雄의 알선으로 에히메 현 마쓰야마松山 중학교의 교사가 됨(이때의 경험이 《도련님》의 소재가 됨).
12월, 귀족원 서기관장 나카네 시게카즈中根重一의 장녀 교코鏡子와 약혼.

1896
29세

- **1896년**
  4월, 구마모토熊本 현 제5고등학교의 강사로 부임.
  6월, 자택에서 교코와 결혼식을 올림.
  7월, 교수로 승진.

1897
30세

- **1897년**
  6월, 생부 나오카쓰 사망.
  7월, 처 교코 유산.

1899
32세

- **1899년**
  5월, 맏딸 후데코筆子가 태어남.

1900
33세

- **1900년**
  5월, 영국 런던으로 2년간 국비유학을 떠남.

1901
34세

- **1901년**
  1월, 둘째딸 쓰네코恒子가 태어남.

1902
35세

- **1902년**
  극도의 신경쇠약에 시달림.
  9월, 마사오카 시키 사망.

1903
36세

- **1903년**
  4월, 귀국 후 제1고등학교와 도쿄제국대학에서 강사를 겸임
  하며 '문학론'을 강의.
  10월, 셋째 딸 에이코栄子가 태어남.

1905
38세

- **1905년**
  1월, 하이쿠 잡지 《호토토기스(두견새)》에 《나는 고양이로소
  이다》발표하고 연재 시작. 《런던탑》, 《칼라일 박물관》, 《환영
  의 방패》 발표.
  12월, 넷째 딸 아이코愛子가 태어남.

- **1906년**

  1월, 《취미의 유전》 발표.

  4월, 《도련님》을 《호토토기스》에 발표.

  9월, 《풀베개》 발표. 빈번히 출입하는 문하생들의 방문을 10월부터 매주 목요일 오후 3시 이후로 정함. '목요회'로 불림.

- **1907년**

  1월, 《태풍》을 《호토토기스》에 발표.

  4월, 모든 교직에서 사임하고 아사히신문사에 입사. 전업 작가의 길을 걷기 시작함.

  6월, 장남 준이치純一가 태어남. 《우미인초虞美人草》를 아사히신문에 연재(~10월).

- **1908년**

  1월, 《갱부坑夫》를 아사히신문에 연재(~4월).

  6월, 《문조文鳥》 연재.

  7월, 《몽십야夢十夜》 연재(~8월).

  9월, 《산시로三四郎》 연재(~12월).

  12월, 차남 신로쿠伸六가 태어남.

- **1909년**

  1월, 《영일소품永日小品》 연재(~3월).

  6월, 《그 후》 연재(~10월).

  10월, 《만한기행》 연재(12월).

- **1910년**

  3월, 다섯째 딸 히나코雛子가 태어남. 《문門》 연재(~6월).

  8월, 위궤양으로 요양차 간 슈젠지 온천에서 인사불성의 위독 상태에 빠짐. 이를 슈젠지의 대환修善寺の大患이라 부름.

  10월, 나가요長与 병원에 입원.

1911
44세

• **1911년**

2월 21일, 문부성으로부터 문학박사 호칭 수여를 거절.

8월, 간사이 지방의 강연 여행 후 위궤양이 재발하여 오사카에 입원.

11월 29일, 다섯째 딸 히나코가 원인불명의 병으로 급사함. 훗날 소세키의 사체를 해부하는 원인이 됨.

1912
45세

• **1912년**

1월, 《피안이 지날 때까지彼岸過迄》 연재(~4월).

12월, 《행인行人》 연재(~1913년 11월).

1913
46세

• **1913년**

1월, 심각한 신경쇠약이 재발.

3월, 위궤양이 재발하여 5월까지 집에서 와병.

1914
47세

• **1914년**

4월, 《마음》 연재(~8월).

11월, '나의 개인주의'라는 주제로 가쿠슈인學習院에서 강연.

1915
48세

• **1915년**

1월, 《유리문 안에서》 연재(~2월)

6월, 《도초道草》 연재(~9월).

12월경부터 아쿠타가와 류노스케芥川龍之介, 구메 마사오久米正雄가 문하생으로 들어옴.

1916
49세

• **1916년**

5월, 《명암》 연재(~12월).

12월 9일, 위궤양 악화로 사망.

나쓰메 소세키 **마음**

한국어판 ⓒ 도서출판 잇북 2017

1판 1쇄 발행 2017년 1월 20일
1판 2쇄 발행 2024년 2월 15일

지은이 | 나쓰메 소세키
옮긴이 | 김성기
펴낸이 | 김대환
펴낸곳 | 도서출판 잇북

책임편집 | 김랑
책임디자인 | 한나영
인쇄 | (주)에이치와이프린팅

주소 | (10893) 경기도 파주시 와석순환로 347, 212-1003
전화 | 031)948-4284
팩스 | 031)624-8875
이메일 | itbook1@gmail.com
블로그 | http://blog.naver.com/ousama99
등록 | 2008. 2. 26 제406-2008-000012호

ISBN 979-11-85370-06-4 03830

이 도서의 국립중앙도서관 출판예정도서목록(CIP)은 서지정보유통지원시스템 홈페이지
(http://seoji.nl.go.kr)와 국가자료공동목록시스템(http://www.nl.go.kr/kolisnet)에서 이용하
실 수 있습니다.(CIP제어번호: CIP2017000835)